Gregor Heiligmann

Familiensklave

Ein BDSM-Femdom-Familienroman

SCHWARZE ZEILEN
Verlag

Bibliografische Information der Deutschen Nationalbibliothek

Die Deutsche Nationalbibliothek verzeichnet diese Publikation in der Deutschen Nationalbibliografie; detaillierte bibliografische Daten sind im Internet über http://dnb.d-nb.de abrufbar.

Dieses Werk, einschließlich aller seiner Teile ist urheberrechtlich geschützt. Jede Verwertung außerhalb der Grenzen des Urheberrechtsgesetzes ist ohne Zustimmung des Verlages unzulässig und strafbar. Dies gilt insbesondere für Vervielfältigungen, Übersetzungen, Mikroverfilmung und die Einspeicherung und Verarbeitung in elektronischen Systemen. Eine gewerbliche Nutzung des Inhalts ist nicht zulässig.

ISBN 978-3-945967-64-5

1.Auflage 2019

www.schwarze-zeilen.de

© 2017 Schwarze-Zeilen Verlag

Ein Imprint des footstep-Verlag

Reichenaustr. 81c, 78467 Konstanz

Alle Rechte vorbehalten

Coverfoto: © conrado /Bigstock.com

Printed in Germany

Hinweis

Dieses Buch ist nur für Erwachsene geeignet, die sadomasochistischen Praktiken offen gegenüberstehen. Alle beschriebenen Handlungen erfolgen in gegenseitigem Einverständnis zwischen Erwachsenen.

Bitte achten Sie darauf, dass das Buch Minderjährigen nicht zugänglich gemacht wird.

Viel Spaß beim Lesen dieses Buches.

Prolog

Langsam werde ich wach, im Raum ist es fast stockdunkel. Irgendein Geräusch hat mich geweckt. War es meine Zimmertür? Als Nächstes nehme ich wahr, dass jemand auf mein Bett und über mich steigt. Ein weibliches Wesen senkt sich langsam auf meine Brust, setzt sich dann zielsicher auf mein Gesicht und breitet den weiten Rock über mir aus, sodass ich jetzt total im Dunkeln bin. Die nackte Scham über mir erübrigt alle weiteren Befehle, ich weiß, was von mir erwartet wird. Gehorsam strecke ich meine Zunge heraus und lecke die bereits feuchte Fotze voller Inbrunst und mit sanften Zungenschlägen. Je mehr die Frau über mir erregt wird, desto weniger Luft bekomme ich, aber ich halte durch, bis sie sich aufbäumt und dann stöhnend über mir zusammensinkt. Nach einigen Minuten hat sie sich erholt, steht auf, tätschelt mir aufmunternd das verschmierte Gesicht und verlässt wortlos, wie sie gekommen ist, mein Zimmer. Erst jetzt, wo ich wieder allein bin, spüre ich die Fesseln an Hand- und Fußgelenken, und ich werde mir wieder richtig bewusst, wo ich bin: in Raleigh, North Carolina, also in einem der ehemaligen Sklavenstaaten der USA, im Haus meiner Herrin Lorinda. Und natürlich weiß ich auch wieder, wie ich in diese Situation gekommen bin.

Vorwort

Im Frühjahr 1981, kaum dass ich mich von meiner ersten Ehefrau getrennt habe, schickte mich meine Firma für drei Monate in die USA, nach Raleigh, North Carolina, in einen der stockkonservativen Südstaaten, der zum ›Bible Belt‹ gehört, wo also alle Menschen besonders fromm und züchtig leben! Ganz sicher, zumindest nach außen hin!!! Aber eben auch in eine Gegend, in der die Sklaverei noch tief ins Gedächtnis der Menschen eingeprägt ist, in der man zumindest als Herr und Sklavenhalter, aber auch als Herrin über eine Vielzahl von kräftig gebauten jungen Männern verfügte, die man beliebig benutzen konnte. Die weißen Herren konnten sehr gut damit leben. Und manche träumen auch noch heute davon!

Meine Noch-Ehefrau Beate hatte am Anfang unserer Beziehung meine Neigung, mich von einer Frau unterwerfen zu lassen, sogar unterstützt und mitgespielt. Sie hat mich manchmal sanft mit Tüchern gefesselt, mir die Augen verbunden und mich dann dazu gebracht, sie mit Händen und Zunge zu verwöhnen. Einmal hat sie mich sogar mit einer Vorhangstange aus Kunststoff eher spielerisch ein wenig geschlagen, aber sie hat es wohl nur für mich getan und später dann leider jegliche Lust daran verloren. Trotz meines beständigen Drängens hat sie mich im Schlafzimmer danach zu meinem Bedauern nie mehr dominiert. Im Alltag dagegen tat sie das sehr wohl, sie hat über viele Aspekte meines Lebens bestimmt, sie war der Meinungsmacher, sie bestimmte unseren Lebensstil, die Art wie wir wohnten, unsere gemeinsamen Freunde und natürlich auch, wie oft wir Sex hatten. Dabei beklagte sie sich immer wieder, dass ich nur Ficken im Kopf hätte und jegliche Zärtlichkeit nur als Auftakt dazu sehen könnte. Sie fühlte sich bedrängt von mir, und so lief zwischen uns immer weniger, und meine Sehnsucht nach richtiger Dominanz verlagerte sich immer mehr in meine Fantasien. Dennoch habe ich es trotz des gefühlten Mangels doch noch einige Jahre mit ihr ausgehalten, bis der Drang zu groß wurde und ich mich plötzlich dabei erwischte, dass ich die Augen offen hielt nach wirklich dominanten Frauen. Einmal habe ich sogar eine Anzeige im Stadtanzeiger, dem lokalen Werbeblättchen, aufgegeben mit dem Text:

Junger Mann sucht reifere Dame mit erzieherischen Neigungen.

Schon diesen noch recht unverfänglichen Text persönlich in der Anzeigenannahme abgeben zu müssen, war mir unendlich peinlich. Und auch die Entgegennahme der Antworten war mit Hindernissen verbunden und genauso peinlich. Erfolgreich war die Aktion nicht, ich kann mich nur an eine Antwort erinnern: Eine Lehrerin aus dem Nachbardorf schrieb, dass sie Interesse hätte, mich kennenzulernen, auch wenn sie für gewöhnlich ihre erzieherischen Neigungen an ihren Schülern ausließe. Ich habe mich dann aber doch nicht getraut, mich bei ihr zu melden, und so habe ich lediglich wichsend davon fantasiert, was wohl hätte daraus werden können.

Aber die Tatsache an sich hat mir gezeigt, dass ich da ein tiefer gehendes Problem habe, das immer drängender nach einer Lösung schreit. Und so beginnt mein Suchen und damit der Weg ins Fremdgehen. Auf meiner zweiten, dienstlichen USA-Reise lande ich in New York in einem Hotel direkt am La Guardia Flughafen. Ganz gegen meine sonstige Art gehe ich abends in die Bar auf einen Drink und spreche meine Sitznachbarin an. Sie ist auch Deutsche und so kommen wir ins Gespräch. Sie vertreibt Hummelfiguren in USA. Das ist zwar ganz gewiss nicht mein Ding, aber dennoch ziehen wir zusammen noch weiter in eine nahe gelegene Disco, tanzen im Halbdunkeln zu heißen Rhythmen und landen am Ende in ihrem Zimmer. Aber jetzt zeigt sich wieder, dass ich mich gern von Frauen lenken lasse. Sie ist zwar geil auf mich, will aber ihren Mann nicht betrügen, und so verlangt sie von mir, dass ich sie nur streichle und mit der Zunge befriedige, aber sonst nichts. Natürlich gehorche ich und so bleiben wir beide formal treu und trennen uns in gutem Einvernehmen.

Zwei Tage danach, an einem Samstagabend, gehe ich mit einem Kollegen, den ich im Flieger getroffen hatte, in die Bar seines Hotels, nörd-

lich von New York. Dort ist Livemusik und man tanzt. Am anderen
Ende der Bar sehe ich eine tolle, reifere Frau, und wiederum ganz entgegen meiner sonstigen Art, traue ich mich, zu ihr zu gehen und sie
zum Tanzen aufzufordern. Ich tanze schon immer sehr gern, aber weil
Beate kein Interesse daran hatte, bin ich aus der Übung. Dennoch
reicht es, um so viel Eindruck auf die Dame zu machen, dass sie sich
zu uns setzt und wir uns den Rest des Abends zu dritt sehr angeregt
unterhalten. Sie heißt Laura und beim Abschied verabreden wir uns
für Sonntagvormittag, weil sie uns die tollen Villen am Ufer des
Hudson zeigen möchte. Nach diesem interessanten Ausflug muss
mein Kollege weiterfahren, aber ich habe Zeit, und so bietet sie mir
an, mir ihr Haus zu zeigen und dann gemeinsam essen zu gehen.

Inzwischen hatte ich genug Gelegenheit, sie genauer zu betrachten.
Sie ist eine wirklich tolle Frau, reif und schön, natürlich älter als ich,
tolle Figur, blonde Haare, elegantes Kleid, von Beruf Fotomodell und
gut situiert. Als ich mit ihr vor ihrem Haus eintreffe, bin ich stark
beeindruckt. Diese tolle Frau besitzt auch ein tolles Anwesen am
Hang, mit weitem Blick über die Hügel des Hudson Valley. Sie zeigt
mir alles, wir reden viel, verstehen uns gut und genießen ein aus-
gezeichnetes Dinner in einem kleinen, familiären Nobelrestaurant, in
dem sie Stammgast ist. Danach nimmt sie mich wieder mit zu ihr, und
am Ende lande ich mit ihr im Gästezimmer und dort im Himmelbett.
Dabei liege ich von Anfang an unter ihr oder ich knie vor dem Bett auf
dem Teppich, um sie mit der Zunge zu verwöhnen. Dieses Bett, in
dem sie mich auch die weiteren Male nimmt, wenn ich bei ihr bin, hat
vier kräftige Pfosten (mit einem Himmel darüber). Leider erfüllt sich
mein ultimativer Traum nicht: Es kommt nie dazu, dass sie mich weit
gespreizt an den Bettpfosten festbindet und dann nimmt, aber zumindest haben sich überraschend schnell die ersten meiner Fantasien
schon einmal erfüllt: Ältere, reife Geliebte, dominantes Wesen und sie
bestimmt, ob, wann und wie wir Sex haben. Ganz besonders erinnere
ich mich daran, dass sie die erste Frau in meinem Leben ist, die mich
mit einer Hand an den Eiern packt, während ich in sie eindringe. Das
zeugt von Dominanz und prägt unser Verhältnis!

Da ich allerdings nicht allzu oft dienstlich in diese Gegend komme, endet unsere Beziehung, bevor sie tiefer geht und ich dazu komme, das Thema weibliche Dominanz offen anzusprechen. Aber ich glaube noch heute, dass daraus etwas hätte werden können. Auf jeden Fall reift in mir die Erkenntnis, dass es wirklich nicht so schwer sein kann, eine dominante Frau zu finden. Man muss nur seine Fühler ausstrecken, ernsthaft suchen und dann offen und ehrlich seine Neigungen bekennen.

Zurück zu Hause betrüge ich Beate dann noch mit einer anderen, ebenfalls wesentlich älteren, aber sehr attraktiven Frau, die ich (wie passend) auf einem Selbstfindungsseminar der Volkshochschule kennenlerne, das ich allein besuche – warum wohl? Natürlich gehören zu diesem Seminar auch Berührungen, man tröstet sich gegenseitig und ich stelle fest, dass Ingrid und ich wohl die Einzigen sind, die keine extremen Probleme haben. Mit ihrer sanften Art, einer weichen Stimme, aber einer festen Meinung ist sie eine ideale Gesprächspartnerin. Ich gehe mit ihr auch Mal allein spazieren und wir können wunderbar über alles reden, stundenlang, ohne Hintergedanken, aber mit viel Verständnis und einer zurückhaltenden Zärtlichkeit. Natürlich genießen wir auch die ersten, keuschen Berührungen und setzen auch nach dem Seminar unsere Spaziergänge und Gespräche fort. Als ich nach mehreren Wochen platonischer Beziehung dann doch auf dem Weg zu ihrem Schlafzimmer lande, gestehe ich ihr vorher noch, dass ich mich gern von einer Frau dominieren lassen würde. Als Reaktion nimmt sie ein Tuch, bindet mir einfach mit einem Griff die Hände auf den Rücken und sagt: »Dann werde ich dich eben dominieren!«

Schon wieder hätte es das sein können! Diese Frau hätte vielleicht das Zeug dazu, meine erste Domina zu werden, aber mein Verhältnis mit ihr geht dann doch aus anderen Gründen in die Brüche. Sie ist mir äußerlich zu exzentrisch. Manchmal komme ich mir neben ihr ganz komisch vor, sie klein und bunt angezogen, ich groß und konservativ, wir sind in einigen Dingen doch zu verschieden. Ein weiterer Grund für die Trennung ist für mich, dass ich reinen Tisch machen will, bevor ich beginne, mit Beate ernsthaft über unsere Beziehung zu sprechen. Als ich dann endlich einmal das Thema Beziehungsprobleme auf den Tisch bringe, ist sie natürlich zunächst geschockt, weil sie überhaupt nicht damit gerechnet hat. Allerdings kann ich bei diesen Gesprächen ihr gegenüber immer noch nicht eingestehen, dass ich eigentlich nur eines will, eine dominante Frau, eine wahre Herrin und nichts als eine Herrin.

Wochen später fliegt meine Affäre mit Ingrid dann doch noch auf, als meine Frau zufällig in meiner Aktentasche einen Brief von ihr findet, mich sofort im Büro anruft und Rechenschaft verlangt. So muss ich ihr noch am selben Abend beichten, dass ich fremdgegangen bin. Es ist zwar alles längst vorbei, aber Beate ist noch tiefer erschüttert. Doch jetzt reden wir ernsthaft über das, was mir in unserer Beziehung fehlt, und nach einigen Tagen der Auseinandersetzung will sie plötzlich noch einmal einen Versuch zur Güte wagen. Doch anstatt mich zu fesseln und beispielsweise für mein Fremdgehen zu bestrafen, kniet sie sich vor meinen Sessel und will mir meinen Schwanz lutschen. Das ist ja nun gar nicht das, was ich eigentlich will, und so wird nichts aus einer Versöhnung. Ich suche ja keine Dienerin meiner Lust, sondern eine Herrin. Und ich spüre, dass unsere Beziehung wohl keine Chance mehr hat.

Jahre später kommt mir dann der Gedanke, es könnte ja sein, dass Beate viel lieber selbst von mir dominiert worden wäre, dass sie mir in dem Moment zeigen wollte, dass sie gern meine Sklavin wäre, als mich zu ihrem devoten Diener zu machen. Aber diese Idee kommt mir viel zu spät und hätte es denn etwas genützt, hätten zwei Menschen, die beide gern dominiert werden möchten, denn eine Chance gehabt, zusammen glücklich zu werden? Heute weiß ich, dass es solche Paare gibt, aber ohne Dominanz durch Dritte kommen sie wohl nicht aus. Ich bin überzeugt, dass dies für uns keine Lösung gewesen wäre.

In der nun folgenden Zeit der Auseinandersetzung mit ihr im weiteren Verlauf des Jahres gehen wir auch zur Eheberatung. Ein Psychologe, ein Mann betreut uns und stellt sehr schnell fest, wie sehr Beate mich verbal dominiert. Sie streitet das vehement ab und so entscheidet er, dass Einzelsitzungen besser für uns seien. So genieße ich eine kostenlose psychologische Beratung bei ihm, in der er versucht, meine devoten und leicht masochistischen Neigungen mittels Verhaltenstherapie zu heilen. Ich soll mich jedes Mal dafür belohnen, wenn ich auf Erfüllung meiner Neigungen verzichte. Aber genau diese Erfüllung, also das Wichsen, während ich von dominanten Frauen fantasiere, ist doch gerade die eigentliche Belohnung für mich. Anstatt mich also von meinen Fantasien zu befreien, führt dies bei mir nur dazu, dass ich mir endgültig darüber klar werde, wie wichtig mir diese Neigung ist und dass ich sie in Zukunft richtig ausleben, und in möglichst allen Facetten erkunden möchte. Konsequent breche ich die Beratung ab, ja, noch schlimmer, ich schlafe sogar auch einmal mit einer anderen Inge, einer unserer gemeinsamen Freundinnen, der ich von meiner Neigung erzähle, und siehe da, sie will das ausprobieren, fällt über mich her, kratzt und beißt mich und nimmt mich in einem wilden Rausch auf dem Teppich. Das ist für mich ein erneuter Beweis, dass diese Art Frauen, die mir in meinen Fantasien vorschweben, durchaus real vorhanden sind. Es ist also nicht so, wie Beate mehrfach behauptet hat, dass es solche Frauen nicht gäbe. Man muss sie nur finden! Und so beschließe ich als Krönung meiner Erkenntnisse aus dem Prozess der Trennung zum Jahreswechsel, quasi als Neujahrsvorsatz, in Zukunft nur noch mit einer dominanten Frau zusammenleben zu wollen und meine künftige Suche ganz darauf auszurichten, eine solche Frau zu finden.

Kapitel 1

Deshalb beginne ich nach einem Monat des Einlebens in Raleigh jetzt mit der Suche nach einer dominanten Frau. Selbst hier, bei den ganz Frommen, gibt es wider Erwarten in einer schmuddeligen Gegend im Zentrum von Raleigh, einen Sexshop mit SM-Magazinen voller Anzeigen. Ich bewerbe mich auf einige von ihnen, fülle sogenannte Sklaven-Fragebögen aus, in denen ich versuche meine Neigungen zu beschreiben, und schicke sie hoffnungsvoll los. Aber so recht wird da nichts daraus. Die wenigen Dominas, die wirklich antworten, leben alle viel zu weit weg und klingen außerdem auch eher professionell.

Also versuche ich es mal auf die ganz konventionelle Art: Auf Empfehlung meiner Kollegen besuche ich an einem Samstagabend ein einschlägiges Tanzlokal, einen sogenannten Meatplace (nicht Meet-place wohlgemerkt!). In einem Hotel außerhalb der Stadt ist jeden Samstag Tanz angesagt. Als ich in den Saal komme, schaue ich mich erst mal um. Ich sehe viele Frauen an den Tischen sitzen, alle zu zweit oder zu mehreren, keine allein. Aber ich bin allein und setze mich an einen leeren Tisch am Gang zur Tanzfläche, beobachte die Frauen, die vorbei kommen, und suche nach einigermaßen dominant aussehenden Damen. Von ihrem Auftreten her kommen auf Anhieb zwei oder drei für mich infrage, aber meine Versuche, mich ihnen zu nähern, schlagen fehl. Sie wollen noch nicht einmal mit mir tanzen. Bin ich nur nicht ihr Typ oder mache ich etwas falsch? Aber dann geht eine blonde, reifere Frau, wohl auf dem Weg zur Toilette, zweimal an meinem Tisch vorbei und erregt mein Interesse. Sie trägt einen schwarzen Hosenanzug und dazu sehr hohe ebenfalls schwarze Sandaletten. Sie ist zwar kleiner als ich, aber ihre aufrechte Haltung und ihr stolzer, selbstsicherer Gang lassen mich unruhig werden. Also nehme ich noch einmal all meinen Mut zusammen, suche ihren Tisch und fordere sie zum Tanzen auf. Und siehe da, sie stimmt zu und folgt mir auf die Tanzfläche. Die Musik ist sehr laut, wir können uns nur schwer unterhalten, aber zumindest weiß ich nach dem ersten Tanz bereits ihren Vornamen. Sie heißt Lorinda, und als ich sie nach Ende der Tanzrunde zu ihrem Tisch zurückbegleite, fragt sie mich gleich, ob ich allein hier sei. Verwirrt sage ich »Ja«, in der Annahme sie wolle wissen, ob ich Single sei. Aber sie meint erst mal nur, ob ich an diesem Abend allein hier sei, und als ich auch dies bestätige, lädt sie mich zu sich an ihren Tisch ein. Jetzt können wir uns etwas besser unterhalten, aber ich kann sie auch genauer anschauen. Ihr blondes Haar sieht nicht echt aus, ich vermute also, dass sie eine Perücke trägt, und frage mich natürlich nach dem Grund. Es wird eine Weile dauern, bis ich ihn erfahre. Unter dem Jackett kann man ihre genaue Figur nur erahnen, aber soweit ich es sehen kann, hat sie einen schönen, vollen Busen, vielleicht etwas zu breite Hüften und eine noch akzeptabel schlanke Taille. Dass sie über zehn Jahre älter ist als ich, erfahre ich erst später, hier bei dem schummrigen Licht kann ich nur ihr hübsches Gesicht sehen. Sie hat eine sanfte, angenehme Stimme, aber so wie sie von sich erzählt, zeigt das zumindest Selbstbewusstsein. Ob sie auch dominant ist, kann ich nicht erkennen.

Ihre Schwester Serena begleitet sie, eine recht füllige und etwas jüngere Frau, die leider auch noch raucht. Sie hat zwar einen tollen Busen, aber leider auch um den Bauch herum zu viel Speck. Sie ist wohl etwas einfacher gestrickt als Lorinda, man könnte auch sagen, dass sie ordinär ist. Trotzdem unterhalten wir uns, so gut es bei der lauten Musik geht und ich erfahre, dass Lorinda Lehrerin an einer Grundschule ist. Na das ist doch schon mal eine gute Voraussetzung für eine gewisse erzieherische Neigung und vielleicht auch für Dominanz. Ich tanze noch ein paar Mal mit Lorinda und wir finden offensichtlich beide Gefallen am anderen, denn als es langsam Zeit wird zum Aufbrechen, fragt sie mich, ob ich Lust hätte, noch mit zu ihr nach Hause zu kommen. Und jetzt kommt der Hammer: Sie sei zwar verheiratet, aber ihr Mann sei ›open minded‹ und hätte nichts dagegen, wenn sie mich mitbrächte. Außerdem würde uns ja ihre Schwester begleiten. Erst bin ich etwas unsicher, denn es könnte ja auch eine Falle sein, in die einsame Männer gelockt werden. Man hat ja aus USA schon viel Schlimmes gehört! Und wer weiß, wo ich da lande und was mit mir geschehen könnte. Aber dann siegt meine Neugier (oder sollte ich besser sagen meine aufkeimende Geilheit) über alle möglichen Bedenken. Außerdem haben beide sich vorher nicht wie Massenmörderinnen benommen. Und doch, stille Wasser sind bekanntlich tief. Vielleicht ende ich ja als wehrloses Opfer einer brutalen Herrin, die mich gefangen nimmt und mich dann langsam zu Tode foltert. Hin und her gerissen fahre ich schließlich hinter den beiden her, aus der Stadt hinaus ins Dunkel. Ein wenig beunruhigt bin ich schon, als es immer weiter aufs Land geht und die Gegend immer einsamer wird, aber irgendwann landen wir in einer kleinen Sackgasse vor einem riesigen Haus. Es liegt an einem Fluss, am Neuse River, ist ganz aus Holz gebaut und auf einem großen Grundstück errichtet. In dieser Nacht sehe ich nicht viel davon, denn wir sitzen bis früh um fünf Uhr zu dritt im Fernsehzimmer und reden über Gott und die Welt. Vor allem sind beide neugierig, von mir über mein Heimatland zu hören, da sie beide noch nie außerhalb der USA waren. Meine devote Seite kommt dabei noch nicht so recht ans Licht, und ebenso wenig erfahre ich Konkretes darüber, ob Lorinda dominant sein könnte. Aber meine zurückhaltende, ruhige Art gefällt den Damen offensichtlich und sie machen mir klar, dass sie mich gern wiedersehen möchten und neugierig sind, noch mehr über mich zu erfahren. Dann stehe ich auf, verabschiede mich von Serena, und als die – Gott sei Dank oder auf einen Wink von Lorinda hin, das kann ich nicht sagen - kurz aus dem Zimmer geht, geben Lorinda und ich einander einen sehr scheuen Kuss zum Abschied. Sonst geschieht erst mal gar nichts Eindeutiges.

Kapitel 2

Zurück in meinem Apartment, total übermüdet und allein mit meinen Gedanken kommen sofort meine Fantasien hoch: Diese Frau passt ganz gut in mein Beuteschema: Sie ist selbstbewusst und deutlich älter als ich. Sie weiß, was sie will, denn sie hat bestimmt, dass wir zu ihr nach Hause fahren, und instinktiv ahne oder hoffe ich, dass sie noch mehr bestimmen könnte. Sie ist innerlich unabhängig, ihr Mann ist erst mal kein Hindernis für eine mögliche Beziehung, und ich glaube, dass auch sie angebissen hat, denn beim Abschied hat sie sich mit mir zu einem zweiten Treffen verabredet, und zu meiner großen Überraschung wird dieses in meiner Wohnung stattfinden. Da ich ihr erzählt habe, dass meine Zeit in Raleigh begrenzt ist, schließe ich aus ihrer Eile kühn, dass sie nichts verpassen will und mehr von mir erwartet, ja dass sie mich wohl haben will und dass sie damit nicht lange fackeln wird. Wenn also schon nichts weiter passiert, so werde ich vielleicht wenigstens ein paar schöne sexuelle Erlebnisse mit einer reifen Frau haben. Mit diesen Gedanken schlafe ich ein, aber ich muss schon um 10:00 Uhr am Flughafen sein, weil ein Kollege mich in seiner Privatmaschine zu einer Flugstunde über die Umgebung mitnimmt. Erst als ich am frühen Nachmittag wieder zurück bin in meinem Apartment, kann ich noch einmal in Ruhe über die Erlebnisse der Nacht nachdenken und mir vorzustellen versuchen, wie es mit dieser Frau weitergehen könnte. Das endet natürlich damit, dass ich mir die Augen verbinde, mich fessle und meinen Schwanz wichse, bis ich abspritze. Erst dann kann ich den fehlenden Schlaf nachholen.

Am Dienstagabend ist es soweit, Lorinda besucht mich zum ersten Mal in meinem gemieteten 2-Zimmer-Apartment. Als sie an meiner Tür klingelt, stehe ich schon wartend bereit, sie einzulassen und zu begrüßen. Sie sieht toll aus: Sie trägt einen engen, drei Viertel langen schwarzen Rock, eine sehr straff sitzende, langärmelige, weiße Bluse unter einem schwarzen Blazer und dazu hochhackige Pumps. Natürlich biete ich ihr etwas zu trinken an, dann setzt sie sich direkt neben mich auf die Couch, und wir reden, eng nebeneinander, fast auf Tuchfühlung. Ich merke sofort, diese Frau geht ran, die lässt nichts anbrennen! Sie erzählt über sich. Sie führen eine offene Ehe, und ihr Mann schleppt dauernd andere Weiber mit nach Hause und fickt sie dort im Gästezimmer. Deshalb hat sie auch das Recht, sich einen jungen Mann nach Hause mitzubringen. Er hat nichts dagegen, auch nicht, wenn sie diesen Mann zu ihrem Liebhaber macht. Damit hat sie die Partie eröffnet, jetzt heißt es dran bleiben und sie möglichst noch heute zumindest ins Bett kriegen. Aber erst einmal erzähle ich ihr von meiner gescheiterten Ehe und auch von dem wohl wichtigsten Grund ihres Scheiterns, dem Mangel an Dominanz auf Seiten meiner Frau. Denn siehe da, ich weiß instinktiv, was ich zu tun habe. Ich muss dieser Lady sofort reinen Wein einschenken, damit ich sehe, wie sie darauf reagiert und ich meine Zeit nicht mit den falschen Frauen vergeude. Ich weiß ja auch nur zu genau, dass meine Zeit hier begrenzt ist. Mit diesem inneren Antrieb fällt es mir plötzlich überhaupt nicht schwer, zu ihr ganz offen über meine Fantasien zu sprechen. Ich erzähle ihr, dass ich mich gern einer starken, dominanten Frau unterordnen möchte, dass ich gezwungen werden möchte, dieser Frau zu gehorchen, und dass ich von ihr auch erzogen werden möchte. Zu meinem Erstaunen erschrickt sie überhaupt nicht über dieses Bekenntnis, sondern zeigt im Gegenteil reges Interesse und will von mir noch mehr über meine Neigung wissen. Dabei rückt sie noch enger an mich heran und zeigt mir durch ihre körperliche Nähe, dass es ihr ernst ist, dass sie mehr von mir will als nur interessante Gespräche mit einem Ausländer. Und so berichte ich ihr immer bereitwilliger von meiner Lust, mich zu fesseln, mir die Augen zu verbinden und mich dann selbst zu befriedigen. Ich gestehe ihr mein Sehnen danach, einer Frau vollkommen wehrlos ausgeliefert zu sein und alles tun zu müssen, was sie verlangt. Ja ich erzähle ihr sogar von meinem Wunsch, eine strenge Herrin zu haben, die mein Leben reguliert, mir Befehle erteilt, mich bei Ungehorsam züchtigt und überhaupt mich vollkommen im Griff hat und nur noch mit mir macht, was sie will.

16

Als nächstes Thema erzähle ich auch ausgiebig davon, wie gern ich weibliche Wäsche trage und wie geil mich das macht. Ich beichte ihr, dass ich schon ein paar Wäschestücke besitze, dass ich vor allem gern BH und Slip unter meiner Alltagskleidung trage und am liebsten in einem weiblichen Nachtkleid schlafe.

Außerdem gestehe ich ihr, wie gern ich beim Sex unter einer Frau liege, die Missionarsstellung hasse und viel lieber der Frau die Initiative überlasse. Und ich sage ihr, dass ich es ganz besonders liebe, wenn sich eine Frau mit ihrer streng nach ihrer Weiblichkeit duftenden Möse auf mein Gesicht setzt.

Ich gestehe ihr an diesem Abend so viel wie möglich von dem, was ich bis dahin selbst über mich weiß und es ist ganz offensichtlich, dass ihr meine Vorstellungen gefallen, ja dass sie auf der gleichen Wellenlänge liegt.

»Das finde ich alles sehr schön, lieber Gregor! Ich höre es mit Freude, dass du so veranlagt bist. Gerade weil ich zu Hause einen dominanten Macho als Ehemann habe, könnte ich mir einen devoten, zärtlichen Mann sehr gut als Liebhaber vorstellen, der sich meinen Wünschen unterordnet und stets zu allererst die Frau befriedigen möchte und nicht nur an sich denkt. Ja, und ich bin auch gern oben, wo du unten sein möchtest. Wenn du wirklich so ein Mann bist, dann will ich dich haben, festhalten und besitzen. Deshalb will ich jetzt unser Gespräch lieber im Schlafzimmer fortsetzen!«

Damit steht sie vom Sofa auf, greift nach meinen Händen und führt mich Richtung Schlafzimmer. Und siehe da, nicht ich nehme sie mit hinüber in den anderen Raum, nein, hinter mich tretend ergreift sie meine Hände, zieht sie etwas auf den Rücken, wie um mich zu fesseln und führt mich fast schon wie einen Gefangenen hinüber. Dort dreht sie mich um, ich schaue ihr in die Augen und im nächsten Moment gibt sie mir einen kräftigen Schubs und wirft mich aufs Bett. Ich bin total überrascht über diesen schnellen Angriff und kann nur noch denken ›Das ist ja genau das, was ich mir vorgestellt habe!‹, da kniet sie schon über mir auf dem Bett und verbindet mir die Augen mit ihrem Halstuch. Dann hockt sie sich über mich, ich spüre die süße Last ihres Körpers und lasse es geschehen, dass sie diejenige ist, die mich langsam auszieht, während ich nicht sehe, ob und wie weit sie sich entkleidet und natürlich auch nicht, wie sie dann aussieht. Mein Schwanz stellt sich von ganz allein auf, aber sie ist es, die ihn endgültig hart macht, mir ein Kondom überzieht und sich mein hartes Glied in ihre weiche, aufnahmebereite Möse steckt. Zum ersten Mal seit über zehn Jahren werde ich endlich wieder einmal von einer Frau genommen. Damals hat meine spätere Ehefrau Beate noch sehr unschuldig, aber doch sehr schön mit mir kleine Fesselspiele gemacht und mich ebenfalls aktiv geritten. Aber leider war das ja alles letztlich erfolglos geblieben, weil sie im Innersten nicht meine Domina sein wollte.

Eigentlich ist es kaum zu glauben, dass ich mit so geringem Aufwand und in so kurzer Zeit genau das gefunden habe, wonach ich mich all die Jahre gesehnt habe, eine dominante Frau über mir, eine Frau, die weiß, was sie will und die es sich einfach nimmt, weil es ihr zusteht! Ich bin überglücklich, so unerwartet einer so offensichtlich an weiblicher Dominanz und männlicher Unterwerfung interessierten Person begegnet zu sein. Deshalb gebe ich mich spontan ganz hin, lasse sie gewähren, tue was sie verlangt, lasse mich reiten, warte brav, bis sie ihren Orgasmus hat, und spritze erst dann in mein Kondom, als sie mich dazu auffordert und dies mit festem Griff ihrer Hand in meine Eier unterstreicht. Welch ein Genuss, welche Erfüllung! Ich kann nicht anders, ich verliebe mich Hals über Kopf in diese Frau und ignoriere nahezu alles, was gegen eine Beziehung zu ihr sprechen könnte. Und es gibt da einiges: Schließlich ist sie ja nicht nur verheiratet, sondern es sieht überhaupt nicht danach aus, dass sie sich von ihrem Mann trennen wollte. Außerdem ist sie über zehn Jahre älter als ich und gar nicht so schlank, wie ich es mir von meiner zukünftigen Partnerin wünschen würde. Obendrein trägt sie, wie ich schon am Samstagabend vermutet hatte, eine blonde Perücke, die mir an ihr nicht so recht gefällt, und ich weiß überhaupt nicht, wie sie darunter aussieht und welche natürliche Haarfarbe sie hat. Sie ist also auf Anhieb erst mal bei Weitem nicht die Traumfrau, die Superdomina aus meinen Fantasien. Aber sie hat einen riesigen Vorteil: Sie ist real, sie ist dominant und sie will mich haben, zumindest mal als ihren Liebhaber und vielleicht auch als ihren Sklaven.

Kapitel 3

Leider ist meine Zeit in Raleigh begrenzt und ich bin nur noch für zwei Monate hier. Dann muss ich zurück nach Deutschland, zurück zu meinem alten Job im Labor und zurück zu meinem Alltag. Und dort wartet neben der Arbeit auch die endgültige Auseinandersetzung mit meiner Frau, die Trennung und am Ende die Scheidung auf mich. Aber trotz all der damit verbundenen Probleme und aller Hindernisse, die ich auf dem Weg zu einer festen Beziehung mit Lorinda von Anfang an sehe, wächst in mir eine tiefe Sehnsucht danach, dieser Frau als ihr Sklave gehören zu dürfen.

Und sie legt ein Wahnsinnstempo vor auf dem Weg dahin! Schon bei ihrem nächsten Besuch in meinem Apartment bringt Lorinda selbst gefertigte Hand- und Fußmanschetten aus 5 cm breitem Kupferblech mit. Ich muss ihr sofort ins Schlafzimmer folgen und mich nackt ausziehen. Dann legt sie mir die Fesseln an und bindet mich zum ersten Mal in meinem Leben ›spread-eagled‹ aufs Bett, d.h. sie bindet mir Hand- und Fußgelenke mit den an den Schellen befestigten kurzen Seilen an den vier Ecken des Bettes fest. Jetzt liege ich, ebenfalls zum ersten Mal, vollkommen hilflos ausgeliefert vor ihr. Ich zittere vor Erwartung und Geilheit, und sie beginnt, mit meinem Körper zu spielen. Dazu hat sie noch einige Seidentücher mitgebracht und testet meine Reaktionen auf die Berührung mit den zarten Stoffen. Sie verbindet mir die Augen mit einem Tuch und knebelt mich, indem sie einen Knoten in ein anderes macht, diesen in mein willig geöffnetes Maul stopft und es hinter meinem Kopf zusammenbindet. Jetzt höre ich, wie sie den Raum verlässt. Einen Moment später kommt sie zurück und schon spüre ich einen Schlag auf den linken Oberschenkel, dann einen auf dem rechten, schließlich einen Hagel von Hieben, nicht allzu hart, aber doch so intensiv, dass ich deutlich spüre, wirklich von ihr geschlagen zu werden, ja dass es einerseits richtig wehtut und ich aber andererseits vor Geilheit fast vergehe. Später erfahre ich, dass sie das benutzte Stöckchen extra für meine Züchtigung besorgt und mitgebracht hat. Sie hat also alles für diesen Abend sehr sorgfältig geplant, und sie weiß auch über vieles rund um SM sehr gut Bescheid, besser als ich.

Bevor es zu schlimm wird, legt sie den Stock beiseite, steigt aufs Bett, setzt sich über mich und benutzt meinen wie schon beim ersten Mal gummierten Schwanz zu ihrer Befriedigung. Den Grund für die Kondome macht sie mir schnell klar: Da ihr Mann durch eine Vasektomie für die Empfängnisverhütung gesorgt hat, muss sie bei mir aufpassen und mir immer erst ein Präservativ überziehen, bevor sie mich richtig benutzen kann. Die Wahrscheinlichkeit, dass sie in ihrem Alter (sie wird demnächst 46 Jahre und ich einen Monat später erst 35) noch einmal schwanger wird, ist zwar nicht eben hoch, aber sie will absolut auf Nummer sicher gehen. Schon dieser Akt des Kondom Überziehens ist jedes Mal sehr demütigend für mich, einmal, weil ich das vorher nie tun musste (meine Noch-Ehefrau hat immer die Pille genommen), aber auch weil ich mir vorkomme wie ein Zuchtbulle, der zur Entsamung vorbereitet wird. Doch genau diese Art der Benutzung ist auf der anderen Seite ja auch besonders erregend für mich, weil ich hierbei so richtig zu spüren bekomme, dass ich erst einmal nichts anderes für sie bin, als ihr Lustobjekt.

Aber sie hat noch eine bessere und für mich neue Art, mich zu benutzen und gleichzeitig zu demütigen: Statt meinen Schwanz zu reiten, bevorzugt sie es, sich über mich zu hocken und ihren strammen Hintern langsam aber fest auf mein Gesicht zu senken, um sich dann von mir lecken zu lassen. Auch dazu verbindet sie mir vorher die Augen mit einem Tuch und so sehe ich sie (vorläufig) nie nackt. Aber ich sehe auch nicht, was in dieser Position dann Schönes auf mich zukommt, ich sehe nicht ihre weiblichen Rundungen, nicht die beiden herrlichen Globen, die sich auf mich senken und mir im Nu den Atem rauben. Ich kann es nur ahnen und willig ihre Fotze empfangen, ihren Duft in mich aufsaugen und sie dann mit meiner Zunge ausgiebig verwöhnen. Dabei bin ich sehr lernfähig und im Nu lecke ich sie voller Inbrunst, sanft, aber zielgerichtet, bis ich spüre, wie sie immer erregter wird, wie sie auf meinem Körper zu zucken beginnt und schließlich über mir explodiert. Diese Art von Sex kommt meiner Lust auf Unterwerfung sehr stark entgegen, es ist so viel demütigender als die Penetration, es verkörpert viel mehr die unterwürfige Position des Mannes, und als ich ihr dies sage, ist sie überglücklich und bestätigt mir, dass es viel schöner für sie ist, wenn sie meine Zunge benutzen kann, als meinen Schwanz zu reiten. In der Hinsicht ist sie nämlich in ihrer Ehe überhaupt nicht verwöhnt worden. Ihr Mann will immer nur ficken, sonst nichts. Also genießt sie meine Leckdienste umso mehr. Und so lasse ich bereits zu Beginn unserer Beziehung alles bis ins Detail so mit mir geschehen, wie sie es gern hätte und wie sie es auch ohne Hemmungen von mir verlangt.

Jedes Treffen bringt uns weiter und so bin ich im Nu im siebten Himmel. In rasender Geschwindigkeit entwickelt sich unsere Beziehung und es wird mir schnell klar, dass Lorinda wirklich Talent zur Domina hat und dass sie obendrein sehr kreativ ist.

Kapitel 4

Gleich am folgenden Sonntagnachmittag lädt sie mich zu sich nach Hause ein. Als sie mich nach meinem Klingeln an der Tür in Empfang nimmt, trägt sie eine elegante, lange schwarze Hose und darüber eine edle, graue, eng anliegende Bluse, die ihre Brüste sehr schön hervorhebt. Sie strahlt mich an, ich umarme sie, küsse sie ganz sanft auf den leicht geschminkten Mund und überreiche ihr einen Blumenstrauß. Mit dem in der Hand, führt sie mich ins Wohnzimmer und stellt mich ihrem Mann Dillon und ihrer Tochter Janina sowie ihren Adoptivkindern Sarah und Sam vor. Alle sind sie da, um mich zu begutachten, und noch weiß keiner von der Art unseres Verhältnisses. Dillon ist Ingenieur, kräftig gebaut, aber noch schlank, dunkelhaarig und mit Vollbart, aber ein Mann mit wenig Charme. Er ist einsilbig und relativ reserviert. Janina ist eine hübsche, blonde junge Dame, Sarah und Sam sind beide dunkelhaarig, ebenfalls schlank und man sieht, dass sie nicht Lorindas leibliche Kinder sind. Lorinda und Dillon haben sie noch in West Virginia, wo sie alle herkommen, adoptiert, nachdem Lorindas Schwester plötzlich auf Nimmerwiedersehen verschwunden war und die Kinder allein zurückgelassen hatte. Daraus kann ich sofort schließen, dass sie einen starken Familiensinn haben und der Zusammenhalt aller Familienmitglieder äußerst wichtig für sie ist. Alle, mit Dillon als der einzigen Ausnahme, sind sehr nett zu mir und wir unterhalten uns recht gut über Gott und die Welt. Natürlich finden sie einen Besucher aus Deutschland interessant. Sie haben keine Ahnung, wie es dort aussieht, wie die Menschen sind und wie sie leben, und sie wollen von mir möglichst viel darüber erfahren. Aber sie fragen mich auch nach meinem Privatleben, angefangen beim Beruf bis hin zu ganz intimen Fragen über meine Beziehungen zu Frauen in Deutschland. Und ich erzähle auch hierbei offen alles über mein bisheriges Leben und meine Trennung von Beate. Janina fragt mich sogar, welchen Typ Frau ich mag, und ich antworte ihr, dass ich gern eine starke, selbstbewusste Frau möchte, die auch in unserer Beziehung die Führung übernimmt. Aber das Thema meiner Beziehung zu Lorinda ist erst einmal tabu.

Jetzt lerne ich auch das tolle Haus näher kennen. Dillon führt mich herum und zeigt mir stolz die technischen und vor allem die ökologischen Feinheiten, wie Solarheizung und Isolation, damals in USA noch überhaupt kein Thema. Das riesige Haus hat einen ebenerdigen Eingang von der darüber liegenden Straße ins Erdgeschoss und darunter ist ein Basement mit Ausgang zum tiefer liegenden Garten und zum Fluss. Alles ist aus Holz gebaut und gut isoliert. Oben im Erdgeschoss findet man ein großzügiges Wohnzimmer, dazu Küche, Esszimmer, einen Fernsehraum (in dem wir in der ersten Nacht saßen), zwei kleine Schlafzimmer für Gäste und ein sehr großes mit einem Kingsize Bett, den Family-Bedroom für Lorinda und Dillon. Ich weiß ja inzwischen, dass sie eine offene Ehe führen und was es für sie bedeutet: Dillon bringt ständig eine seiner meist schwarzen Mitarbeiterinnen mit nach Hause und vögelt sie dort ohne Rücksicht auf seine Frau in einem der Gästezimmer. Das dauert stets nicht allzu lang, denn er ist ein typischer Wam-Bang-Thank-you-Ma'm-Typ, also ein Mann, der eine Frau besteigt, sie kurz rammelt, abspritzt und sich kein bisschen um ihre Befriedigung schert. Aber das ist ja nur gut für mich, denn auch deshalb fährt ja Lorinda so sehr auf mich ab, weil ich im Gegensatz dazu immer schon vor allem darauf geachtet habe, zunächst meine Partnerin zufriedenzustellen, und erst dann an mich zu denken. Ich bin also genau der Typ Mann, den eine starke Frau sich gern hält, um sich rundherum verwöhnen zu lassen.

Als die Kinder abends wieder gegangen sind, zieht sich auch Lorindas Mann zurück und wir sind allein. Sie steht auf, ergreift meine Hand und zieht mich die Treppe hinunter ins Basement, eine Mischung aus Kellern, Heizraum und einer großen Einliegerwohnung. Sie zeigt mir ausführlich alle Räume, darunter auch einen ohne Fenster und mit einem Balkengerüst als Raumteiler in der Mitte. Hier macht sie mir klar, dass sie mich an diese Balken binden und mich züchtigen wird, wenn ich es einmal verdient haben sollte. Dazu muss ich mich schon mal probeweise breitbeinig davorstellen, sie beugt mich tief nach vorn runter und zeigt mir, wo sie dann meine Hände festbinden wird, um mich dann ungestört züchtigen zu können. Mir wird ganz anders zumute, denn vor richtigen Schlägen habe ich doch Angst.

Am Ende der Besichtigungstour tritt sie hinter mich, nimmt meine Hände, führt sie auf den Rücken, hält sie dort fest und schiebt mich in ein winziges, dunkles Kämmerchen ohne Tageslicht und mit abschließbarer Tür, das sie mir bisher vorenthalten hat. Hier befinden sich nur eine ganz einfache Bettstatt und so eine Art Nachtkästchen. Die Basis des Betts bilden zwei flache, einen Quadratmeter große Hühnerkäfige, die Lorinda als kleine Nebeneinnahme zusammen mit anderen Country-Sachen in ihrem Laden in Durham verkauft. Obendrauf liegt eine einfache Matratze, darüber ein Laken, eine dünne Decke und ein Kopfkissen.

»Diese Kammer habe ich für dich vorbereitet. Sie wird von nun an deine Zelle sein, in die ich dich immer dann einsperren kann, wenn du hier bei mir bist. Das werde ich besonders gern tun, wenn ich mal keine Zeit für dich habe, wenn etwa mein Mann sein Recht einfordert oder einfach, wenn ich Lust dazu habe, dir deine Freiheit zu nehmen«, verkündet mir Lorinda mit strahlenden Augen, verschließt die Tür von innen, nimmt ein schönes weiches Tuch, verbindet mir damit die Augen und befiehlt mir, vor ihr niederzuknien. Nun ergreift sie meine Hände, faltet sie wie zum Gebet und spricht:

»Mein lieber Gregor! Du hast mir offenbart, dass du nach einer dominanten Frau suchst, der du dich gern unterordnen möchtest. Du hast mir bereits in den wenigen Tagen gezeigt, dass du in der Lage bist, einer Frau zu dienen und vor allem immer zuerst an ihre Befriedigung zu denken. Ich habe daher für mich entschieden, dass du der Richtige bist, um von mir zu meinem Sklaven gemacht zu werden. Du brauchst von jetzt an nirgends mehr nach so einer Frau zu suchen, und du wirst auch nicht mehr suchen. Du hast hiermit die Herrin gefunden, von der du schon so lange geträumt hast: Sie steht vor dir!

Deshalb wirst du ab sofort keine andere Frau mehr begehren, sondern dich allein mir unterordnen. Du wirst mit keiner anderen Frau mehr ins Bett gehen, sondern dich allein für mich aufheben. Du wirst mich lieben und ehren und mich künftig nur noch mit ›Mistress Lorinda‹ ansprechen. Umgekehrt werde ich dich als meinen Sklaven lieben und benutzen. Deshalb nenne ich dich ab sofort nur noch ›Slave Gregory‹. Wenn du hier bei mir bist, wirst du nichts anderes als mein Sklave mehr sein und mir dienen. Aber auch, wenn du getrennt von mir bist, will ich, dass du mir gehorchst und mir treu bleibst. Hast du das verstanden?«

»Ja, aber … Lorinda«, stottere ich, weil ich noch total überrascht bin von dieser schnellen Entscheidung. Sie hat mich nicht wenigstens einmal gefragt, was ich davon halte, sie hat es einfach für sich entschieden, sie zeigt mir schon nach so kurzer Zeit überdeutlich ihre Dominanz. Ich sage immer noch nichts, aber da habe ich schon eine Ohrfeige im Gesicht, die mir den Kopf nach links reißt.

»Wie heißt das richtig?«

Bevor ich noch antworten kann, fliegt mein Kopf schon von der nächsten Ohrfeige getroffen in die andere Richtung. Ganz schnell fällt mir ein, was ich zu sagen habe.

»Ja Mistress Lorinda, ja ich habe verstanden!«

»So ist es schon besser! Ich denke, du wirst schnell lernen. Außerdem werde ich jeden deiner Fehler streng bestrafen. Und jetzt bete deine neue Herrin gebührend an, Sklave!«

Ich bin überrumpelt, damit hatte ich nicht gerechnet, vor allem nicht, dass es so schnell gehen würde. Aber ich lasse mich von ihrem Elan mitreißen. Ich knie immer noch und meine Hände sind noch gefaltet. So bin ich bereits in der natürlichen Anbetungshaltung. Also gebe ich mir einen Ruck und beginne langsam:

»Ja Mistress Lorinda. Ich bete dich an und beuge mich deinem Willen. Ich danke dir, dass du dich dafür entschieden hast, meine Herrin zu sein und mich zu deinem Sklaven zu machen. Ich bin nur allzu gern bereit, dir zu gehorchen und von dir versklavt zu werden!«

»So ist es gut, Sklave. Ich will, dass du für immer mein Sklave wirst, dass du mir gehorchst und dich mir unterordnest. Alles andere wird sich ergeben. Und jetzt steh auf, zieh dich nackt aus und leg dich aufs Bett!« Schon richtig gehorsam antworte ich, »Ja Mistress Lorinda«, und liege im Nu nackt auf dem Bett ausgestreckt. Als Erstes legt mir meine neue Herrin wieder die selbst gemachten Fuß- und Handmanschetten an und fixiert mich so ruck zuck ›spread-eagled‹ auf dem Bett. Dann höre ich, wie sie sich die Hose auszieht und den Slip folgen lässt. Halb nackt steigt sie nun über mich und lässt sich mit ihrer Scham auf meinem Gesicht nieder. Sie macht es sich bequem, wetzt ihre Fotze so richtig fest über mein Maul und betört mich mit ihrem Duft. Im Nu bin ich bereit, auch wenn ich kaum Luft bekomme.

»Sklave, jetzt leck mich und mach es ja gut. Ich will einen schönen Orgasmus haben!«

Total überwältigt und überglücklich ob dieser für mich so äußerst positiven Wendung meines Lebens versenke ich meine Zunge in ihre Spalte und lecke sie sanft, zärtlich und zurückhaltend, bis sie vor Lust zuckend und stöhnend über mir zusammenbricht und sich auf mich wirft. Sie genießt ihren Orgasmus ausgiebig, legt sich dann in voller Länge auf mich und lässt mich ihre süße Last spüren. Als sie sich erhebt, lässt sie mich unbefriedigt, geil und mit verschmiertem Mund noch einige Minuten gefesselt liegen.

Kapitel 5

Damit ist der Anfang gemacht zu einem neuen Leben, in das Mistress Lorinda mich von nun an führt. Als sie mich von meinen Fesseln befreit, weiß ich, was ich zu tun habe: Ich sinke vor dem Bett auf den Boden und bete meine Mistress erneut an. Sie nimmt meine Huldigung wohlwollend entgegen. Dann befreit sie mich von meinem Tuch und ich sehe, dass sie sich bereits wieder angezogen hat. Sie schaut mir von oben herab ganz tief in die Augen.

»Ja mein Sklave, du wirst mich von nun an immer anbeten und mir dienen! Und ich allein werde entscheiden, ob du dabei auch zum Höhepunkt kommst oder nicht. Heute bleibst du keusch, weil ich es so will. Und wage ja nicht, dich heute Nacht selbst zu befriedigen, wenn du allein in deinem Bett liegst!« Dann küsst sie mich sanft auf die Stirn, hilft mir aufzustehen, ich darf mich anziehen und sie führt mich wieder nach oben. Im Wohnzimmer setzt sie sich neben ihren Ehemann, heißt mich vor beiden niederzuknien und erklärt ihm:

»Dillon, ich stelle dir hiermit meine Neuerwerbung vor: Slave Gregory wird mir ab sofort dienen!«

Dillon sieht mich etwas verächtlich an, sagt aber nichts weiter. Er muss natürlich bei seiner Vorgeschichte akzeptieren, dass seine Frau sich auch einen Liebhaber nimmt, und dann ist ein Sklave immer noch besser als ein Konkurrent. Also nickt er zustimmend und ich werde entlassen und fahre zurück in mein Apartment. Dort lege ich mich sofort aufs Bett, fessle mir die Beine, verbinde mir die Augen, und während ich die Geschehnisse der letzten Stunden noch einmal an mir vorüberziehen lasse, wichse ich meinen Schwanz. Aber Lorindas Einfluss auf mich wirkt schon: Statt einen gigantischen Höhepunkt zu erleben, breche ich rechtzeitig ab und sage mir:

»Ja Mistress Lorinda, ich glaube, ich bin am Ziel, ich glaube in dir die wahre Herrin gefunden zu haben und ich werde dir gehorchen. Jetzt muss ich nur noch alles tun, um dich für immer festzuhalten.«

Aber genau das ist wohl das größte Hindernis für unsere Beziehung: Sie ist verheiratet. Noch ist ihr Mann nicht eifersüchtig, denn er sieht mich sicher nur als ihr Spielzeug, zwar anders als seine Bums-Liebschaften, aber doch keine ernste Gefahr für seine Ehe. Aber ich suche ja eigentlich nach einer Frau, die nur mit mir lebt, die exklusiv meine Herrin ist und immer für mich da ist, eine Frau, die mich heiratet und lebenslang an sich bindet. Doch im Rausch der Sinne, in dem Gefühl jetzt endlich eine Frau gefunden zu haben, die mich dominieren will und meine Herrin sein will, verdränge ich erst einmal alle Zweifel.

Allein Lorinda bestimmt, was in der wenigen Zeit geschieht, die wir miteinander haben. Sie entscheidet völlig über meine Freizeit, und im Nu gibt es außer der Arbeit nichts anderes mehr für mich, als zu ihrer Verfügung zu stehen. Wann immer sie Zeit hat, kommt sie zu mir oder bestellt mich in ihr Haus, ganz egal, ob ich vielleicht etwas anderes vorhabe. Schon nach kurzer Zeit plane ich für meine Abende und Wochenenden gar nichts anderes mehr, sondern warte in meinem Apartment innerlich erregt auf ihren Anruf. Wenn sie zu Hause bleiben muss, aber Zeit für mich hätte, dann verlangt sie, dass ich sofort nach dem Anruf zu ihr fahre und ihr dort diene. Wenn sie zu mir kommen kann, muss ich mich im Wohnzimmer nackt und mit verbundenen Augen auf den Boden knien und auf sie warten. Als eine der ersten Handlungen habe ich ihr nämlich meinen zweiten Wohnungsschlüssel übergeben und so hat sie jederzeit Zugang zu und Kontrolle über mein Apartment. Also muss ich jedes Mal nach so einem Telefonat erwartungsvoll da knien und auf die Geräusche horchen, die mir vielleicht ihre Ankunft verkünden. Natürlich hoffe ich, dass niemals zufällig genau um die Zeit jemand vorbeikommt und etwas von mir möchte. Aber wer will außerhalb der Arbeitszeit schon etwas von einem unbekannten temporären Mitarbeiter bei IBM hier in Raleigh, North Carolina. Die Wahrscheinlichkeit ist gering und all meine Ängste darüber eigentlich völlig unnötig. Aber Lorinda nutzt diese Ängste gern aus. Am liebsten schleicht sie sich ganz leise an die Tür und überrascht mich mit ihrem plötzlichen Eintritt. Oder sie öffnet leise die Tür von der Küche zum Garten und packt mich plötzlich von hinten, während ich vorn auf ihre Ankunft warte und lausche.

Kapitel 6

Es ist das nächste Wochenende und schon am Freitagabend besucht mich meine Mistress. Sie erscheint in einem sexy Outfit. Die rosa Bluse betont ihre schönen, großen Brüste und ihre ausladenden Hüften stecken diesmal in einer ganz engen, dünnen, grauen Hose. Wie befohlen knie ich schon vor ihrem Eintreffen im Wohnzimmer. Kaum ist die Wohnungstür hinter ihr ins Schloss gefallen, und als wäre es das Natürlichste von der Welt, bete ich sie jetzt als meine Herrin an. Sie streichelt mir liebevoll über den Kopf und führt mich ins Schlafzimmer. Ich muss mich nackt ausziehen, sie fesselt mir die Hände auf den Rücken und wirft mich aufs Bett. Dann setzt sie sich zu mir und verkündet mir:

»Ich weiß noch zu wenig über dich. Jetzt will ich deshalb alles von dir erfahren, Sklave! Ich will, dass du mir alle, auch deine tiefsten, schlimmsten Geheimnisse offenbarst. Wenn du mit mir glücklich werden willst, dann musst du mir erzählen, was dich antreibt, was dich geil macht und welche Fantasien du hast. Aber ich will auch wissen, wie du dir deine Herrin vorstellst. Was dir an mir gefällt, was dich besonders reizt an mir. Und ich will alle deine Ängste und Befürchtungen kennen. Wovor ekelst du dich, was schreckt dich ab, wovor hättest du Angst und was wäre ganz besonders schlimm für dich? Je mehr ich über dich weiß, desto glücklicher kann ich dich machen und desto fester werden die Bande sein, mit denen ich dich an mich binde.«

Ich glaube ihr aufs Wort, ich habe keine Zweifel, dass ich mich ihr gegenüber total öffnen muss, um mein Glück nicht zu verpassen. Über der Euphorie dieses ersten Glücks verdränge ich allerdings, dass ihr Wissen über mich auch Herrschaftswissen darstellt, mit dem sie mich besser manipulieren, mich tiefer versklaven und mich im Extremfall natürlich auch gegen alle meine Interessen total ausnutzen und sogar erpressen könnte, wenn sie es für nötig hielte oder einfach nur ihre Machtgelüste ausleben möchte. Aber das ignoriere ich in diesem Moment nicht nur, sondern ich nehme es ganz bewusst in Kauf, weil ich mich ihr wirklich ausliefern möchte. Soll sie mich doch erpressen und vielleicht sogar lebenslang in die Sklaverei zwingen. Das ist doch genau das, wonach ich suche: die völlige Unterwerfung unter eine dominante Frau!

So beginne ich, ihr offen und ehrlich alles über mich zu erzählen. Und sie macht es mir besonders leicht, mich ihr zu offenbaren. Sie öffnet die obersten Knöpfe ihrer Bluse, damit ich die Ansätze ihres Busens und den Spitzen-BH zu sehen bekomme. Dann greift sie nach meinem Schwanz und massiert ihn sanft. Jetzt gibt es für mich kein Halten mehr, jetzt soll sie alles über mich wissen. Und so beginne ich:

»Ich möchte gern von einer Frau total besessen werden, ich möchte ihr Tag und Nacht dienen müssen. Am liebsten möchte ich 24 Stunden und 7 Tage in der Woche ihr Sklave sein, jegliche Freiheit verlieren und nur noch für sie da sein müssen. Ich möchte von dieser Frau auf der einen Seite geliebt werden, aber sie soll mich auch benutzen und erniedrigen, wenn ihr danach ist.«

Nach dieser noch sehr globalen Offenbarung geht sie jetzt ins Detail:

»Welche Freiheiten möchtest du denn verlieren?«

»Zum Beispiel die Freiheit, Sex zu haben, wann ich will und mit wem ich will. Aber auch ganz banal die Freiheit, selbst zu entscheiden, was ich heute Abend mache, in welches Kino ich gehe, welches Programm im Fernsehen ich mir anschaue. Und natürlich auch die Freiheit, zu entscheiden, welche Arbeiten ich mache und welche nicht, was ich mit meinem Geld mache, welches Auto ich fahre, usw.«

»Möchtest du auch ständig angebunden sein? Möchtest du wie ein römischer oder afrikanischer Sklave in Ketten gelegt leben müssen?«

»Ich möchte auf jeden Fall innerlich gebunden sein, möchte alle grundsätzlichen Dinge nicht mehr allein entscheiden dürfen. Dazu benötige ich keine physischen Ketten, es reichen symbolische, ein Ring, ein Halsband, ein Tattoo, irgendetwas, das mich immer daran erinnert, dass ich nicht mehr frei bin, sondern meiner Herrin gehöre!«

»Das gefällt mir sehr gut, was du da sagst, auf diese Art möchte auch ich dich gern versklavt sehen!«

Damit belässt sie es und fragt weiter.

»Und was heißt Benutzen für dich?«

»Das heißt, dass meine Herrin mit mir ohne Grenzen alles machen kann, was sie möchte. Das können natürlich alle sexuellen Dienste sein, die sie verlangt, aber auch genauso Dienste im Haushalt, im Garten, wo immer sie es will. Ich möchte in all diesen Aspekten das Gefühl haben, dass ich von ihr regelrecht ausgenutzt werde, dass ihre Lust, ihre Interessen, ihr Vorteil zuerst kommen und dass ich dabei immer zurückstecken und meine Wünsche hintenanstellen muss, solang nur mein Wunsch nach Unterwerfung erfüllt wird.«

»Und du willst das wirklich ohne Grenzen tun? Bist du dir bewusst, was das heißen kann? Ich könnte dich ja auch so extrem benutzen, dass dein Leben und deine Gesundheit in Gefahr geraten. Würdest du das wirklich akzeptieren?«

»Nun ja, mein Leben und meine Unversehrtheit sollten nicht unbedingt in Gefahr geraten, aber ich möchte durchaus Dinge tun und ertragen müssen, die absolut gegen meine Interessen sein können. Ich möchte zumindest stets das Gefühl haben, dass in letzter Konsequenz nicht ich entscheide, sondern meine Herrin. Aber da sie mich liebt und mich möglichst lang behalten will, wird sie auch dafür sorgen, dass es mir gut geht und ich alles ohne bleibende Schäden überlebe.«

»Ja, das ist ganz in meinem Sinne. Ich finde es sehr gut, in der Lage zu sein, meinen Sklaven bedingungslos benutzen zu können, wenn ich das will, und sobald du erst einmal richtig versklavt bist, wirst du erleben, wie sehr ich dich ausnutzen kann und wie viel Spaß mir das machen wird!«

»Was macht dich besonders geil, was möchtest du gern tun, wenn du mein Sklave bist?«, fragt sie mich als Nächstes.

»Vor allem möchte ich dir sexuell dienen, möchte deine göttliche Fotze lecken und dir, wann immer du möchtest, einen Orgasmus verschaffen. Es macht mich geil, unter dir zu liegen und dir mit der Zunge zu dienen. Der Geruch deiner Fotze macht mich geil, und ich werde wahnsinnig, wenn du mir dein getragenes, stark duftendes Höschen übers Gesicht bindest. In dem Zustand kannst du dann mit mir alles machen, was du willst: Betäubt von deinem Duft bin ich unfähig, dir zu widerstehen.«

»Das ist ja toll! Natürlich habe ich das schon an dir bemerkt, aber jetzt werde ich das noch viel konsequenter nutzen!«

Spricht es, steht auf, zieht ihre Hose aus, lässt den Slip folgen und stülpt ihn mir übers Gesicht, sodass meine Nase genau da landet, wo ihre Fotze vorher war und schon etwas Feuchtigkeit abgesondert hat. Jetzt greift sie sich zusätzlich ein mitgebrachtes Seidentuch und bindet damit das Höschen fester über mein Gesicht. Überwältigt von ihrem Duft und von ihrer Konsequenz in der Ausnutzung meiner Fantasien kann ich nicht anders und rücke jetzt mit meinem Lieblingsthema heraus. Ich erzähle ihr von meiner Lust auf weibliche Wäsche und Kleider.

»Ich muss dir gestehen, dass ich nicht nur dein getragenes Höschen liebe, sondern ganz allgemein weibliche Wäsche auf meinem Körper. Schon als Junge in der Pubertät habe ich heimlich die abgetragene Unterwäsche meiner Mutter oder meiner älteren Schwester aus dem Altkleidersack im Keller genommen und angezogen. Ganz besonders angetan haben es mir enge Miederhosen, Korsagen und Miedergürtel.

Später habe ich mit großen Hemmungen ein wenig Damenunterwäsche in einem Selbstbedienungskaufhaus erstanden und zu Hause angezogen, wenn ich allein war. Leider habe ich meine Noch-Ehefrau Beate nicht davon überzeugen können, meine Herrin zu werden, und über Damenwäsche konnte ich mit ihr schon gar nicht reden. Aber am liebsten würde ich dauernd weibliche Unterwäsche tragen, und ich glaube, es würde mir gefallen, wenn man mich zwingt, darüber ebenfalls Damenkleider zu tragen und hohe Schuhe, oder als Dienstmädchen angezogen arbeiten zu müssen. Dazu kommt noch, dass meine Brust eher ein klein bisschen weiblich ist. Für einen BH Größe 85B reicht es noch nicht ganz, aber ich stelle es mir schön vor, einen richtigen Busen zu haben und immer einen BH tragen zu müssen.«

»Das ist ja ein tolles Geständnis! Das gefällt mir ganz besonders. Da müssen wir unbedingt sofort etwas unternehmen. Gleich morgen gehen wir einkaufen. In Richtung Durham an der I40 gibt es eine Outlet Mall mit mehreren guten Wäschegeschäften, eins davon auch besonders für big and tall. Da finden wir bestimmt etwas Passendes für dich. Aber jetzt zum nächsten Thema: Was erniedrigt dich denn?«

»Die schönste Erniedrigung für mich ist es, zum Tragen von weiblicher Unterwäsche gezwungen zu werden, mich darin vor andere Frauen zeigen zu müssen und auch öffentlich darin bloßgestellt zu werden. Dazu gehört beispielsweise, in der Wäscheabteilung eines Kaufhauses passende Wäschestücke aussuchen und dann auch anprobieren zu müssen. Und besonders geil fände ich es, dabei von einer Verkäuferin erwischt zu werden oder sie gar wegen der Größe um Rat fragen zu müssen. Am liebsten wäre es mir, wenn andere Frauen im Laden erkennen würden, dass ich ein Damenwäscheträger bin und sich dann über mich lustig machen oder mich gar in der Umkleide missbrauchen würden.«

»Das ist etwas, was mir sehr gefällt und ich werde beizeiten dafür sorgen, dass du solch eine Situation durchstehen musst. Aber was erniedrigt dich noch mehr?«

»Ich möchte auch verbal beleidigt werden, etwa als Schwanzhure, als geile Sklavensau und als Putzschlampe beschimpft werden. Eine noch schlimmere Erniedrigung wäre es, wenn ich gezwungen werde, die Pisse meiner Herrin zu empfangen und sogar zu schlucken. Und ganz extrem wäre es, wenn sie mich zwingen würde, ihre von einem anderen Mann vollgespritzte Fotze auszuschlecken. Normalerweise ekle ich mich nämlich nach meinem Höhepunkt davor, meinen eigenen Samen zu schmecken, aber gerade deshalb wäre es eine besondere Demütigung, wenn ich genau dazu gezwungen würde. Noch viel schlimmer wäre es, wenn ich fremde Schwänze lutschen und auch da den Samen schlucken müsste, und der absolute Gipfel wäre es, wenn meine Herrin sich einen Liebhaber nehmen und mich zum Schwanz lutschenden Cuckold machen würde, der willig ihre vollgespritzte Fotze sauber leckt.«

»Und das würde dich nicht ekeln?«

»Doch, natürlich würde ich mich davor ekeln, aber in meinen Fantasien ist das ja gerade der Kick, dass ich gegen diesen Ekel und gegen meinen Willen von meiner Herrin dazu gezwungen würde, es dennoch zu tun.«

»Na dann weiß ich ja, was ich bald mal mit dir anstelle!«, droht sie mir nach diesem Bekenntnis, und ich ahne, dass das irgendwie mit Dillon zusammenhängen könnte. Aber sie geht jetzt nicht weiter darauf ein, sondern fährt fort.

»Was ist mit Analverkehr? Reizt dich das oder schreckt es dich eher ab?«

»Beides! Natürlich habe ich Angst davor, den Arsch aufgerissen zu bekommen. Von ersten kleinen Versuchen her weiß ich auch, dass es für mich überhaupt nicht geil ist, etwas in den Arsch geschoben zu bekommen. Aber genau, weil ich weiß, dass es so ist, möchte ich diese ganz besondere Demütigung erleiden müssen und möchte in den Arsch gefickt werden, am liebsten von dir mit einem Umschnalldildo, aber vielleicht auch mal von Männern, denen du mich als Schwanzhure auslieferst.«

»Kannst du dir denn vorstellen, all dies auch mit Dillon zu machen, also zuerst seinen Schwanz zu blasen, dann meine von ihm vollgespritzte Fotze auszuschlecken und dich schließlich von ihm in den Arsch ficken zu lassen? Würdest du das für mich tun?«

Jetzt bin ich erst einmal geschockt und zögere, denn so konkret wollte ich es doch noch nicht gleich, noch waren das ja alles nur Fantasien.

»Wenn du das nämlich machen würdest, dann würde dies meine Beziehung zu dir und auch dein Leben mit mir wesentlich einfacher machen, weil das Dillons bereits vorhandene Eifersucht ganz stark eindämmen würde! Du könntest also dadurch einen wichtigen Beitrag zum Gelingen und zum Wohl unserer Beziehung leisten!«

Ich zögere immer noch. Der Gedanke, es mit ihrem Ehemann treiben zu müssen, überrascht mich und ekelt mich ein wenig, aber siehe da, er schreckt mich nicht so grundsätzlich ab, dass ich es strikt ablehnen würde. Also antworte ich nach langem Nachdenken:

»Wenn du es verlangst, oh Herrin, dann würde ich es vermutlich für dich tun!«

»Sehr gut, das höre ich gern! Das wird uns allen guttun! Und was ekelt dich noch?«

»Ich glaube, ich könnte Spiele mit Kot absolut nicht ertragen. Ich glaube, ich würde durchdrehen und mich wehren, wenn man mich dazu zwingen wollte. Auf jeden Fall wäre es sehr ungeil für mich. Anders ist es mit stinkenden ungewaschenen Fotzen, oder zum Beispiel bei alten Weibern mit Hängebrüsten und faltiger Haut. Da ekle ich mich zwar auch im Prinzip sehr davor, aber der Gedanke, gegen meinen Willen dazu gezwungen zu werden, solche Fotzen zu lecken und solche Weiber anzubeten und zu verwöhnen, der wiederum macht mich komischerweise geil.«

»Kotspiele mag ich auch nicht, da kannst du ganz beruhigt sein, aber ansonsten werde natürlich allein ich entscheiden, was gut für dich ist.«

»Und wovor hast du Angst, wenn du an SM denkst?«

»Angst machen mir vor allem Schläge. Ich bin kein Masochist und harte Schläge würden mich total raus bringen aus jeder devoten Stimmung. Ich weiß, dass ich wirklich nicht viel aushalte, ich fürchte, auf dem Gebiet ein schwacher Jammerlappen zu sein. Aber dennoch reizt mich die Vorstellung, von meiner Herrin möglichst ohne echten Grund, nur aus Lust auf die Unterwerfung ihres Sklaven für eine Züchtigung vorbereitet zu werden. Ich habe zwar Angst vor den Hieben, aber gleichzeitig möchte ich gern meiner Herrin streng gefesselt und hilflos ausgeliefert sein. Am liebsten wäre es mir, wenn sie mir harte Schläge androht, mir Angst macht, aber dann in der Realität doch sanfter ist und ich nur harmlosere Schmerzen erdulden muss.«

»Sonst hast du vor nichts Angst?«

»Nein, ich glaube nicht. Ich werde zwar vor jeder Misshandlung Angst haben, aber wie gesagt, ich liebe die Vorstellung, meiner Herrin willenlos ausgeliefert zu sein, was immer sie mit mir vorhat. Ich vertraue ganz auf die Fähigkeit meiner Herrin, selbst zu erkennen, wann es mal zu viel ist. Sie soll wirklich über mich bestimmen, ich will sie auf keinen Fall von unten toppen. Deshalb will ich auch kein Safeword. Ich will keinerlei Möglichkeit haben, eine Session von mir aus zu stoppen. Ich will mich, so gut es geht, hingeben, auch und gerade, wenn es schwerfällt.«

Doch dann fällt mir doch noch etwas ein:

»Wovor ich auch Angst habe, ist, dass meine Herrin meine Sexualität total kontrollieren oder mich gar zur Keuschheit zwingen könnte. Aber zugleich reizt mich die Vorstellung, ihr auch darin total ausgeliefert zu sein und mich ihr fügen zu müssen.«

»Da hast du einen sehr wichtigen Bereich angesprochen, darauf komme ich sicher noch zu gegebener Zeit zurück, denn natürlich will ich dich für mich allein haben und auch verhindern, dass du heimlich wichst. Aber das regeln wir später genauer.«

»So und jetzt erzähl mir noch, wie deine ideale Herrin aussieht.«

»Das Aussehen ist für mich nicht das einzig Wichtige. Natürlich soll sie attraktiv und schön sein, und ich möchte mich voller Stolz mit ihr in der Öffentlichkeit zeigen können. Die Vorstellung ist zwar geil für mich, von einer hässlichen, alten, fetten Domina behandelt zu werden, aber leben könnte ich mit so einer Frau nicht.«

»Das heißt, du könntest dir Serena nicht als deine Eheherrin vorstellen, richtig?«

»Nein, das fiele mir sehr schwer, zumindest nicht als Frau für die Öffentlichkeit, höchstens für zu Hause oder unter Gleichgesinnten. Meine Herrin muss zwar keine Modelfigur haben, aber wohlproportioniert sollte sie schon sein. Wichtig ist, dass sie auch in der Öffentlichkeit Dominanz ausstrahlt, selbstbewusst ist und vor allem nicht dumm. Sie sollte mir auf jeden Fall geistig mindestens ebenbürtig sein, ja sie darf mir auch gern in Einigem überlegen sein, damit ich als ihr Sklave auch da zu ihr aufschauen kann. Ich habe auch nichts gegen einen großen, festen Busen, aber solche Details sind absolut unwichtig, wenn alles andere stimmt, wenn sie die natürliche Dominanz besitzt, die sie befähigt, mich zu beherrschen. Sie sollte offen sein, neugierig und liberal. Sie sollte Lust an ihrer Sexualität haben, sie ohne Hemmungen ausleben wollen und mich dazu als ihr Werkzeug benutzen.«

»Und was gefällt dir nun an mir? Jetzt sei ganz ehrlich, denn wenn du mich hier anlügst, dann werde ich es irgendwann merken und mich furchtbar an dir rächen.«

»Ja, ich will auch in diesem Punkt ganz ehrlich sein. Was mir an dir ganz besonders gefällt ist, wie schnell du dich zu meiner Herrin entwickelt hast, wie offen du mein erstes Bekenntnis angenommen und dann sofort ausgenutzt hast. Mir gefällt, dass du eine gute Figur hast, einen schönen Busen und einen richtig prallen Hintern. Was mir nicht so sehr gefällt ist, dass du eine Perücke trägst. Ich würde lieber deine natürlichen Haare sehen, denn ich vermute, dass die bestimmt schön sind. Was mir an dir sehr gut gefällt ist, dass du sehr kreativ bist und laufend neue Ideen entwickelst. Und dein Appetit auf Sex macht mich auch sehr an, vor allem, dass du auch dabei sehr aktiv bist. Was ich gar nicht gut finde, ist, dass du mit einem anderen Mann verheiratet und daher nicht frei für eine feste Beziehung oder gar für eine Ehe mit mir bist. Da weiß ich nicht, wie das gut gehen kann. Aber eins kann ich dir versichern: Ich möchte ganz arg, dass du meine Herrin bist und mich zu deinem Sklaven machst.«

Jetzt sieht sie mich nachdenklich an. Nach einer Weile antwortet sie:

»Ich verstehe dich, und ich werde auch für dieses Problem eine Lösung finden. Vertrau mir! Aber unabhängig davon will ich dich ab sofort schon exklusiv als meinen Sklaven besitzen. Du sollst nur noch mir gehören und mir absolut gehorchen.«

»Damit genug für heute zu diesem Thema. Jetzt will ich erst einmal in Ruhe alles überdenken, was du mir offenbart hast. Und auch du denkst eindringlich darüber nach, ob dir all diese Dinge wirklich erst sind und du zur Sklaverei auch ernsthaft bereit bist. Solang bleibst du hier brav liegen und wartest geduldig, bis ich zurückkomme!«

Dann verbindet sie mir die Augen noch einmal richtig fest, fesselt mir zusätzlich Hände und Füße mit zwei anderen Tüchern, verlässt den Raum und schließt die Tür hinter sich. Allein mit meinen Gedanken, wehrlos, ja hilflos aufs Bett gefesselt liege ich da und harre der Dinge. Ich habe Mistress Lorinda meine geheimsten Gedanken und Wünsche preisgegeben, ich habe ihr damit schon jetzt so viel Macht über mich gegeben, wie sie noch keine Frau über mich hatte, ich habe mich zum ersten Mal in meinem Leben einer Frau so richtig offenbart und ausgeliefert. Ja ich riskiere jetzt in diesem Moment sogar real mein Leben, denn ich könnte bei einem eventuellen Feuer nicht einmal fliehen. Jetzt wird sich zeigen, was meine Mistress daraus macht.

40

Kapitel 7

Nachdem ich mindestens eine Stunde so wehrlos dagelegen und über mein Schicksal nachgedacht habe, bin ich immer mehr überzeugt, dass ich bisher alles richtig gemacht habe und auf dem besten Weg bin, das zu werden, was ich immer sein wollte, der Sklave einer reifen, schönen, begehrenswerten und vor allem dominanten Frau. In diesem Moment höre ich, dass die Wohnungstür geöffnet wird und wieder ins Schloss fällt. Mistress Lorinda ist also zurück und einen Augenblick später tritt sie ins Schlafzimmer. Aber sie ist nicht allein, sie hat jemanden mitgebracht, ihre Schwester Serena.

»Sklave, ich habe gründlich über alles nachgedacht, was du mir gestanden hast, und ich habe beschlossen, dich mit allen deinen dreckigen Fantasien und geilen Gedanken total in meinen Besitz zu nehmen und nach meinem Willen zu formen. Deshalb habe ich Serena mitgebracht, damit du jetzt noch einmal vor ihr als Zeugin den Treueeid auf deine Herrin schwören und anschließend sofort beweisen kannst, dass du es ernst meinst.«

Während sie spricht, befreit sie mich von der Fußfessel, zerrt mich vom Bett auf den Boden, zwingt mich auf die Knie, nimmt mir das Tuch von den Augen und ihr Höschen vom Gesicht und verlangt:

»Du wirst mich jetzt noch einmal darum bitten, dich endgültig als meinen Sklaven anzunehmen und mir ewige Treue und Gehorsam schwören!«

Ich bin überwältigt von den Ereignissen und deshalb nur zu bereit, Lorinda in allem zu folgen. Ja ich will für immer ihr Sklave werden, ich will die einmalige Gelegenheit nicht verpassen, und so antworte ich:

»Ja Mistress Lorinda, ich bitte sie demütig und gehorsam darum, mich als ihren Sklaven anzunehmen, mich nach ihrem Willen zu formen, zu erziehen und zu benutzen, wie es ihnen beliebt. Und ich schwöre hiermit absolute Treue, ewigen Gehorsam und freudige, bedingungslose Hingabe.«

»Das hast du schön gesagt. Jetzt will ich gleich testen, ob du das auch ernst meinst. Als Erstes wirst du vor Serena niederknien, sie anbeten, ihre reife, füllige Schönheit preisen, sie ausziehen und streicheln und dann ihren Schoß lecken. Und wenn du das gut gemacht hast, dann werde ich dich zum ersten Mal züchtigen.«

Nun befreit sie meine Hände von den Fesseln und legt mir wieder das Tuch um die Augen.

»Natürlich wirst du meine Schwester nicht nackt sehen, sondern sie nur fühlen. Und jetzt fang an!«

Gehorsam rutsche ich auf Knien zu Serena und tue, wie geheißen. Sanft befreie ich sie nacheinander von Bluse, Rock, BH und Höschen (eigentlich muss man das ja eher als Hose bezeichnen, bei der Größe). Dann streichle und massiere ich erst ihre riesigen Brüste, anschließend den ganzen, dicken Körper. Getreu meiner Fantasie bete ich sie währenddessen an, preise ihre Schönheit und widme mich dann ihrem Schoß. Dazu legt sie sich aufs Bett, spreizt die Beine und gewährt mir Zugang zu ihrer Fotze. Ich dränge meinen Kopf zwischen ihre Schenkel und schon empfängt mich ihr Moschusduft. Überwältigt oder besser gesagt eher betäubt von diesem Duft strecke ich meine Zunge heraus und lecke sie wie befohlen. Als sie anfängt zu stöhnen, tritt Mistress Lorinda hinter mich.

»Mach schön weiter, lass dich durch mich ja nicht ablenken, meiner Schwester Gutes zu tun, denn ich werde dir jetzt als Zeichen deiner Unterwerfung deinen Arsch striemen!«

Aus Angst etwas falsch zu machen, presse ich mein Gesicht ganz fest in Serenas Schoß und lecke noch intensiver. Dann sausen die ersten Hiebe mit einem Rohrstock auf meinen Hintern. Es tut sehr weh! Bei jedem Schlag zucke ich nach vorn und meine Zunge bohrt sich noch tiefer in Serenas dicke Möse. Ich leide fürchterlich, während sie mein Zucken nur noch geiler macht. Aber ich halte bis zum Ende durch, konzentriere mich ganz allein auf den Kitzler vor meiner Zunge und verwöhne ihn voller Inbrunst.

Dann explodiert Serena und läuft so richtig aus. Dienstbeflissen lecke und schlucke ich alles, und erst als Serena mich wegschiebt, hören auch die Hiebe auf. Meine Mistress nimmt mir das Tuch wieder ab, schaut mir tief in die Augen und sagt:

»Du hast deine erste Probe gut bestanden, Sklave. Ich bin zufrieden mit dir und Serena ist es auch. Jetzt lassen wir dich schlafen. Du darfst vorher noch einmal die Toilette benutzen, dann werde ich dich so fesseln, dass du dich notfalls befreien kannst. Aber wehe, du tust es ohne guten Grund, dann gibt es gleich noch einmal Hiebe.«

Schnell benutze ich die Toilette und lege mich sofort wieder aufs Bett. Mistress Lorinda fesselt mich wie angekündigt und spricht dann:

»Ich komme morgen früh wieder vorbei und kontrolliere dich. Also bleib brav und beweise mir, dass du ein guter Sklave sein willst. Gute Nacht und schlaf gut mein lieber Sklave!« So bleibe ich mit brennendem Arsch ans Bett gefesselt allein und verbringe eine etwas unbequeme und unruhige, aber absolut keusche Nacht.

Am Samstagmorgen kommt Mistress Lorinda wie versprochen schon sehr früh und befreit mich. Als Erstes muss ich ganz dringend wieder aufs Klo, dann darf ich ihr (und mir) nackt und mit locker gefesselten Knöcheln (damit ich mich in der Wohnung bewegen kann) ein ausgiebiges Frühstück bereiten und servieren. Anschließend fahren wir zu besagter Mall, um mich gebührend weiblich einzukleiden. Zu meiner großen Freude probieren wir alles Mögliche für meine Feminisierung: Enge straff sitzende Miederhosen, schöne spitzenbesetzte BHs, keusche altmodische Höschen für das Dienstmädchen, aber auch welche mit aufreizender Spitze und einen Slip-Ouvert für die Nutte in mir. Dazu Korsagen, die meine Brüste hervorheben, lange Nachthemden und Negligés, die weich fließend meinen Körper umschmeicheln. Zu Beginn gehen wir gemeinsam in die Umkleidekabine, aber nach den ersten Wäschestücken, die Mistress Lorinda mir zur Abschätzung der Größe vor den Augen der Verkäuferin an den Körper hält, schickt sie mich allein in die Kabine und kommt dann nur, um den Vorhang zu öffnen und ihren Sklaven ausführlich zu betrachten. Natürlich muss ich jedes Wäschestück anprobieren und sie lässt bewusst oft den Vorhang halb offen, aber zu meinem Leidwesen werde ich von keiner Verkäuferin gesehen oder gar in der Umkleidekabine gestört. Eigentlich schade, denn in so einem Outfit von einer fremden Frau gesehen und damit öffentlich geoutet zu werden, wäre besonders geil und demütigend zugleich für mich. Aber damit lassen wir uns lieber noch etwas Zeit. Schließlich entscheidet Mistress Lorinda sich für ein cremefarbenes, bodenlanges Nachthemd mit Spaghettiträgern, das dazu passende Negligé und einen langen, blauen, seidigen Wickelmorgenrock und schenkt mir diese. Dazu kaufe ich mir von meinem Geld zwei BHs, mehrere Slips und eine sehr enge, knielange weiße Miederhose. Zu guter Letzt schenkt meine Herrin mir eine weiße Korsage und sowohl einen ordinären rosa Slip-Ouvert als auch den dazu passenden nuttigen BH mit Löchern für die Brustwarzen. An der Kasse schaut die Verkäuferin dann doch etwas irritiert, denn die Größen passen eigentlich nicht so ganz zu meiner Herrin. Aber sie sagt nichts und denkt sich vermutlich ihr Teil. Mit den Neuerwerbungen fahren wir zurück zu meinem Apartment, wo ich alles noch einmal anprobieren muss, und Mistress Lorinda erste Fotos von mir macht.

»Diese Bilder werde ich herumzeigen und dich blamieren, wenn mir danach ist«, droht sie mir an.

Dann befiehlt sie mir, in Zukunft immer meine schöne neue Wäsche zu tragen, wenn sie mich in meinem Apartment besucht, und sie mitzubringen, wenn ich zu ihr ins Haus kommen darf. Und natürlich darf ich mich mit ausgiebigen Fußküssen bei ihr bedanken für die reichhaltigen Geschenke.

Jetzt hat sie Lust bekommen, mich zu benutzen. Zu meiner Freude hat sie mehrere schöne, lange Seidentücher mitgebracht. Ich muss mich wieder nackt ausziehen, vor ihr niederknien und die Tücher nacheinander beschnuppern und erfühlen. Dann darf ich wählen, welches sie für meine Augen benutzen soll. Ich entscheide mich für das Größte aus schwarzer Seide und damit verbindet sie mir nun die Augen, wirft mich aufs Bett und fesselt mich mit den anderen an Hand- und Fußgelenken. Endlich bin ich wehrlos und spüre, wie sie über mich steigt, sich mit nackter Fotze auf mein Gesicht setzt und mich auffordert, sie ja gut zu lecken. Ich kann das jetzt schon sehr gut, und als sie bereits nach wenigen Minuten über mir explodiert, genieße ich meine Unterwerfung und mein besudeltes Maul. Dann befiehlt sie mir, meinen Schwanz selbst zu wichsen und vor ihren Augen abzuspritzen. Ich schäme mich erst ein wenig, denn das ist das erste Mal, dass ich vor einer Zuschauerin wichsen muss. Aber dann vergesse ich alles um mich herum, denke an Lorindas gerade von mir geleckte Fotze und lasse mich gehen, bis ich in ein Taschentuch abspritze. Jetzt bin ich so richtig fertig und knie ein letztes Mal dankbar vor ihr nieder. Zum Abschied verlangt sie von mir, dass ich bis zu unserem nächsten Treffen absolut keusch bleibe. Und ich werde versuchen, mich daran zu halten.

Kapitel 8

Ich bin im siebten Himmel, es scheint, als ob alle meine Wünsche in kürzester Zeit wahr werden, ich kann es kaum fassen. Da habe ich bei meiner Exfrau über viele Jahre hinweg vergebens versucht, sie zu sexuell dominantem Verhalten zu bewegen. Sie hat mich zwar im Alltag in vielem dominiert, sie hat meine Meinung dominiert, meine politische Einstellung, ja sogar mich dazu gebracht, die berufliche Karriere als etwas Negatives zu sehen. Aber zum Sklaven in meinem Sinne wollte sie mich nie machen. Und obwohl sie ja der Meinung ist, dass es eine Frau wie in meinen Fantasien nicht gibt, hat es jetzt so überraschend schnell geklappt, genauso eine Frau zu finden, und ich habe das Gefühl, endlich am Ziel zu sein.

Am kommenden Sonntag bin ich schon vormittags wieder in Lorindas Haus eingeladen. Ich klingle an der Tür und sie öffnet mir in einem schwarzen, engen Hausdress, der ihre Figur sehr deutlich zeigt und besonders ihre Brüste äußerst begehrenswert macht. Ich habe inzwischen gelernt, was sich für einen Sklaven gehört, wenn er seiner Herrin gegenübertritt, und so gehe ich sofort vor ihr auf die Knie und bete sie an. In dieser Haltung legt sie mir ein Hundehalsband an und führt mich daran auf allen vieren in eins der Gästezimmer. Dort muss ich mich nackt ausziehen und mich aufs Bett legen. Nun fesselt und knebelt sie mich, und bevor sie mir die Augen verbindet, gönnt sie mir noch einen letzten, tiefen Blick in ihren vollen Ausschnitt.

»Gefällt dir der Anblick, Sklave?«, fragt sie scheinheilig, und schon brennen bei mir alle Sicherungen durch. Ich weiß, dass diese Frau mich schon jetzt fest im Griff hat und ich ihr nicht widerstehen kann.

»Wenn du mehr davon willst, dann musst du mir nur stets gehorchen, jetzt und in Zukunft, dann erfülle ich dir alle deine Wünsche. Aber jetzt werde ich dich erst einmal hier eingesperrt liegen lassen, bis ich alles vorbereitet und Zeit habe, mich dir ausführlich zu widmen. Freu dich schon mal auf eine besondere Behandlung, die vor allem deinen Gehorsam testen wird.«

Sie prüft noch einmal den festen Sitz der Augenbinde, dann lässt sie mich allein. Und so liege ich nervös, angespannt und zugleich hilflos da und warte auf das, was auf mich zukommen wird. Nach schätzungsweise einer Stunde öffnet sich die Tür, meine Mistress befreit mich von den Fußfesseln, entfernt den Knebel und führt mich, nackt und blind, wie ich bin, die Treppe hinunter ins Basement und dort in den Raum mit der Fachwerkwand und den dicken Querbalken. Sie beugt mich über den, der in Hüfthöhe den Raum teilt, und bindet meine Arme ausgestreckt daran fest. Nun legt sie mir eine Schlinge um den Hals und fixiert damit meinen Kopf am Balken unter der Decke. Schließlich fesselt sie meine Fußgelenke weit gespreizt an die Längsbalken.

»Jetzt bist du mir schön offen ausgeliefert und ich kann mit dir tun, was ich will. Aber bevor ich anfange, muss ich deinem Schwanz noch etwas Gutes tun.«

Sie wickelt ein dünnes Band um die Peniswurzel und bindet es straff. Sofort wird mein Schwanz steif, sodass sie ohne Probleme ein Kondom darüber ziehen kann.

»So, jetzt bist du bereit. Jetzt verlange ich von dir, dass du mich um eine harte Züchtigung bittest! Ich will testen, wie viel du wirklich aushältst, will dir deine Angst vor Hieben etwas nehmen und dich soweit bringen, dass du mich in Zukunft freudig um eine strenge Züchtigung bittest. Und jetzt tu es, sonst verdopple ich die Hiebe!«

Sie will mich also schlagen, sie will mir wehtun, und ich bin ihr bereits wehrlos ausgeliefert! Ich habe gar keine Wahl, ich muss gehorchen, nicht nur weil ich sonst noch Schlimmeres riskiere, sondern auch, weil sie es will und ich inzwischen ihr Sklave bin. Und so antworte ich entgegen meiner ureigensten Interessen:

»Ja Mistress Lorinda, ich bitte sie demütig und gehorsam um eine strenge Züchtigung!«

»So ist es brav, Sklave, ich werde deine Bitte erhören und dich schön kräftig und ausgiebig striemen. Und damit du nicht zu laut wirst, stopfe ich dir nun einen neuen, frischen Knebel ins Maul. Es ist eins meiner Höschen, das ich extra lang getragen habe, damit es gut duftet und ich habe es zusätzlich vollgepisst. Mach dein Maul auf und empfange die konzentrierte Essenz deiner Herrin!«

Aufs Neue gehorche ich, und so schmecke ich zum ersten Mal ihren Nektar, und weil sie mir nun noch ein zweites Höschen über die Nase zieht, rieche ich gleichzeitig den Duft ihrer Fotze. Damit bin ich endgültig erledigt: Wehrlos gefesselt, erfüllt von ihrem Nektar und betäubt von ihrem Duft lasse ich mich fallen und gebe mich hin. Und das ist auch bitter nötig, denn nun schlägt sie mit einer Reitpeitsche gnadenlos zu. Schon nach wenigen Hieben brennt mein Arsch und ich jammere in meinen Knebel. Aber das stachelt sie nur noch mehr an.

»Ja, jammere ruhig, heul doch du kleines schwaches Männchen, aber du wirst deine Herrin nicht davon abbringen, ihre Mission zu erfüllen. Heute will ich dich striemen, will deine Persönlichkeit brechen, will dich zum Heulen bringen. Und wenn ich mit dir fertig bin, wirst du mich nicht nur für immer lieben, sondern auch für immer meine Rache fürchten, vor allem für den Fall, dass du dich einmal gegen mich versündigen solltest. Ich bin absolut sicher, dass du diese Lektion nicht vergessen wirst.«

So geht es weiter, grausam und konsequent. Nach fünfzig Hieben auf den Arsch verkündet sie mir:

»Jetzt hast du die Hälfte überstanden, die zweiten fünfzig verteile ich auf dem Rest deines Körpers.«

Ich hatte gehofft, dass es vorbei sei, aber nach dieser Ankündigung breche ich in unkontrolliertes Geheul aus. Ich denke, ich halte das nicht aus, aber ich täusche mich. Da ich gefesselt bin, muss ich auch die zweite Serie von Hieben aushalten, denn es gibt keinen Ausweg.

Als Mistress Lorinda mich am Ende losbindet, sinke ich einfach total fertig auf den Boden und schluchze nur noch. Meine Herrin streichelt und tröste mich. Danach führt sie mich in meine Zelle, legt mich mit dem Bauch aufs Bett und bindet mich daran fest.

»Hier wirst du liegen bleiben bis morgen früh, um dich zu erholen, und ich werde ab und zu nach dir schauen.«

Somit bin ich allein in meinem kleinen Kellerraum. Ich bin gefesselt und die Tür ist von außen verschlossen. Also bleibt mir nichts anderes übrig, als mich hier von der grausamen Tortur zu erholen. Alle paar Stunden kommt meine Herrin und reibt mir die wunden Stellen mit Salbe ein. Später am Abend dreht sie mich auf den Rücken, geilt meinen Schwanz auf und reitet ihn, bis ich trotz oder vielleicht gerade wegen der Schmerzen in einem wilden Orgasmus explodiere. Jetzt rutscht sie einfach hoch über mein Gesicht und lässt mich ihre Fotze lecken und sie so zum Höhepunkt bringen. Dann steigt sie von mir runter, streift mir das Kondom vom mittlerweile schlaffen Schwanz, hält es mir vor den Mund und droht mir:

»Irgendwann bringe ich dich dazu, deinen eigenen Samen zu schlucken, aber heute bin ich gnädig.«

Sie gibt mir einen Kuss und lässt mich allein. Erschöpft schlafe ich sehr schnell ein und erst am Montagmorgen befreit mich meine Herrin und ich fahre direkt zur Arbeit.

Kapitel 9

Mistress Lorinda und ich genießen jede freie Minute und treiben einander immer weiter. Mit ihr erlebe ich zum ersten Mal all die Dinge, die ich mir bisher nur in meinen wildesten Fantasien vorgestellt habe: Demütigungen aller Art, grausame Folterungen, lustvolle Feminisierung und vor allem das Dienen. Und all das macht mich glücklich. Allerdings züchtigt sie mich immer mal wieder gern streng, manchmal mit ihrem Gürtel, häufig mit der Peitsche, später auch mit Rohrstöcken. Da ich aber kein echter Masochist bin, muss ich ganz schön leiden. Mit der Zeit beginne ich, die Züchtigungen als Institution zu lieben und mich danach zu sehen, ihnen ausgeliefert zu werden. Und wenn ich schon länger keine mehr bekommen habe, dann habe ich über der Lust an der Unterwerfung den Schmerz, den eine Züchtigung mit sich bringt, nahezu vergessen. Ich hasse ihn zwar immer noch genauso, aber ich liebe die Situation. Gibt es etwas Schöneres, als total hilflos und wehrlos gemacht einer strengen Frau und Herrin ausgeliefert zu sein? Ist es nicht ideal, wenn man für alle Sünden gleich bestraft wird und einem danach auch wirklich vergeben wird? Auf die Art wird Lorinda für mich zu einer Art Hohepriesterin: Ich beichte ihr meine Sünden, empfange die verdiente Strafe und sie vergibt mir meine Schuld. Viel wirkungsvoller für meine Psyche sind natürlich Strafen, die ich ohne Grund bekomme, einzig und allein, weil Mistress Lorinda Lust darauf hat und eine Züchtigung für angebracht hält. Sie sorgen dafür, dass ich lerne, mich einfach hinzugeben, gerade auch dann, wenn ich mir keiner Schuld bewusst bin. Erst durch die Willkür meiner Herrin erlebe ich so richtig, was es heißt, ein realer Sklave zu sein.

Dagegen ist meine Mistress im öffentlichen Leben eine äußerst liebenswürdige, von ihren Kollegen hoch geschätzte Lehrkraft. Genauso ist sie auch bei Nachbarn und Freunden sehr beliebt. Niemand in ihrem Umfeld würde ihr zutrauen, dass sie sich ganz real einen Sklaven hält und ihn manchmal grausam misshandelt.

Dabei ist Lorinda sehr kreativ in ihren Methoden, mich zu behandeln. Immer wieder basteltsie neue Gerätschaften um mich zu fesseln und zu züchtigen. Sie hängt mich in ihrem Keller an der Decke auf, sperrt mich, so oft es geht in mein Sklavenquartier und hält mich am Wochenende manchmal achtundvierzig Stunden ohne Unterbrechung darin gefangen. Einmal muss ich mich sogar in eine im Keller frisch gegrabene Baugrube für einen Whirlpool in den Dreck legen und dann von ihr vollpinkeln lassen. Mit solchen Aktionen erfüllt sie meine schlimmsten Fantasien und erzeugt zugleich immer wieder neue.

Alles das hält sie in Bildern fest, anfangs mit Polaroid, aber auch mit meiner Kamera. Damit hätte sie mich in der Hand, wenn es denn nötig wäre, dies sagt sie mir bei jeder Gelegenheit.

»Ich werde dich notfalls erpressen, um dich zu zwingen, für immer mein Sklave zu bleiben!«

Ich will es ja genauso, ich will von ihr erpressbar sein, ich will mich ja hundertprozentig einer Domina ausliefern und mich unterwerfen, ich will ihr Sklave sein.

Auch in meinem Apartment bindet sie mich einmal am Wochenende für 24 Stunden ›spread-eagled‹ und mit verbundenen Augen ans Bett und lässt mich dann hilflos allein. Zur Kontrolle und Unterstützung kommt ihre dicke Schwester Serena vorbei. Nachdem sie festgestellt hat, dass ich noch lebe, benutzt sie mein besonders lebendiges Teil, macht es hart, setzt sich über mich und reitet mich. Serena weiß von Lorinda alles über mein Sklavendasein, und deshalb macht es mich geil, dass ich in diesem Moment gerade ihr hilflos ausgeliefert bin, wo sie doch so dick ist und damit für mich eigentlich nicht gerade attraktiv. Es ist so wunderbar demütigend, dieser Frau die großen Titten mit der Zunge verwöhnen und sie gleichzeitig anbeten zu müssen. So erlebe ich wahrlich die totale Unterwerfung unter die Frauen.

Irgendwann frage ich meine Mistress noch einmal, warum sie eine Perücke trägt. Ihre Antwort ist simpel: »Weil es für die Schule praktisch ist und weil meine Haare schwer zu bändigen sind.«

Trotzdem kann ich sie überreden, für mich die Perücke abzunehmen und mir ihr echtes Haar zu zeigen. Als sie mich das nächste Mal besucht, trägt sie einen dunklen Lockenkopf, der mir tausend Mal besser gefällt, als die glatten halblangen blonden Haare der Perücke. Ich bewundere ihr schönes Haar und kann sie davon überzeugen, es in Zukunft für mich so offen zu tragen. Und das macht mich glücklich, denn dadurch sieht sie deutlich jünger und attraktiver aus, finde ich.

Die wenige gemeinsame Freizeit, die wir haben, nutzen wir optimal. Einmal fahren wir übers Wochenende für nur eine Nacht zu den Outer Banks und schlafen in einem winzigen Zelt. Dort vergewaltigt Mistress Lorinda mich bei starkem Sturm. Es weht uns fast weg, und so müssen wir uns fest aneinanderklammern in dem kleinen Zelt. Anders hätten wir sowieso darin keinen Platz. Wir müssen sozusagen übereinander schlafen, weil der Raum für ein bloßes Nebeneinander kaum ausreicht. Aber natürlich liegt meine Herrin hierbei über mir und ich muss ihr süßes Gewicht ertragen.

Auf einer anderen Kurzreise nach Myrtle Beach in South Carolina wohnen wir im Wohncontainer (die nennen das Mobilehome) ihrer Nichte Glenda. Abends fesselt Lorinda mich im Schlafzimmer mit Klebeband auf dem Bett. Wie ein Paket liege ich zugeklebt da und muss in unbequemer Haltung schwitzend ausharren, während sie mich immer wieder foltert und benutzt. Außerdem unterstützt und verstärkt sie dort noch meine Lust auf weibliche Kleidung: Gleich am ersten Abend schenkt sie mir lauter neue Sachen, die sie mitgebracht hat: als Erstes ein pinkfarbenes, halblanges Nuttenkleid mit viel

Rüschen und tiefem Ausschnitt, dazu ein Paar schwarze Sandaletten mit halbhohem Absatz, halterlose schwarze Strümpfe und eine blonde Perücke. Obendrein hat sie mir eine beigefarbene Schürze genäht, überall mit üppigen Rüschen eingefasst, die dann das frivole Dienstmädchen Erika komplettiert. Im Wohnzimmer des Mobilehome muss ich alles anziehen und vor ihr herumparadieren. Während ich das mache, fotografiert sie mich, natürlich erst mal zu ihrer und meiner Freude, aber auch weiterhin, um mich mit den Bildern erpressen zu können. Außerdem benutzt sie ständig und ausgiebig meinen Schwanz und meinen Mund, denn da sie von Dillon nicht verwöhnt ist, erwartet sie von mir sehr viel Zärtlichkeit und totale Befriedigung ihrer aufgestauten Lust. Und das gebe ich ihr gern.

Schon bald nach dieser Reise führt sie mich als besondere Demütigung ihrem Ehemann Dillon als ihr Dienstmädchen Erika vor und übergibt mich ihm zum ersten Mal zur Benutzung. Dazu muss ich mich zwischen beide in ihr Kingsize-Ehebett legen und sie zärtlich verwöhnen, während er versucht, mich in den Arsch zu ficken. Sein harter Riesenschwanz presst sich heftig gegen meinen Schließmuskel, aber weil er so dick ist und ich mich zusätzlich auch verkrampfe, gelingt es ihm nicht auf Anhieb, in mich einzudringen, und er gibt erst mal auf. Doch meine Mistress macht mir hinterher klar, dass ich da schnell und viel üben muss, weil sie will, dass ich ihr diese unangenehme Last abnehme, ihren Arsch für seine Lust hinhalten zu müssen. Ihr tut es auch mächtig weh, von ihm anal genommen zu werden, also soll ich zukünftig diese Rolle übernehmen, vor allem auch, damit er mich weiter in seinem Umfeld akzeptiert und dabei seinen Spaß hat, während meine Mistress ihre Ruhe hat vor seinen Attacken auf ihr Hinterteil.

Kapitel 10

Zum Abschluss meines dreimonatigen Jobs in Raleigh habe ich noch zwei Wochen Urlaub und fahre – leider allein – in den Süden bis nach Florida. Dort besuche ich auch die Sklavenmetropolen Charleston und Savannah, schaue mir die riesigen Plantagen an, fantasiere in den renovierten ehemaligen Sklavenmärkten, lese viel über das Schicksal der Sklaven und denke auch viel über mein eigenes nach. Und natürlich schaue ich jeder etwas dominant aussehenden, attraktiven Frau hinterher. Wenn ich dann abends allein in einem Motelbett liege, hoffe ich jedes Mal, dass jetzt die Tür aufginge, eine Frau einträte und mich vergewaltigen würde. Und ich erkenne, dass es wohl mit meiner Treue doch nicht so weit her ist, wie ich geschworen habe, aber Gott sei Dank fehlt hier der Gelegenheit zu sündigen.

Am Ende meines Urlaubs muss ich endgültig wieder zurück nach Deutschland. Natürlich genießen Lorinda und ich die letzten gemeinsamen Stunden noch ganz besonders als Herrin und Sklave. Außerdem führt sie mir noch einmal eindringlich vor Augen, was ich verlieren würde, wenn ich ihr zu Hause untreu würde. Während ich vor ihr knie, öffnet sie ihr elegantes Wickelkleid und entblößt teilweise ihre großen Brüste.

»Sieh mich an und schau auf meine Brüste Sklave! Schau, wie wunderbar weich sie sind, und denke immer daran, wie sie dich verwöhnen können!«

Dann hebt sie den Saum ihres spitzenbesetzten Unterkleids, sodass ich ihren Slip sehen kann. Sie zieht ihn ein wenig über ihre breiten Hüften, bis ich den dunklen Haarbusch erkennen kann.

»Und jetzt schau genau auf meine Vagina, die dich jeden Tag glücklich machen kann. Sieh sie dir an und behalte sie tief im Gedächtnis. Wenn du zu Hause allein im Bett liegst, dann träum von ihr, während du deinen Schwanz wichst!«

Ergeben küsse ich erst in Demut ihre Brüste, dann ihre Fotze und schmiege mich eng an sie. Am liebsten würde ich sie nie wieder loslassen. Aber nun bringt sie mich zum Flieger, und zum Abschied nach ihrer Art biegt sie mit mir, kurz bevor wir den Flughafen erreichen, in einen kleinen Park ab. Wir steigen aus und sie führt mich in ein dunkles Waldstück. Dort bindet sie mich an einen Baum, zieht mir die Hosen runter, peitscht noch einmal meinen nackten Arsch so richtig aus und fotografiert mich in dieser demütigenden Pose. Am Flughafen nehmen wir erst einmal tränenreichen Abschied für ungewisse Zeit, denn wir haben noch keinen Plan wann und wo wir uns wiedersehen und wie es mit unserer Beziehung real weitergehen soll. Aber wir schwören einander, dass wir diese neue und aufregende Beziehung erhalten wollen, und ich verspreche alles zu tun, um möglichst bald wieder bei ihr sein zu können.

Kaum zu Hause angekommen und zurück im Büro erklärt mir mein Chef, dass er mich drüben in USA vergebens gesucht habe und ich sofort wieder zurück müsse, zu einem dringenden Job in Kingston, New York. Ich bin überglücklich und natürlich sofort bereit. Ich brauche nur den Koffer umzupacken, die Flüge zu buchen und vor allem Lorinda anzurufen und ihr von meinem (unserem) Glück zu berichten. Kingston ist zwar weit weg von Raleigh, aber ich buche gleich wieder einen privaten Flug dorthin dazu, und so kann ich schon das nächste Wochenende wieder mit meiner Herrin verbringen. Leider läuft es danach dann nicht immer so gut. Natürlich nutze ich jede dienstliche Gelegenheit, und wenn sich keine ergibt, fliege ich auch mal privat nach Raleigh. Da ich Geld sparen will, fliege ich mit den kuriosesten Airlines und kann froh sein, dass ich jeweils lebend und unversehrt ankomme.

Aber auch in der Zeit dazwischen halten wir engen Kontakt. Sie schreibt mir regelmäßig geile Luftpostbriefe, in denen sie mir schildert, was sie mit mir anstellen wird, wenn ich das nächste Mal in ihre Hände gerate. Dazu malt sie dann auch kleine Bildchen mit Folterinstrumenten, die sie erfindet und die sie für mich zu bauen droht. Eins

davon ist ein in der Höhe verstellbarer Pfahl auf einem festen Sockel
mit einem Dildo an der Spitze. Über dem will sie mich an den Händen
an der Decke aufhängen und langsam herablassen, bis ich frei schwe-
bend, ohne Bodenkontakt mit den Füßen auf den Dildo sinke und
mich selbst aufspieße. Derart anal gefickt muss ich dann geknebelt
und mit verbundenen Augen ausharren, bis sie geruht, mich von
meinen Qualen zu erlösen.

Überhaupt ist sie äußerst kreativ im Ersinnen immer neuer Folter-
methoden und Demütigungen, die dann auf mich warten, wenn ich
zurückkomme. So helfen uns viele, geile Briefe und regelmäßige, aber
sehr teure Telefonate über unsere räumliche Trennung hinweg. Ich
stürze mich immer gleich auf jeden neuen Brief von ihr, verschlinge
ihn geradezu und geile mich an ihren Androhungen und den Zeich-
nungen auf. Später am Abend dann ziehe ich mir schöne Wäsche an,
fessle mich selbst und lese ihren Brief noch mal ganz langsam. Es
macht mich unheimlich an, ihre neueste Fantasie zu erfahren, und
während ich mir vorstelle, wie sie mich beim nächsten Mal so misshandeln wird, hole ich mir immer wieder einen runter. Auch am Telefon macht sie mich jedes Mal heiß und erteilt mir Befehle, wie ich
mich zu verhalten habe. So schreibt sie mir auch vor, dass ich jede
Nacht schöne Wäsche tragen und gefesselt schlafen muss und ihr einmal pro Woche beichten muss, wie oft ich vor ihrem Bild kniend
gewichst habe. In meinem Schlafzimmer, neben dem Bett richte ich
mir so eine Art Privataltar ein: Ich hänge alle schönen Porträtfotos, die
ich von Lorinda machen konnte, gerahmt an die Wand und knie
immer mal wieder abends davor und bete sie an. Und wenn ich in
schöner Wäsche und gefesselt im Bett liege, dann kann ich im Ange-
sicht der Fotos meiner Herrin mit meinem Schwanz spielen und für
sie kommen.

Meine Antwortbriefe und Telefonate sind ebenfalls erfüllt von geilen
Fantasien, aber auch von Erklärungen meiner Hingabe und Treue-
schwüren und natürlich von meinen Wünschen, sie allein für mich zu
haben. Aber in der Realität des Lebens in Deutschland habe ich überhaupt nicht damit gerechnet, dass ich plötzlich als getrennt lebender

Mann Freiwild für die Frauen in meinem Bekanntenkreis werde. Unter allen möglichen, mehr oder weniger glaubhaften Vorwänden nähern sich mir vor allem verheiratete Frauen. Zunächst genießen sie meine Fähigkeit, ihnen zuzuhören, später kommt es oft zu Zärtlichkeiten, mehr nicht, aber es gibt auch welche, die fallen über mich her und zerren mich ins Bett. Das geschieht meist bei mir in meiner Wohnung, aber bei einigen auch in deren Haus, wenn der Ehemann unterwegs ist, bzw. selbst aushäusig aktiv. Damit breche ich natürlich alle meine Treueschwüre, aber meine Herrin hat ein gewisses Verständnis dafür, dass ich nur schwer hier ohne sie wie ein Mönch leben kann, so lange allein und ohne ihre Kontrolle. Das hält sie allerdings nicht davon ab, mir die schrecklichsten Strafen für mein Fehlverhalten anzudrohen und sie dann beim nächsten Treffen auch wirklich an mir zu vollziehen.

Kapitel 11

Bei meinem nächsten Besuch in Raleigh hat Mistress Lorinda ihre Brieffantasie schon wahr gemacht. Sie holt mich in einem heißen, schwarzen Overall am Flughafen ab, und noch im Terminal knie ich vor ihr nieder und bete sie an. Auf der Fahrt zu ihr befiehlt sie mir, meine Sünden zu beichten, und ehrlich, wie ich bin, muss ich ihr gestehen, dass ich mal wieder nicht keusch war, und so führt sie mich sofort nach meiner Ankunft in den Keller. Meine Mistress fesselt mir die Hände auf dem Rücken und führt mich vor das neue Foltergerät.

»Knie nieder vor mir, Sklave und bekenne deine Sünden!«, befiehlt sie mir.

Ich gehorche, gehe in Anbetung auf die Knie und beginne mit der Beichte:

»In Demut und Reue bekenne ich meine Sünden, oh Herrin! Ich habe mich zweimal von Gabi benutzen lassen. Dabei hat sie meinen Schwanz gelutscht und ich musste ihre Fotze lecken. Außerdem habe ich mit zwei anderen SPD-Frauen je einen Abend verbracht, mir ihre Probleme mit ihren Männern angehört und sie dabei ein wenig zärtlich gestreichelt. Diese Sünden tun mir leid vom Grunde meines Herzens und ich bitte um strenge Buße und Lossprechung von meiner Schuld!«

Ich verwende bewusst die katholische Beichtformel, die ich aus meiner religiösen Vergangenheit nur allzu gut kenne, weil es mir gefällt, mich vor meiner Herrin zu demütigen, aber auch meine Demut kann Mistress Lorinda nicht davon abhalten, mir ob meines Versagens böse zu sein und mir sofort ihre Strafe zu verkünden:

»Ich verurteile dich wegen Unzucht und Untreue deiner Herrin gegenüber zu drei Stunden Strafstehen auf der Dildostange. Du wirst je eine Stunde auf jeder der drei Stufen verbringen, immer eine Stufe tiefer. Also wappne dich innerlich für die dritte und schlimmste Stufe, denn ich werde sie dir nicht ersparen, auch wenn du mich noch so sehr um Erbarmen bittest!«

Als Erstes muss ich mich nackt ausziehen und mich leicht breitbeinig auf je zwei Klötze links und rechts von der Stange stellen, an denen sich jeweils eine Schnur befindet. Jetzt fesselt Lorinda mir die Hände ganz locker oben an einen Deckenbalken, damit ich sie auf keinen Fall zum Abstützen benutzen kann. Als Nächstes stopft sie mir einen triefenden Pissknebel ins Maul und zurrt ihn mit einem Tuch so fest, dass ich ihn nicht ausspucken kann. Und zum Schluss bindet sie mir ein weiteres Tuch fest über die Augen, damit ich keinen Ausweg suchen und vielleicht finden kann. Jetzt nimmt sie ein Gleitmittel, schmiert damit den über zwanzig Zentimeter langen Dildo und meinen Hintereingang ein und presst ihn langsam und genüsslich nach oben in mein Innerstes. Sie drückt ihn so hoch, dass er bereits in dieser Stellung gut in meinem Arschloch sitzt, arretiert die Stange darunter in entsprechender Höhe und sichert alles mit Schrauben, damit ich das Ganze auch ja nicht lockern und von dem Foltergestell herunter kommen kann. In dieser Position lässt sie mich nun eine Stunde stehen und leiden. Es ist zwar sehr unbequem, denn der Dildo irritiert auf Dauer meinen Anus und die Beine werden steif, aber ich überstehe diese erste Stunde noch relativ unbeschadet. Dann kommt Mistress Lorinda wieder und fragt mich, ob es mir gut geht. Als ich nicht sofort nicke, zieht sie mir mit einem Stock schnell zehn Hiebe über den Arsch. Dann wiederholt sie die Frage und diesmal antworte ich besser sofort mit einem schnellen Nicken.

»Dann wird es dir jetzt gleich bestimmt noch viel besser gehen! Nun heb den linken Fuß und dann den rechten«, befiehlt sie mir, und während ich brav jeden Fuß kurz anhebe, zieht sie jeweils den ersten fünf Zentimeter dicken Klotz darunter weg. Ich sacke deutlich tiefer auf den Dildo, sodass es jetzt richtig wehtut. Mit den Händen kann ich mir nicht helfen, also versuche ich, möglichst lang auf den Zehenspitzen zu stehen und damit die verlorene Höhe auszugleichen. Aber das halte ich keine Stunde durch. Also muss ich zwischendrin immer wieder heruntersinken und mich selbst pfählen. Als Lorinda dann endlich wiederkommt, möchte ich sie gern um Gnade anflehen, aber der Knebel hindert mich daran. Stattdessen fragt sie mich wieder, ob es mir gut geht, und diesmal weiß ich, was ich zu tun habe und nicke sofort, obwohl mir ganz anders zumute ist. Außerdem weiß ich ja, was als Nächstes auf mich zukommt: Sie zwingt mich wieder, die Füße artig zu heben und entfernt auch die zweiten Klötze unter meinen Fußsohlen. Und schon hänge ich selbst auf Zehenspitzen sehr, sehr tief auf dem Dildo. Wenn ich es nicht mehr aushalte und nicht mehr so stehen kann, sondern zusammensinke, dann bohrt sich der Dildo gnadenlos in meine Gedärme. Außerdem schaltet Lorinda jetzt auch noch den Motor im Dildo an, und so werde ich zusätzlich in meinem Darm extrem gereizt. Natürlich berührt der Dildo auch meine Prostata und sorgt so dafür, dass irgendwann mein Schwanz einfach leise ausläuft, ohne steif zu werden und ohne Orgasmus. Diese grausame Mischung aus Schmerz und Lust wird unerträglich, denn auch nach dem Auslaufen vibriert der Dildo ungerührt weiter und macht mich wahnsinnig. Doch kann ich dem furchtbaren Schmerz nicht entkommen. Es gibt keine Abhilfe, und am Ende kann ich nur noch schreien und jammern. Aber niemand hört meine durch den Knebel total gedämpften Hilferufe. Niemand will sie hören! Ich bin sicher, dass meine Mistress von fern horcht, wie es mir geht oder mich von der Kellertreppe aus beobachtet, aber sie lässt mich gnadenlos bis zum Ende der dritten Stunde leiden. Als sie dann endlich kommt und mich vorsichtig befreit, bin ich nur noch ein Häufchen Elend und sacke mit aufgerissenem Arsch, tierischen Schmerzen und total verheult vor ihren Füßen zusammen.

»Das wird dir hoffentlich eine Lehre sein, Sklave! Außerdem kann ich beim nächsten Mal noch mehr Klötze unterlegen. Es liegt also nur an dir, wie schlimm es dir ergeht, und deine Herrin hat kein Mitleid mit einem derart sündigen Sklaven! Und jetzt leck die Sauerei vom Boden auf, die dein Dreckschwanz gemacht hat!«

Schluchzend und vollkommen fertig befolge ich ihren Befehl und lecke meinen ausgelaufenen Samen vom Boden. Dann werde ich von ihr ohne weitere Worte, ohne Trost, ohne Streicheleinheiten in meine Zelle geführt, ans Bett gekettet und für die nächsten zwölf Stunden einfach so allein liegen gelassen. Irgendwann schlafe ich ein und in meinem Träumen werde ich von Vlad dem Schrecklichen in Transsylvanien gepfählt. Auch in den nächsten Tagen spüre ich noch den Druck auf mein Arschloch und nehme mir vor, mich zu bessern.

Kapitel 12

Eine meiner beruflichen USA Reisen führt mich nach Dallas, Texas. Und auch Lorinda möchte dort eine Textilmesse für ihren Laden besuchen. Also treffen wir uns diesmal dort in meinem Hotel. Tagsüber sind wir beide getrennt beschäftigt, aber die gemeinsamen Nächte sind erfüllt von Liebe, Sex und viel Zärtlichkeit, weil wir ganz für uns allein sind, und sie sich nicht um Dillon sorgen muss. So schön könnte es doch immer sein, wenn ich sie nur für mich allein hätte! Aber daraus wird wohl so schnell nichts. Stattdessen kommt Lorinda aber zweimal jeweils für drei Wochen nach Deutschland. Ich hole sie jedes Mal überglücklich in Frankfurt am Flughafen ab und fahre sie dann zu mir. Beim ersten Besuch stelle ich sie meinen Freunden zu Hause vor und besuche auch meine Schwester in Aalen. Meine deutschen Freunde finden sie alle sehr lieb und nett, und auch meine Schwester akzeptiert sie glücklicherweise sofort als meine neue Partnerin. Natürlich weiß sie nicht, dass Lorinda verheiratet ist, aber sie schließt sie sofort in ihr Herz. Nur meine Mutter kann sich nicht begeistern: Obwohl sie Lorinda gar nicht zu sehen bekommt, entscheidet sie, dass sie einfach zu alt für mich sei. Sie hat ja irgendwie recht, denn Lorinda ist schließlich fast elf Jahre älter als ich, aber sie versteht halt nicht, dass ich schon immer nach einer reifen, mich dominierenden Frau gesucht habe.

Daneben treiben wir es auch hier in Deutschland ein wenig extrem: Einmal treffen wir uns mit einer einäugigen, dicken, aber absolut guten Domina in Oberbayern, die ich bei einem Sklavenabend bei Heilbronn kennengelernt habe. Einen Abend spielen wir gemeinsam mit ihrem Sklaven in ihrem Haus. Am nächsten Tag besuchen wir gemeinsam einen Münchner Swinger- und SM-Klub. Dort befriedigen die beiden sogar andere Männer, während ich gefesselt und mit verbundenen Augen daneben liegen muss. Das ist mein erstes reales Cuckold Erlebnis und wie zu befürchten war, macht es mich unheimlich geil zu hören, wie Mistress Lorinda andere Männer befriedigt! Sie ist also offensichtlich bereit, alles zu tun, um mich immer weiter zu unterwerfen. Sie kennt dabei keine Grenzen und ich setze ihr keinerlei Widerstand entgegen. Ich will die totale Unterwerfung, ich will meine Freiheit für immer verlieren.

Langfristig versuche ich aber eine dauerhafte Lösung für unser Problem zu finden. So bemühe ich mich um eine längere Auslandsabordnung nach Raleigh. Aber leider stellt sich sehr schnell heraus, dass das in absehbarer Zeit nicht machbar ist, und so überlegen wir auch die Alternative, gemeinsam in Deutschland zu leben. Beim zweiten Besuch hier bei mir erkundigt sie sich bei der US Armee in Stuttgart und bekommt die Auskunft, dass sie dort jederzeit eine Stelle als Lehrerin bekommen könnte, wenn sie wollte. Aber sie zögert, in den USA alles aufzugeben und ihr schönes Zuhause und auch ihren Mann verlassen zu müssen. Außerdem spüren wir beide irgendwie instinktiv, dass es ihr in Deutschland schwerfällt, so dominant zu sein, wie in Raleigh. Sie ist verunsichert, sie kennt sich nicht aus und spricht die Sprache nicht. Das sind keine guten Voraussetzungen für eine Herrin. Ein dauerhaftes, gemeinsames Leben, wie ich es uns wünsche, können wir deshalb also erst mal nicht führen. Deshalb müssen weiter geile Briefe und teure Telefonate die langen Pausen überbrücken, denn es gibt zu der Zeit nur die extrem teure Telekom und noch keine billigen Angebote für Auslandsgespräche wie heute. Über diese Medien erhalte ich immer wieder neue Anweisungen, wie ich mich zu verhalten habe und natürlich entsprechende Strafandrohungen, bei Nichtbefolgen.

Kapitel 13

Wenn ich dann endlich einmal wieder mit ihr zusammen sein kann, treiben wir unser Herrin-Sklave-Verhältnis immer weiter voran und über meine ursprünglichen Grenzen hinaus. Besser gesagt Mistress Lorinda treibt mich und ich tue das, was sie will.

Da ihr Mann inzwischen doch eifersüchtig ist, weil ich ihm deutlich zeige, dass ich seine Frau gern für mich allein haben will, muss ich sogar um mein Leben fürchten. Als ich eines Abends bei ihr anrufe, ist er am Apparat und droht, mich bei nächster Gelegenheit zu erschießen, wenn ich meine Pläne nicht endlich aufgebe. Das erschreckt mich natürlich ganz schön, und deshalb entscheidet Mistress Lorinda zunächst, dass ich aus Sicherheitsgründen bei meinem nächsten Besuch bei ihrer Tochter in der Stadt unterkomme und sie mich dort besucht und benutzt. Janina wohnt mit einer Studienkollegin in einem kleinen, älteren Haus zur Miete. Mistress Lorinda hat sie im Prinzip über mich aufgeklärt, und nachdem sie mich vom Flughafen abgeholt hat, muss ich mich an einer einsamen Stelle am Waldrand nackt ausziehen und stattdessen die Dienstmagd Kleidung anlegen, die sie mir mitgebracht hat. In diesem Aufzug liefert sie mich bei ihrer Tochter ab und nimmt meine Alltagskleidung mit sich. Ich werde in eine kleine, dunkle Kammer eingesperrt, und so ist mit beiden Maßnahmen sichergestellt, dass ich nicht davonlaufe. Außerdem muss ich natürlich für die beiden jungen Damen arbeiten, d.h. den Haushalt machen und das Haus mal gründlich putzen. Die beiden haben ihren Spaß mit mir und lassen sich so richtig verwöhnen. Als Janinas Freundin erfährt, dass man mich auch für sexuelle Dienste benutzen darf, beordert sie mich in ihr Schlafzimmer zum Putzen in ihrem Beisein. Als ich vor ihr auf dem Boden herumrutsche, greift sie mir plötzlich von hinten in die Eier und befiehlt mir, sie zu lecken. Und weil ich weiß, dass meine Herrin will, dass ich allen Frauen gehorche, folge ich ihr gern und befriedige sie mit meiner Zunge. Janina selbst hat gewisse Hemmungen, mich ebenfalls sexuell zu benutzen, denn schließlich ist es ihre Mutter, die mich besitzt. Aber das hält sie nicht davon ab, meinen Gehorsam sicherzustellen. Lorinda hat ihrer Tochter offensichtlich freie Hand gelassen, mich jederzeit zu disziplinieren, wenn sie es für nötig hält. Bei alledem zeigt diese wenig Hemmung, und so ende ich an manchem Abend vor ihr auf den Knien und schlafe anschließend mit gestriemtem Arsch. Und ich, ich lasse mir von den beiden alles gefallen, wie es sich gehört!

Lorinda nutzt die Gelegenheit, dass ich außer Haus untergebracht bin, um mit Dillon in Ruhe über die gesamte Angelegenheit ausführlich zu reden. Bei ihrem nächsten Besuch bei ihrer Tochter berichtet sie mir davon: Wie zu befürchten, hat sie ihm explizit versichert, dass sie ihn niemals verlassen werde. Aber sie hat es zur Bedingung gemacht, dass sie mich zusätzlich als ihren Sklaven halten und behalten will. Sie will mich besitzen, mich unterwerfen, mich benutzen. Auf der anderen Seite könne er dann weiterhin seine Liebschaften haben. Auf dieser Basis könnten sie weiterleben, wie bisher. Und um das Ganze noch weiter zu entspannen, hat sie ihm vorgeschlagen, mich darüber hinaus als Familiensklaven zu halten, also als Sklaven für alle Familienmitglieder, die Interesse daran haben, mich zu benutzen. Und weil ich ja insbesondere Dillon's Position zu gefährden versucht habe, hat sie ihm angeboten, dass er mich quasi als Kompensation ganz besonders nach seiner Lust und Laune benutzen kann.

Das ist natürlich nicht die Erfüllung meiner Träume, ganz im Gegenteil, es ist die schlimmste mögliche Demütigung, mich meinem schärfsten Konkurrenten unterwerfen zu müssen. Aber was soll ich tun? Habe ich denn eine andere Wahl? Wenn ich jetzt und hier eine Herrin will und sie nicht verlieren möchte, dann muss ich diese Kröte schlucken oder auf Dauer ganz auf Lorinda verzichten. Entweder ich akzeptiere die Konditionen, unter denen ich diese Herrin haben kann oder ich lasse es und suche mir eine neue.

Aber es kommt noch schlimmer: Dillon verlangt, dass ich mich bei ihm entschuldige und zusätzlich, dass er mich nach seinem Belieben bestrafen darf. Und auch dem hat meine Mistress zugestimmt, d.h. um des lieben Friedens willen, und damit sie mich in Ruhe benutzen und versklaven kann, opfert sie mich, demütigt mich vor ihm ganz besonders tief und liefert mich seiner Willkür aus. Und sie fragt mich nicht einmal, ob ich damit einverstanden bin. Für sie ist die Sache so entschieden und ich habe mich ihrem Beschluss zu fügen, basta! Und damit ich gar nicht erst ins Grübeln komme, nimmt sie mich sofort mit nach Hause und bringt mich zu Dillon. Ich muss vor ihm niederknien und ihn um Verzeihung dafür bitten, dass ich versucht habe, Lorinda für mich allein zu haben.

»Verehrter Master Dillon, ich bekenne mich schuldig, dass ich versucht habe, dir deine Frau auszuspannen. Ich bitte um Vergebung und weiß, dass ich strenge Strafe verdient habe. Und ich verspreche, dass ich es nie wieder tun werde.«

Dann führt Mistress Lorinda mich in den Keller und fesselt mich total hilflos an den Balken im Gästezimmer, Arme weit gestreckt und eng mit Seil umschlungen, Beine weit gespreizt (mit Stange und Manschetten an den Fußgelenken) und an der Wand gesichert. Nun verbindet sie mir die Augen, legt einen Pissknebel für mich bereit und sagt:

»Du wirst jetzt von Dillon äußerst hart gezüchtigt werden und du wirst es für mich aushalten. Ich will, dass du dich für mich hingibst und dieses Opfer für unsere Liebe bringst. Ich werde zuschauen, aber erwarte keine Hilfe von mir, denn ich möchte Dillon total besänftigen. Also sei tapfer und erdulde alles. Hinterher werde ich dich dann dafür belohnen!«

Als sie sich zurückzieht, bleibe ich verloren zurück und warte zitternd vor Angst auf Dillon. Aber der lässt mich in dieser Angst kochen, bis ich weich bin. Als er endlich kommt, bin ich schon völlig fertig. Er tritt vor mich und spricht:

»Du elender Sklave hast versucht, in meine Ehe einzubrechen und mir meine Frau wegzunehmen. In dieser Familie gibt es so etwas nicht, und deshalb muss dein Verhalten strengstens bestraft werden. Siehst du das ein?«

»Ja Master Dillon, ich sehe mein Fehlverhalten ein, ich weiß es war dumm von mir und ich werde es nie wieder tun.«

»Ich bin ganz sicher, dass du es nie wieder tun wirst, denn wenn doch, dann werde ich dich unweigerlich töten. Aber jetzt werde ich dich erst mal ins Maul ficken und abspritzen. Du wirst dann meinen Samen schön im Maul behalten und bekommst noch zusätzlich Lorindas Pissknebel hineingestopft. Wenn du damit ganz stumm bist, werde ich dich so auspeitschen, wie man es bei uns früher mit den schwarzen Sklaven getan hat, grausam und hart. Und wenn ich mit dir fertig bin, wirst du nie im Leben mehr die Frau eines anderen Mannes begehren, das verspreche ich dir.«

Meine Angst wächst ins Unermessliche, aber dann spüre ich, wie sein Schwanz in mein wehrloses Maul eindringt und mich fickt. Ich würge ob des großen Objekts in meinem Maul, aber ich halte durch, bis er darin abspritzt. Als er sich zurückzieht, stopft er mir schnell den Pissknebel hinein und bindet ihn mit einem groben Tuch richtig fest. Jetzt bin ich bereit für die Abstrafung, auch innerlich! Sie wird ein Inferno. Dillon verkündet mir:

»Du bekommst jetzt fünfzig Hiebe, je zehn mit Peitsche, Rohrstock, Gürtel und Rinderklatsche und die letzten zehn noch einmal extrahart mit meinem Gürtel. Ich werde dich auf Arsch, Rücken und Oberschenkel schlagen, bis du übersät sein wirst mit Striemen.«

Ohne weitere Verzögerung legt er los. Jeder Hieb ist furchtbar und trifft mich brutal. Ich schreie in meinen Knebel, aber das kümmert niemanden. Ich flehe um Gnade, ich jammere, ich schluchze, ich heule hemmungslos und breche schließlich ganz zusammen, aber niemand kommt, um mich zu retten. Überall brenne ich vor Striemen. Wahrscheinlich blute ich aus vielen Wunden, aber das kümmert ihn nicht, sondern gnadenlos und konsequent schlägt er immer weiter zu, bis sein Ziel erreicht ist. Dann lässt er mich in meinem Schmerz einfach weiter hängen und verkündet mir:

»Diesmal waren es nur 50 Hiebe, aber beim nächsten Versuch werden es mindestens doppelt so viele sein. Am besten ich schlage dich dann gleich tot oder noch besser, ich hänge dich hier im Keller an einem Balken auf und schaue zu, wie du zappelnd langsam erstickst. Also vergiss lieber alle deine Träume von einer exklusiven Beziehung mit Lorinda und füge dich in dein Schicksal. Dann kannst du hier bleiben und in Frieden als unser Sklave leben und wir werden dich in unsere Familie aufnehmen und benutzen.«

Nun lässt er mich allein in meinem unsäglichen Schmerz, und erst nach einer gefühlten Stunde kommt Lorinda, bindet mich los, führt mich in meine Zelle, fesselt mich bäuchlings aufs Bett und behandelt meine Wunden. Hierbei lässt sie den Knebel drin, bis sie fertig ist, denn auch diese Behandlung ist extrem schmerzhaft. Danach spricht sie zu mir:

»Du warst sehr tapfer mein Sklave! Es hat mir sehr gefallen, dich so leiden zu sehen und dabei deine Hingabe zu spüren. Und es war wichtig, dass du bis zum Ende durchgehalten hast, ohne dass ich eingeschritten wäre. Es war Dillons Rache und er hatte schließlich das Recht auf seiner Seite, also wollte ich, dass du alles erleidest, was er dir antun wollte. Aber jetzt ist es überstanden und wir finden beide, dass es gut so für dich ist. Dillon und ich haben deshalb beschlossen, dass wenn immer du hier bist, ich dich ihm gleich am ersten Tag zu einer Züchtigung übergebe, quasi als Einstimmung auf dein jeweiliges Leben in diesem Haus. Aber weil Dillon dir ja jetzt verziehen hat, werden es, wenn du dir sonst nichts hast zuschulden kommen lassen, nur noch zwanzig Hiebe sein, also je fünf mit jedem Instrument. Stell dich also darauf ein und akzeptiere es als deinen Eintrittspreis in deine neue Familie, dann wird es leichter für dich und wir alle können in Frieden miteinander leben!«

68

Damit ist alles vorbei und ich darf schlafen. Vorher gibt Lorinda mir noch zu trinken, lässt mich gefesselt und sperrt mich zusätzlich in meiner Kammer ein. So verbringe ich eine furchtbare Nacht, in der ich immer wieder darüber nachdenke, ob dies der richtige Weg für mich ist. Aber zunächst sehe ich keine andere Möglichkeit, wenn ich denn in irgendeiner Form Lorindas Sklave bleiben will. Und darüber gibt es für mich trotz aller Schmerzen keinen Zweifel, ich brauche eine Herrin, mehr denn je, ich brauche Lorinda jetzt und heute!

Kapitel 14

Um Dillon noch weiter zu beschwichtigen und natürlich zu seinem Vergnügen und um mich tief zu demütigen muss ich ihm nach dieser ersten Züchtigung nun bei jeder Gelegenheit als Erika dienen. Immer wenn ich in Lorindas Haus bin, werde ich ihm jeden Tag mindestens einmal in Zofenkleidung und mit Perücke zugeführt. Zunächst kann ich nur seinen Schwanz lutschen, doch auch das ist schon schlimm genug für mich und äußerst demütigend. Aber ich gehorche, wenn auch manchmal etwas widerwillig. Zu Anfang ist auch Mistress Lorinda anwesend und kontrolliert, ob Dillon auch voll befriedigt wird. Außerdem fesselt sie mir vorher die Hände auf dem Rücken und verbindet mir die Augen, damit ich gar nicht erst versuche, mich gegen Dillons Schwanz zu wehren, aber auch um mir die Hingabe leichter zu machen. Später bin ich dann immer allein mit ihm. Auch er bindet mir die Hände auf den Rücken, jedoch die Gnade des Augen Verbindens gewährt er mir nicht, sondern ich muss seinen haarigen Schwanz und seinen dicken Pelz vor mir sehen, wenn ich ihn blase. Das demütigt mich nur noch mehr und er beschimpft mich auch noch als dreckige Hure und geile Sklavensau. So fickt er mich ins Maul, spritzt mich so richtig voll und zwingt mich anschließend, seine glibberige Soße zu schlucken. Doch das genügt Lorinda noch nicht. Sie geht konsequent weiter und will, dass Dillon mich auch in den Arsch ficken kann. Dazu kauft sie eine Serie Dildos mit steigender Dicke, und ich muss damit trainieren und meinen Anus dehnen. Wenn ich bei ihr bin, zwingt sie mich, jede Nacht mit einem Dildo im Arsch zu verbringen und nach etwa einer Woche den nächstgrößeren zu versuchen. Damit die Dildos auch schön drin bleiben, wenn ich allein eingesperrt bin, kauft sie mir eine Miederhose mit langem Bein, näht oben Gürtelschlaufen dran, und wenn ich sie über dem Dildo angezogen habe, dann verschließt sie diese Miederhose mit Kette und Schloss bis zum nächsten Morgen. Wenn ich in Deutschland bin, muss ich auf ihren Befehl hin auch meinen Arsch für das gleiche Ziel dehnen, nur dass ich dabei nicht so konsequent bin. Aber da ich weiß, was mich später erwartet, übe ich doch besser fleißig. Schließlich bin ich nach einigen Monaten Training dann doch soweit, Dillons Riesenschwanz in mir aufnehmen. Bei meinem nächsten Besuch in den USA testet Mistress Lorinda meinen Hintern mit dem größten Dildo und ist zufrieden. Jetzt kann sie mich Dillon endlich zum Ficken anbieten. Dazu muss ich mir noch den Darm mit mehreren Einläufen reinigen. Danach werde ich von ihr als Erika gestylt. Sie schminkt mich sehr sexy und klebt meinen Schwanz mit Tesaband im Schritt so fest, dass er im Slip kaum zu sehen ist. Dann zieht sie mir noch ein geiles Kleidchen über meine sexy Wäsche. Derart äußerlich zur Frau gemacht, führt sie mich nun Dillon in ihrem großen Schlafzimmer zu. Sie überlässt mich ihm mit den Worten:

»Lieber Dillon, ich habe dir meine Sklavin Erika heute als besonderes Geschenk mitgebracht. Du kannst jetzt ganz frei über sie verfügen. Sie ist nun endlich bereit, von dir nach Herzenslust missbraucht zu werden und du kannst mit ihr machen, was du willst!«

Sie hat mir eingetrichtert, wie ich mich zu benehmen habe und so knie ich vor ihm nieder, setze mich auf meine Oberschenkel, lege wie die ›O‹ die Hände mit den Handflächen nach oben darauf und spreche demütig und mit gesenktem Blick:

»Gnädiger Herr, Master Dillon, eure Dienerin Erika möchte sich ganz zu eurer Verfügung stellen.«

Er schaut mich eingehend an, betatscht meine Brüste und meinen Hintern.

»Na du kleine Hure, du siehst ja so richtig geil aus! Mal sehen, ob du auch genauso gut zum Ficken taugst.«

Unterdessen öffnet er seine Hose und füllt mein Maul mit seinem Schwanz. Gehorsam lutsche ich ihn demütig, bis er schön hart ist. Dann dreht er mich um, beugt mich übers Bett und dringt ohne Vorwarnung von hinten in mich ein. Trotz des Trainings tut es tierisch weh, aber das kümmert ihn wenig. Er rammelt mich, drückt meinen

Kopf in die Kissen und bohrt seinen Schwanz ganz tief in mich rein. Schon nach wenigen Minuten stöhnt er auf und spritzt in mir ab. Dann zieht er sich befriedigt zurück, aber er verlangt, dass ich seinen Schwanz noch schön sauber lecke. Voller Ekel gehorche ich und erst dann lässt er mich wieder gehen. Somit ist meine Rolle als Dillons kleine Schwanzhure besiegelt.

Kapitel 15

Wenn ich ab jetzt meine Mistress in Raleigh besuche, dann vollzieht sich zu Beginn jedes Mal ein fester Ritus: Lorinda holt mich vom Flughafen ab. Sobald ich mein Gepäck habe und den gesicherten Bereich verlasse, wartet sie vor dem Ausgang in mehr oder weniger dezentem dominantem Outfit in einem Sessel auf mich. Ich gehe zu ihr hin, knie vor ihr nieder und küsse ihre Füße. Dann erlaubt sie mir aufzustehen, wir umarmen uns wie ein ganz normales Liebespaar nach langer Trennung, sie fährt mich zu sich nach Hause und bringt mich dort gleich in den Keller in meine Kammer. Hier muss ich mich nackt ausziehen und ihr all meine männliche Kleidung übergeben, die sie dann für die Zeit meines Besuchs zusammen mit meinem Gepäck wegschließt. Dann muss ich Dienstmädchenkleider anziehen und wieder vor ihr niederknien. Jetzt fordert sie mich auf, zu bekennen, wie oft ich zu Hause mit einer anderen Frau gefickt habe, egal ob die Initiative von mir ausging oder ob ich von der Frau genommen wurde. Obwohl ich Angst vor den Folgen habe, gestehe ich jedes Mal ehrlich, wie ich bin, die Wahrheit. Die dafür fällige Strafe ist klar: Sie übergibt mich an Dillon zur Züchtigung und teilt ihm nur die Zahl der Hiebe mit, die er mir verabreichen darf. Für jeden untreuen Fick in Deutschland bekomme ich zehn Hiebe, aber unabhängig davon erhalte ich ja sowieso als Mindeststrafe die zwanzig, die mir einfach zu Dillons Vergnügen zustehen. Ich habe also sozusagen zwei freie Schüsse, nur wenn es mehr gewesen waren, erhöht sich die Zahl automatisch. Natürlich möchte sie aber auch genau wissen, was in Deutschland passiert ist, bevor sie mich bestrafen lässt. Und so muss ich ihr einmal gestehen, dass ich in Fulda bei einer dominanten Frau zu Besuch war und dort sowohl von ihr als auch von einer devoten Freundin gefickt wurde, aber auch, dass ich als Zofe den Schwanz eines anderen Mannes in meinem Maul zum Abspritzen bringen musste. So etwas erzürnt sie natürlich noch mehr, als wenn eine verheiratete Freundin sich von mir trösten lässt und mich dann ins Bett zerrt. Und deshalb erhöht sie dafür meine Strafe nach ihrem Belieben auf einhundert Hiebe. Und wieder endet die Strafaktion damit, dass Dillon mich genüsslich züchtigt und meinen Arsch und die Oberschenkel fürchterlich zurichtet, sodass ich drei Tage und Nächte nur auf dem Bauch liegend und gefesselt in meiner Zelle verbringen kann. Zwischendrin besucht mich zwar meine Herrin, aber nur um mich zu füttern oder mich in einen Nachttopf pissen zu lassen, von dem ich dann anschließend trinken muss. Aber auch danach bleibe ich eingesperrt und ans Bett gekettet und meine Herrin benutzt mich nur, um sich lecken zu lassen. Schwanz und Eier dagegen schnürt sie mir fest ab und verpackt sie in eine enge Miederhose, sodass ich mit meinen gefesselten Händen nicht dran komme. Bis zu meiner Rückreise muss ich zur weiteren Bestrafung so im Keller bleiben. Die einzige Abwechslung ist der Dienst an Dillon, wenn er im Haus ist.

Bei meiner nächsten Reise nach Raleigh muss ich meiner Herrin beichten, dass ich per Anzeige eine dicke, elegante dominante Frau kennengelernt habe, die gleich am Abend unseres ersten Treffs mit zu mir in die Wohnung gefahren ist und mich dort aufs Bett gefesselt und genommen hat. Ja bei ihrem zweiten Besuch bei mir ging sie sogar noch weiter, hat mich mit verbundenen Augen und in Frauenkleidern auf mein Bett gefesselt und dann einen fremden Mann in die Wohnung gelassen, ihn neben mir im Bett gefickt und mich gezwungen, nebenbei seine Eier zu massieren. Anschließend musste ich zuhören, wie sie vor seinen Augen in meine Dusche gepisst hat und ich musste sie anschließend trocken lecken.

Solche Bekenntnisse lassen bei Lorinda natürlich die Alarmglocken läuten, denn es besteht also doch die reale Gefahr, dass ich in Deutschland auf Dauer eine dominante Frau als Ersatz für sie finden könnte. Auch deshalb erhöht sie in diesem Fall die Strafe und verlangt obendrein, dass ich ihr verspreche, diese Frau nicht wieder zu treffen.

Aber egal wie sie zu einem Strafmaß kommt, am Ende bringt sie mich zu Dillon ins Schlafzimmer oder fesselt mich an die Balken im Keller und lässt mich auf ihn warten, und was dann folgt, ist eine harte

Züchtigung durch ihn. Es versteht sich von selbst, dass diese für mich jedes Mal furchtbar ist und ich extrem leide. Schon, wenn ich in Deutschland in den Flieger steige, wird mir bereits mulmig ob der zu erwartenden Strafe in Raleigh, aber nach Mistress Lorindas Regeln brav zu sein gelingt mir dennoch nicht. Die sich bietenden Gelegenheiten kann ich einfach nicht ausschlagen, denn ich bin einfach eine zu geile Sau, als dass ich keusch bleiben könnte und wollte, und so habe ich es halt nicht anders verdient!

Danach sperrt Lorinda mich wie gehabt in meiner Zelle im Keller ein, kettet mich ans Bett und kommt wieder nur aus zwei Gründen zu mir: Entweder tagsüber, um mir etwas zu essen zu bringen und mich auf die Toilette zu führen oder nachts, um sich von mir mit der Zunge befriedigen zulassen oder mich zu ficken. Aus Rache für mein erneutes unerlaubtes Fremdgehen legt sie mir diesmal noch eine weitere Strafe auf. Hierzu verkündet sie mir:

»Du bist schon wieder fremdgegangen, du hast schon wieder all deine heiligen Eide gebrochen. Das lasse ich mir nicht länger bieten. Und wenn ich dich schon nicht davon abbringen kann, zu sündigen, wenn du fern von mir bist, so sollst du es doch zumindest aufs Äußerste bereuen, wenn du bei mir bist. Ich will dir die Lust aufs Fremdgehen austreiben, ich will deinen Schwanz bestrafen für seine Sünden!«

Mit diesen Worten befreit sie mich von meinen Ketten und führt mich mit auf dem Rücken gefesselten Händen in den Raum mit dem Balkengerüst. Dort zieht sie mich bis auf mein Hemdchen nackt aus und schnallt mich mit dem Rücken an die Balken. Mit Seilen fixiert sie mich dermaßen stramm, dass ich kein Glied mehr bewegen kann, bis auf das sündige! Jetzt stopft sie mir einen dicken, festen Knebel ins Maul und bindet ihn sicher fest. Dann nimmt sie sich meines Schwanzes an: Erst bindet sie eine dünne Schnur fest um die Basis, führt sie über einen Balken und hängt auf der Gegenseite ein schweres Gewicht daran. Mit der nächsten Schnur bindet sie meine Eichel ab und hängt in der Gegenrichtung ebenfalls ein Gewicht daran. Jetzt bin ich dort unten total gestreckt und mein Schwanz ist langgezogen fixiert. Und auf diesen langgezogenen Schwanz schlägt sie nun mit einer leichten, kleinen Gerte ein. Der Schmerz ist umwerfend, ich schreie, aber der Knebel dämpft meinen Lärm. Ich leide, aber wer sollte Mitleid mit mir haben? Und so schlägt sie mich, bis mein Schwanz ein einziger roter Streifen Haut ist. Dann folgt eine noch schlimmere Gemeinheit: Mit einem 1 cm breiten kurzen Lederriemen bindet sie mir nun noch die Eier fest ab, sodass sie prall und dick hervorstehen, und schlägt mit derselben Gerte auch noch auf meine armen Hoden ein, bis ich nicht mehr kann und sie einsieht, dass ich genug habe. Anschließend lässt sie mich noch eine Weile in meiner Agonie hängen, und als sie wiederkommt, reibt sie zusätzlich noch so etwas wie Finalgon-Salbe auf mein wundes Stück sündiges Fleisch. Ich schreie wieder wie am Spieß, aber erneut hilft es mir nichts, und das Brennen lässt erst nach einer Stunde etwas nach.

»Das war die verdiente Buße für dein Fremdgehen!«, verkündet mir Mistress Lorinda. Dann befreit sie mich von meinen Fesseln, führt mich zurück in meine Kammer und sperrt mich dort wieder ein. Erst mal hat die Lektion gewirkt. Mein Schwanz ist völlig wund, meine Eier extrem schmerzempfindlich und ich bin dort unten nicht benutzbar. Also muss meine Zunge für alles herhalten.

Während ich dann allein in meiner Zelle liege, kommen mir doch immer wieder Zweifel, ob dies für mich der richtige Weg ist, um meinen Traum von der Versklavung durch eine dominante Frau zu erfüllen. Will ich wirklich immer wieder so hart gezüchtigt und grausam bestraft werden, will ich diesen hohen Preis zahlen dafür, dass ich die Lust der Unterwerfung real erleben darf? Aber am Ende überwiegt jedes Mal die Lust, und je mehr die Striemen abheilen, desto schneller vergesse ich die Qualen, die ich dafür überstehen musste.

Kapitel 16

Wenn Dillon zuhause ist, holt Mistress Lorinda mich jeden Morgen aus meiner Zelle und liefert mich im Familien-Schlafzimmer bei ihm ab, um mich von ihm beliebig durchficken zu lassen. Und das tut er mit sadistischer Freude, aber auch mit der großen Genugtuung, dass er mich von seinem Konkurrenten bei seiner Frau zu seiner Lustsklavin gemacht hat.

Und ich muss zu meiner Schande gestehen, dass ich so langsam fast ebenfalls so etwas wie Lust empfinde, wenn ich zu ihm geführt und ihm ausgeliefert werde. Ich genieße es, von ihm wie eine dumme geile Dreckschlampe, ja wie eine richtige Hure, behandelt zu werden. Ich fühle mich wohl, wenn er mir die Nuttenwäsche vom Leib reißt und brutal in mich eindringt. Ja, ich muss gestehen, ich liebe es, so hart von ihm genommen zu werden, ich liebe es, bei ihm alles Negative der Frauenrolle erleben zu müssen. Obendrein bin ich mit der Zeit stolz darauf, meinen Körper für meine Herrin hinhalten zu dürfen und ihr seine Macho-Geilheit zu ersparen. Denn ihre dadurch gewonnene Freiheit führt dazu, dass sie mehr mit mir machen und noch viel dominanter zu mir sein kann. Außerdem wirkt sich solch ein intensives Sklavendasein auch positiv auf meine Psyche im Sinne meiner neuen Rolle im Leben aus: Ich werde demütiger, bin weniger arrogant und vor allem akzeptiere ich widerstandslos alles, was meine Herrin mit mir anstellt oder andere mit mir machen lässt. Ich füge mich einfach und erdulde alles ohne jeden Widerspruch.

Damit ich nicht nur Mistress Lorindas Nutte bin, sondern auch als anständiges Dienstmädchen auftreten kann, kauft sie mir dafür weiter passende Outfits. Als Nächstes bekomme ich ein langes graues Kleid mit weitem Rock, flache graue Schuhe, graue Strümpfe, altmodische, matronenhafte Unterwäsche, ein enges, langes Taillenmieder mit Strapsen und einen festen Longline-BH, eine lange weiße Schürze und dazu passend ein weißes Häubchen. Wann immer ich im Haus arbeite, muss ich nun solche Kleidung tragen, und wenn meine Mistress mich benutzen oder bestrafen will, ist im Nu der Rock gehoben und der Hintern freigelegt.

Auf einer Kurzreise in den Staat New York machen wir auch in Woodstock Station und Mistress Lorinda entscheidet, dass sie mich für immer als ihren Besitz zeichnen lassen will. So bekomme ich hier spontan ein Tattoo auf die linke Arschbacke, klein aber deutlich, ein Rechteck wie ein Brandzeichen und darin die Buchstaben ML für Mistress Lorinda. Ich bin stolz darauf, derart gezeichnet zu sein. Zurück in Raleigh erzählt Lorinda einer Nachbarin, dass sie jetzt einen Sklaven besitzt, den sie sich als Dienstmädchen hält und der für immer ihr Zeichen trägt. Die Dame macht sich vor Aufregung darüber fast in die Hose. Sie will mich unbedingt kennenlernen. Ich möchte das auch, denn es macht mich geil, vor anderen Frauen gedemütigt und vorgeführt zu werden. Und so lädt Lorinda die Dame am nächsten Tag zum Kaffee ein, stellt mich ihr als ihre deutsche Zofe Erika vor und befiehlt mir, mich nach vorn zu beugen. Dann schlägt sie meinen Rock hoch, zieht mir das Höschen runter und zeigt ihr mein Tattoo. Noch etwas zögerlich schaut die Dame sich alles an und bewundert dann meinen Besitzerstempel.

»Und du bist wirklich Lorindas Sklave?«, fragt sie mich.

»Ja gnädige Frau, ich bin Mistress Lorindas Sklave!«

»Darf ich ihn mal anfassen?«, wendet sie sich an Lorinda.

»Aber ja doch, dazu ist er ja da! Soll ich dich kurz mit ihr allein lassen, damit du ungestört bist?«

Doch soweit will sie heute noch nicht gehen.

»Nein, nein, bleib nur hier, es reicht mir zu sehen, dass du mir die Wahrheit gesagt hast.«

Sie betatscht mich ausgiebig, prüft, ob ich noch einen Schwanz habe, und streichelt meine Brüste. Aber mehr passiert heute nicht, und Mistress Lorinda beschränkt sich darauf, mich zum Servieren und am Tisch bedienen zu verwenden. Später wird die Lady eine der Damen sein, die auf Einladung meiner Herrin ab und zu abends in mein Verlies kommen, und mich dort benutzen werden.

Mistress Lorinda ist ganz ohne Tabus, sie hat eine unendlich kreative Fantasie, sie schreckt vor nichts zurück und macht mit mir, wozu sie Lust hat. Wenn ich im Lande bin und sie es für nötig hält, muss ich selbstverständlich auch in ihrem Laden in Durham aushelfen. Tagsüber muss ich als Verkäuferin arbeiten, und zwar in meiner Dienstmagduniform. Aber da es ein Laden in einem historischen Viertel ist, empfindet das keine Kundin als ungewöhnlich. Nachts sperrt sie mich im Laden ein, in der winzigen Kammer hinter der Kasse, ohne Tür und Toilette, dafür aber nackt und gefesselt. Und ich darf keinen Mucks machen, damit die Security mich nicht entdeckt.

Nach außen hin ist sie weiter die absolut anständige, hoch geachtete Lehrerin in einer konservativen Südstaatenschule, die treue Ehefrau und Mutter, der man niemals ansehen würde, dass sie zu Hause und mir gegenüber eine strenge, grausame und hemmungslose Domina ist. Herrlich!

Kapitel 17

Auf Dauer halten wir es aber mit den langen Trennungen nicht aus. Jedes Mal wenn ich wieder eine Gelegenheit gefunden habe, sie zu besuchen oder mich während einer Geschäftsreise woanders in USA mit ihr zu treffen, muss ich ihr gestehen, dass ich nicht wie versprochen treu geblieben bin. Wie zu befürchten verschärft sie jedes Mal auch die dafür fälligen Strafen. Inzwischen hat sie sich ein Elektrogerät zur Stimulation besorgt, und nach jeder Beichte schließt sie jetzt meinen Schwanz und meine Eier mit Manschetten, Ringen und Klemmen an das Gerät an, dreht die Frequenzen hoch und foltert mich so oft stundenlang, bis sie glaubt, dass ich es endlich gelernt habe. Aber auch das ist keine endgültige Lösung unseres Problems.

Da alle anderen Möglichkeiten (sie in Deutschland allein mit mir, ich auf Auslandsabordnung für meine deutsche Firma usw.) nicht funktioniert haben und sie sich vor allem auch nicht von Dillon trennen will, kommt ihr eines Tages die rettende Idee: Ihre gerade zum zweiten Mal geschiedene Schwester Serena leidet stets unter chronischem Geldmangel, und so schlägt Lorinda ihr vor, mich zu heiraten und mich dann gemeinsam als ihren Sklaven zu halten. Durch die Heirat mit einer US-Bürgerin bekäme ich sehr schnell die Greencard und dürfte permanent in den USA bleiben. Auch Serena sieht sofort die Vorteile für sich (Geld, Sicherheit und keine Hausarbeit mehr) und findet keine ernsthaften Nachteile für sich, denn sie behielte ja alle ihre Freiheiten. Also stimmt sie nach kurzer Überlegung zu. Aber auch ich sehe darin erst mal die einzige reale Möglichkeit, meinem Ziel der totalen Versklavung durch Lorinda nahe zu kommen, wenn auch um den Preis, dass ich meine Mistress weiter mit ihrem Ehemann teilen muss. Also stimme ich schweren Herzens ebenfalls zu. Natürlich dauert es dann viele Monate, bis dazu alles geklärt ist: Ich betreibe den Wechsel von meiner deutschen Firma zur amerikanischen Muttergesellschaft, aber natürlich gezielt ins Labor nach

Raleigh. Dazu muss ich mich unter anderem auch dort bei der lokalen Personalabteilung bewerben und werde zu einem Vorstellungsgespräch eingeladen. Wie nicht anders zu erwarten ist der Personalchef, der mich empfängt, eine Chefin. Das war damals bereits nahezu Standard in meiner Firma. Nach den Fragen zu meiner beruflichen Qualifikation, bei denen ich hervorragend abschneide, stellt sie mir dann auch einige sehr persönliche Fragen.

»Warum wollen sie weg von Deutschland und hier in Raleigh arbeiten?«, fragt sie mich, und ich antworte ganz ehrlich:

»Weil ich mich hier unsterblich in eine Frau verliebt habe und in Zukunft mit ihr leben will.«

Sie insistiert weiter: »Hat die Frau etwas, was sie in Deutschland nicht gefunden haben?«

Ich habe mich entschieden auch hierauf offen zu antworten:

»Ja, das kann man so sagen. Ich suche eine sehr selbstbewusste Frau und in ihr habe ich nach langer Suche und einer gescheiterten Ehe die richtige gefunden.«

Daraufhin wird die Dame so richtig indiskret:

»Heißt das, sie haben eine dominante Frau gesucht und gefunden? Seien sie ganz ehrlich. Das kommt nicht ins Protokoll, aber ich möchte es gern wissen und ihre Ehrlichkeit wird ihnen ganz sicher hierbei nicht schaden, sondern eher nützen!«

»Wenn sie es so nennen wollen, dann haben sie recht.«

»Möchten sie sich dieser Frau unterordnen? Könnte man sagen, dass sie vielleicht sogar ihr Sklave sein möchten?«

Jetzt bin ich aber baff. »Warum fragen sie mich das?«

»Ganz einfach, weil ich ihren wahren Charakter kennen lernen möchte, um zu beurteilen, ob sie sich in ihr zukünftiges Team einfügen werden. Es wird nämlich ebenfalls von einer Frau geleitet, und einen intelligenten Sklaven, der sich gegenüber Frauen zu benehmen weiß, könnten wir in der Abteilung sehr gut gebrauchen. Wenn sie bereit sind, sich auch hier in der Firma ihrer Chefin unterzuordnen, dann sage ich auf der Stelle ja zu ihrer Einstellung.«

»Jetzt verstehe ich ihre Beweggründe. Nein ich habe definitiv kein Problem, unter einer Frau zu arbeiten, im Gegenteil ich finde es besonders passend und reizvoll, und ich bin natürlich bereit, die Autorität der Frau zu akzeptieren.«

»Gut, dann kann ich dich gleich deiner neuen Chefin vorstellen. Komm mit!«

Sie duzt mich also jetzt plötzlich und führt mich in ein anderes Gebäude, durch lange Gänge und viele Großraumbüros mit kleinen Trennwänden. Am Ziel angekommen, stellt sie mich einer Dame in einem Glaskasten vor:

»Janett, das ist Gregory! Wir sind dabei, ihn von Deutschland nach USA zu übernehmen, und wenn das klappt, wird er dein neuer Mitarbeiter. Er besitzt hervorragende Kenntnisse, insbesondere im Bereich Performance Analyse und Modeling, und besonders gut an ihm ist, dass er mir gestanden hat, dominante Frauen zu lieben. Er hat mir auch gestanden, devot zu sein, und da ist er bei uns genau richtig. Deshalb lasse ich euch jetzt allein, damit ihr alles Weitere besprechen könnt.«

Damit verabschiedet sie sich von mir mit dem Versprechen, alles von ihrer Seite Erforderliche in die Wege zu leiten. Als die Tür sich hinter ihr schließt, bin ich mit meiner zukünftigen Chefin allein. Janett ist eine Frau im mittleren Alter, schlank, eher drahtig, aber mit Busen und einem hübschen Gesicht, das von schwarzen, halblangen Haaren umrahmt wird.

»So, du möchtest also hier in dieser Abteilung und für mich arbeiten?«

»Ja das würde ich gern, sobald alle Formalitäten meines Wechsel erfüllt sind.«

»Und neben deinen technischen Fähigkeiten wirst du mir außerdem auch noch gehorchen? Ist das so?«

»Ja gnädige Frau, ich bin auch dazu bereit.«

»Dann werden wir sicher hervorragend miteinander auskommen. Hast du privat schon eine Herrin?«

»Ja, deshalb bin ich ja hier, weil ich in Raleigh eine Herrin gefunden habe und mit ihr leben möchte.«

»Dann möchte ich sie bald einmal kennenlernen. Gib ihr meine private Telefonnummer und bitte sie, mich in den nächsten Tagen mal anzurufen.«

Damit schließt sie den privaten Teil unsere Unterhaltung ab und wir besprechen noch alle nötigen beruflichen Fragen. Als sie sich von mir verabschiedet, fordert sie mich auf, vor ihr auf die Knie zu gehen und ihre Hand zu küssen. Ohne Zögern folge ich und beweise ihr, dass ich wirklich devot gegenüber Frauen bin. Schon einige Tage später bekomme ich die schriftliche Bestätigung, dass ich die Stelle als Spezialist für Performance Analyse bekomme, sofern der Landeswechsel genehmigt wird. Natürlich erzähle ich meiner Mistress von diesem äußerst interessanten Treffen und eine Woche später erfahre ich, dass sie sich mit Janett verabredet hat, um vor allem mit ihr zu besprechen, wie sie mich am besten gemeinsam und koordiniert dominieren können.

Die erforderliche Aufenthalts- und Arbeitsgenehmigung, die Greencard werde ich automatisch und ohne ernste Probleme durch die Heirat mit Serena bekommen. Allerdings ist dies mit einigem Aufwand und Zeit verbunden. Aber mein Firmenwechsel ist sehr schnell perfekt. Ich behalte meine deutschen Ansprüche auf staatliche Rente und Firmenpension, zusätzlich erwerbe ich ab sofort Ansprüche nach den US-Regelungen, die auf Aktiensparen beruhen. Und so kann ich schon bald meinen Umzug einleiten. Im März 1984, ich bin gerade frisch von meiner ersten Ehefrau Beate geschieden, breche ich in Deutschland meine Zelte endgültig ab und trete mein neues Leben bei

Mistress Lorinda an. Sie hat beschlossen, mich so schnell als möglich mit Serena zu verheiraten, sobald ich in Deutschland geschieden bin und die Dokumente übersetzt und beglaubigt vorlegen kann, damit ich schnellstmöglich die Greencard bekomme. Ich habe mich bereits damit abgefunden, an eine dicke und für mich wenig attraktive Frau verkuppelt zu werden und ihr dann ebenfalls gehorsam dienen zu müssen. Ich bin sogar schon dabei, meine amerikanischen Heiratspapiere zu besorgen, als Serenas Tochter Glenda sich plötzlich von ihrem Soldaten trennt, mit dem sie gerade mal zwei Jahre verheiratet ist, und sofort die Scheidung einreicht. Als sie von ihrer Mutter erfährt, was Lorinda und diese für mich geplant haben, schlägt sie zu beider Überraschung vor, dass sie mich stattdessen gern heiraten möchte, sobald sie geschieden ist, und sie sagt:

»Dann habe ich endgültig ausgesorgt und brauche nie wieder zu arbeiten. Ich hätte nicht nur einen Haussklaven, sondern einen gut verdienenden Ehemann, der mich verwöhnt und der meinen Kindern, die ich gern hätte, ein guter Vater sein könnte. Und zur gleichen Zeit wäre ich total frei, das zu tun, was mir Spaß macht.«

Lorinda findet diese Idee sogar noch besser als ihre ursprüngliche, obwohl sie ja vielleicht mit der Zeit Grund zur Eifersucht auf die junge, schöne Glenda bekommen könnte. Glenda ist nämlich wirklich eine Schönheit. Sie hat lange schwarze Haare, eine volle Figur, etwa Kleidergröße 42-44, einen großen Busen, lange Beine und sie kleidet sich stets sehr sexy, soweit es ihre finanziellen Mittel bisher zulassen. Aber Lorinda ist sich ihrer Rolle in meinem Leben bereits so sicher, dass sie trotz des Risikos sofort zustimmt. Und Serena ist eigentlich sogar froh, dass sie unabhängig bleibt. Zum Dank für ihre Bereitschaft, mir bei der Beschaffung der Greencard behilflich sein zu wollen, sichert ihr Lorinda eine kleine monatliche Rente zu, die natürlich ich ihr in Zukunft zu zahlen habe.

Lorinda und Glenda setzen sich einige Stunden zusammen und besprechen alle Modalitäten der geplanten Beziehung. Dann kommt Lorinda in meine Zelle, befiehlt mir, schöne, geile Unterwäsche anzuziehen und so mit ihr nach oben ins Wohnzimmer zu kommen. Dort verkünden mir beide Damen in einer kleinen Zeremonie, was sie beschlossen haben. Dazu sitzen sie beide schick angezogen und sexy anzusehen auf Thronsesseln, also auf zwei Stühlen mit Armstützen und hohen Lehnen, die sie mit roten Tüchern überdeckt haben, und ich muss in meiner geilen Unterwäsche vor ihnen niederknien. Mistress Lorinda spricht als Erste:

»Mein lieber Sklave, schau uns beide an! Glenda und ich haben die Lösung für dein Problem gefunden, wie du permanent hier leben und mein Sklave sein kannst. Ich stelle dir hiermit deine künftige Gattin und Eheherrin vor. Sie hat sich bereit erklärt, dir damit den Eintritt in die amerikanische Gesellschaft zu ermöglichen und bietet mir dazu die sicherste Möglichkeit, dich wirklich für immer zu versklaven. Deshalb wirst du ihr jetzt die Füße küssen, sie anbeten und sie demütig darum bitten, dich als ihren Ehesklaven anzunehmen. Es ist eine besondere Ehre für dich, dass dich eine so junge und schöne Frau zum Ehemann und Sklaven nimmt. Also erweise dich ihrer würdig und bitte sie, dich für immer streng zu halten.«

Da ich als Einziger vorher nichts von dieser Änderung erfahren habe, bin ich erst mal total überrascht von dieser für mich so positiven Wendung, und ich bin nicht sicher, ob ich meine Begeisterung darüber so offen zeigen kann, ohne Lorinda eifersüchtig zu machen. Was für ein Glück, statt mit der dicken Serena verkuppelt zu werden, nun von der schönen, jungen Glenda zum Ehesklaven genommen zu werden und sie dann gleichzeitig neben Lorinda auch noch als meine Herrin zu erleben! Begeistert werfe ich mich vor ihr auf den Boden, küsse stürmisch ihre Füße, lecke sie, liebkose sie und zeige ihr, wie ernst es mir ist und wie sehr ich sie verehre. Dann spreche ich:

»Verehrte Herrin Glenda! Ich danke ihnen untertänigst für die Gnade, mich heiraten und zu ihrem Ehesklaven machen zu wollen. Ich schwöre ihnen ewigen Gehorsam und vollständige Unterwerfung. Ich werde sie stets auf Händen tragen und ihnen jeden Wunsch von den

Augen ablesen. Ich werde lebenslang für ihren Unterhalt sorgen, und auch dafür, dass sie nach meinem Ableben eine gute Witwenrente beziehen.« Von meinen Worten scheint Glenda ein wenig gerührt zu sein.

»Das hast du schön gesagt, mein lieber Sklave. Ich nehme dein Versprechen an. Du wirst mein Ehesklave werden, du wirst allen meinen Kindern ein guter Vater sein, und ich will Kinder. Du wirst mich in allem verwöhnen und bedienen, und du wirst dich weiterhin Mistress Lorinda in allem unterordnen. Und noch etwas: Du bist mir zwar recht als Vater meiner Kinder, aber ich werde immer sexuell frei sein und dich vom ersten Tag unserer Ehe an zum Cuckold machen. Ja und du wirst mir in unserer Hochzeitsnacht auch hierbei dienen und behilflich sein. Hast du das verstanden?«

Ich bin im ersten Augenblick geschockt, aber dann antworte ich gehorsam:

»Ja, Mistress Glenda, ich glaube ich habe verstanden und bin bereit, ihnen auch darin für immer zu gehorchen!«

»Außerdem wirst du hier am Haus meiner Tante anbauen lassen, sowohl eine großzügige Wohnung für uns und unsere Kinder, als auch im Keller einen großen Spezialraum, in dem wir dich dann nach Belieben gemeinsam einsperren und misshandeln können.«

Die Planung des Anbaus wird sofort in die Wege geleitet. Hier dauert so eine Baugenehmigung bei weitem nicht so lang wie in Deutschland, und Dillon als Ingenieur und Fachmann für ökologisches Bauen kümmert sich um alles, vergibt die Aufträge und überwacht die Baumaßnahmen.

Sobald unserer Heiratspapiere alle fertig sind arrangiert Mistress Lorinda die standesamtliche Trauung hier im Haus. Lorindas Nachbarin Jane vollzieht die legale Trauung. In den USA geht das, dazu braucht man nur einmalig einen Kurs als Friedensrichter zu belegen. An diesem Tag lerne ich sie zum ersten Mal richtig kennen, aber sie weiß ja seit meinem Tattoo bereits von mir. Somit kennen inzwischen alle Anwesenden meinen wahren Status, denn auch Lorindas Töchter sind seit Längerem schon voll eingeweiht und nehmen selbstverständlich an diesem Familienfest teil.

Zu dem großen Anlass trägt Glenda einen schwarzen Hosenanzug, genauso wie Lorinda, während ich stattdessen von Dillon in einem schlichten, weißen, langen, nahezu durchsichtigen Kleid als Erika vor die Friedensrichterin geführt werde, um von ihr mit Glenda verehelicht zu werden. Dazu haben meine beiden Frauen mir den Bart rasiert, mich geschminkt und mir die blonde Perücke aufgesetzt, die Lorinda mir in Myrtle Beach geschenkt hatte. Jane fragt mich als Erste:

»Erika, willst du dich deiner Frau Glenda als Sklavin lebenslänglich unterordnen ihr immer treu sein und sowohl sie als auch Mistress Lorinda, als deine absoluten Herrinnen anerkennen, so antworte mit: Ja ich will!«

Natürlich bin ich bereit und wiederhole brav:

»Ja, ich will es!«

Dann fragt sie Glenda:

»Glenda, willst du Erika als deine Sklavin annehmen, sie dein Leben lang streng halten, sie ausbeuten und nie wieder freilassen, so antworte mit: Ja ich will!«

Und auch Glenda antwortet klar und deutlich:

»Ja, ich will Erika für immer als meine Ehesklavin halten, benutzen und erziehen!«

Als Letztes wendet sie sich an Lorinda:

»Lorinda, willst du die Sklavin Erika als dein immerwährendes Eigentum halten, streng zu ihr sein und sie total unterwerfen?«

Und auch Mistress Lorinda antwortet ohne Zögern:

»Ja, ich will es!«

»Damit erkläre ich diese Ehe für rechtmäßig geschlossen. Sklavin Erika, du bist nun nicht nur vor dem Gesetz verheiratet, sondern zusätzlich nach den alten Sklavengesetzen der Konföderation völliges Eigentum deiner beiden Herrinnen. Du wirst ab sofort keine einklagbaren Menschenrechte und persönlichen Freiheiten mehr besitzen, du hast jetzt den Status einer Unfreien, einer rechtlose Sklavin. So knie nun nieder und küsse mir und deinen Herrinnen die Füße!«

Ohne Zögern gehorche ich. Dann darf ich aufstehen, und nachdem ich nun unter der Haube bin, muss ich allen Anwesenden Sekt und Häppchen servieren. Lorindas Töchter fragen mich, ob ich jetzt glücklich bin, und ich gestehe ihnen, dass ich zwar lieber mit Lorinda allein zusammenleben würde, dass ich aber dieses Arrangement als zweitbeste Lösung einem Leben ohne Herrin eindeutig vorziehe. Beide wünschen mir alles Gute in meiner neuen Rolle und bitten ihre Mutter, mich gelegentlich als Dienstmädchen ausleihen zu dürfen. Sobald wir dann allein sind, wird die Hochzeit gemeinsam vollzogen. Dazu werde ich von Glenda und Lorinda ins große Schlafzimmer geführt und bis auf BH und Slip ausgezogen. Natürlich wird mir auch die Perücke abgenommen. Dann werfen sie mich auf Lorindas Kingsize Bett und verbinden mir die Augen. Als Erste besteigt Mistress Lorinda mich und lässt sich von mir zum Orgasmus lecken, dann fickt Glenda mich, indem sie auf meinem Schwanz reitet, während ich ihre vollen Brüste kneten und küssen darf. Und schließlich holen sie Dillon herein: Ich muss mich aufs Bett knien, Arsch hoch, Beine breit. Glenda setzt sich vor mich und zwingt mich ihre Fotze zu lecken, während Dillon meinen Anus einschmiert und sofort brutal und in voller Länge in mich eindringt. Nach weniger als einer Minute spritzt er schon ab, zieht seinen Schwanz heraus und verlässt das Zimmer wieder. Nach seinem Abgang denke ich, dass ich das Schlimmste schon überstanden habe, aber nun folgen erst der eigentliche Hochzeitsschwur und das Ehegelöbnis. Mistress Lorinda steht hinter mir, eine Peitsche in der Hand und stellt die Fragen. Ich darf nur nicken, denn ich bin ja noch mit Glenda beschäftigt.

Nach jedem Nicken, etwas anderes gibt es natürlich nicht für mich, bekomme ich fünf scharfe Hiebe verpasst.

Die wichtigsten Fragen, an die ich mich erinnern kann, sind:

»Willst du mir, deiner obersten Herrin Mistress Lorinda für immer treu dienen, ihr stets gehorchen, und alles mit dir geschehen lassen, was sie will und von dir verlangt?

Bist du bereit dich allen meinen Familienmitgliedern gehorsam und willig unterzuordnen, als Dienstmagd oder als Sklavenhure, was immer sie von dir verlangen?

Bist du bereit, dein altes Leben, deine Familie in Deutschland, all deine Freunde aufzugeben und für immer unter meinem Dach und meiner Herrschaft zu leben?

Bist du bereit, mir deine sämtlichen finanziellen Angelegenheiten komplett zu übertragen, mir alle Zugriffsrechte auf deine Konten zu geben, deine Rechte daran abzugeben und dich somit auch finanziell total von mir abhängig zu machen?

Gelobst du, deine Ehefrau Glenda allzeit zu lieben, zu ehren und anzubeten und jeden Tag auf Knien ihre Schönheit zu preisen?

Gelobst du, ihr ein gehorsamer, demütiger und unterwürfiger Ehesklave zu sein?

Gelobst du, die Kinder, die Gott ihr schenken wird, als deine anzunehmen, Tag und Nacht für sie da zu sein, uneingeschränkt für sie zu sorgen und sie als deine Erben einzusetzen?

Schwörst du, dass du Glenda und mich niemals betrügen und unter keinen Umständen verlassen wirst?

Versprichst du mir, dass ich für dich, solange ich lebe, deine liebste, beste, schönste, begehrenswerteste Herrin und Gebieterin sein werde, egal wie alt wir werden und auch egal wie ich dann aussehe?

Bist du bereit, dein Leben hinzugeben, wenn deinen Herrinnen es für richtig halten und von dir verlangen?«

Weiß ich wirklich, was ich da tue? Mir wird sehr wohl bewusst, dass ich mich damit total aufgebe, mich selbst entmündige und mich völlig in die Hände dieser beiden Frauen, Mistress Lorinda und meiner Ehefrau Glenda begebe. Ich sehe sehr wohl das Risiko, für immer im Keller dieses Hauses zu verschwinden. Ja ich könnte sogar in meinem Verlies mein Leben verlieren und niemand würde mich vermissen. Aber ich bin so geil auf meine Versklavung und so aufgeregt, jetzt so kurz vor dem Ziel zu sein, dass ich bereit bin, jedes Risiko zu tragen und deshalb zu allem ja zu sagen und zu nicken. Ich bin bereit für mein neues Leben. Ich will mit jeder Faser meines Lebens zum Sklaven gemacht werden. Ich will mich ganz hingeben, auf jeden Fall um den Preis meines alten Lebens, das ich damit hinter mir lasse, aber auch mit dem Risiko, gegen meinen Willen gefangen gehalten und irgendwann als unnützer Ballast entsorgt und vom Leben zum Tode befördert zu werden.

Nach den letzten fünf Hieben befiehlt Mistress Lorinda:

»Jetzt leck Glenda schön so lange weiter, bis sie ihren Höhepunkt hat.«

Mit Begeisterung und mit brennendem Arsch tue ich das und lecke sie, als gäbe es kein Morgen. Und so dauert es nicht lang, bis Glenda laut stöhnend kommt und mich mit ihren reichlich fließenden Säften überschwemmt. Als sie sich davon erholt hat, darf ich sie noch sauber und trocken lecken. Dann darf ich aufstehen, werde von Mistress Lorinda in den Keller geführt und in meiner Kammer mit verbundenen Augen angekettet. Damit habe ich mit allen meinen drei Ehepartnern die Ehe vollzogen, und zwar so, wie es künftig regelmäßig der Fall sein wird. Später kommt meine Ehefrau in mein Verlies, befreit mich von den Ketten und der Augenbinde, und dann darf ich sie langsam entkleiden, sie am ganzen Körper verwöhnen und bei alledem ihre volle Weiblichkeit preisen. Ich gebe mir die größte Mühe, ich streichle sie, lecke sie von den Zehen bis zum Bauchnabel und küsse dann begeistert ihre großen Titten. Jetzt, wo ich meine Rolle als ihr

Ehesklave vollkommen akzeptiert habe, will ich sie auch glücklich machen, denn dann werde ich sicher auch davon profitieren. Also lecke ich sie erneut mit einer Inbrunst, die sie spürt, streichle und liebkose sie und zeige ihr damit, wie gut ich bin und wie sehr ich sie verwöhnen kann. Und so belohnt sie mich nach ihrem Höhepunkt mit einem grandiosen Fick, bei dem sie natürlich auf mir reitet und sich meinen harten Schwanz in ihre Fotze stopft. Danach darf ich noch eine Stunde unter ihr liegen bleiben und ihren weichen, vollen Körper über mir genießen, bevor sie aufsteht, sich anzieht, mich ans Bett ankettet und mich allein lässt, um selbst in einem bequemeren Bett schlafen zu gehen.

Kapitel 18

Im Sommer 1985, ich bin gerade ein Jahr von meiner ersten Frau geschieden, ist es dann soweit. Der Hausanbau ist komplett fertig, der Dungeon ist bereit zur Einweihung und so laden wir die gesamte Familie zu einer zweiten feierlichen Hochzeit ein, natürlich dieses Mal auch meine Mutter und meine liebe Schwester mit Familie. Sie kommen alle zusammen nach Raleigh, wohnen im Embassy Suites in der Stadt und erleben einen äußerst glücklichen Bräutigam, eine liebevolle, schöne, junge Braut und eine sehr zufriedene Tante der Braut, so ist der offizielle Titel für Mistress Lorinda. Es wird ein schönes Familienfest, mit kirchlicher Trauung, was vor allem meiner Mutter sehr gefällt. Natürlich trägt Glenda ein tolles weißes Brautkleid und ich einen Tuxedo, aber statt in Schwarz oder Grau ebenfalls ganz in Weiß!. Trauzeugen sind Lorinda und Serena, die weiteren Gäste sind Lorindas Töchter Janina und Sarah, ihr schwuler Sohn Sam sowie ihr Mann Dillon mit seiner neuesten Sexpartnerin, natürlich einer Schwarzen, wieder einmal eine seiner Sekretärinnen, und natürlich meine Mutter sowie meine Schwester mit Mann und Sohn. Meine Schwester Gudrun unterhält sich ausgiebig mit Lorinda und ihr wird schnell klar, dass sie die Heirat arrangiert hat, um mich bei sich behalten zu können. Am Tag nach der Feier spricht Gudrun mich darauf an. Wie immer bin ich ihr gegenüber ganz ehrlich und gebe offen zu, dass es für mich die einzige Möglichkeit war, nach USA gehen und mit Lorinda zusammenleben zu können. Ich hatte nur die Wahl, entweder so meinem Lebenstraum nahezukommen oder ihn erst mal zu begraben. Und da gilt auch für mich, dass der Spatz in der Hand besser ist als die Taube auf dem Dach. Sie fragt mich, was denn das Wesentliche meiner Beziehung zu Lilian sei, und ich gestehe ihr, dass ich mir schon immer gewünscht habe, von einer starken, selbstbewussten Frau dominiert zu werden. Das versteht sie sehr gut, denn sie ist selbst eine solche Frau, auch wenn ihre Beziehung zu ihrem Mann Jürgen sicher anders läuft, als ich mir Dominanz vorstelle, aber sie beherrscht ihn ganz gewiss auch, nur halt auf ihre Weise. Und sie hat ja auch vor Jahren alles getan, um ihren Mann gegen den starken Widerstand meiner Mutter, und ein wenig sogar mit meiner Hilfe, zu bekommen. So wünscht sie mir von ganzem Herzen Glück in meinem neuen Leben. Wir werden ganz sicher weiter in engem Kontakt bleiben, wenn auch meist nur telefonisch. Als ich Lorinda später von diesem Gespräch erzähle, beschließt sie spontan, meine Schwester im folgenden Jahr zu uns einzuladen, um ihr dann ausführlich zu zeigen, wie sie weibliche Dominanz versteht.

Sogar meine Mutter ist zufrieden mit meiner Wahl (auch wenn ich gar keine Wahl hatte). Da sie ja kein Englisch spricht, kann sie weder mit Glenda noch mit Lorinda darüber sprechen, aber mir gegenüber drückt sie es klar aus:

»Ich habe immer gewusst, dass Beate nichts für dich ist. Du hast auch als Kind immer eine starke Hand gebraucht, und du brauchst auch als Erwachsener und in der Ehe eine Frau, die dir zeigt, wo es lang geht und dich unter Kontrolle hält. Ich habe das Gefühl, dass du genau die gefunden hast und freue mich für dich.«

Mein Selbstbewusstsein als Sklave ist inzwischen so gestärkt, dass ich ihr spontan Recht gebe:

»Ja Mama, du hast recht. Ich brauche weibliche Führung, ich will unter weiblicher Führung leben und nur so kann ich glücklich sein.«

Mit diesem Wissen, dass ich jetzt auch in den Augen meiner Mutter die richtige Frau gefunden habe, verabschieden wir uns in vollem Einvernehmen und meine Familie fliegt wieder zurück nach Hause.

Direkt nach der Hochzeit ziehen Glenda und ich in die neue Wohnung ein, und ich bekomme auf der gleichen Ebene (zusätzlich zu meiner von außen abschließbaren alten Schlafzelle im Keller) ein Büro für die richtige Arbeit. Dieses ist nicht abschließbar, damit meine Herrinnen jederzeit überraschend hereinkommen und mich kontrollieren können, was ich dort drin gerade tue.

Den neu gebauten Dungeon, also meine spezielle Folterkammer, weihen meine Herrinnen auch bald danach ein. Da ich handwerklich nicht geschickt genug bin, selbst die nötigen Geräte zu bauen und außerdem auch dafür nicht die Zeit habe, sucht Lorinda sich einen Handyman, einen Mann für alles, der nach ihren Wünschen und Vorstellungen die Geräte baut und aufstellt. Damit er anschließend nicht in der Nachbarschaft herumerzählt, was er da so eingebaut hat, muss er besonders entlohnt werden. Was eignet sich da besser, als ein Verwöhnabend mit Erika. Lorinda bietet ihm an, dass er mich für einen Abend nach seinem Belieben benutzen darf, und er geht sofort auf das Angebot ein. Clever, wie Lorinda ist, bietet sie ihm dazu einen Raum im Haus an, in dem eine Videokamera installiert ist. Was immer er mit mir treibt, kann hinterher gegen ihn verwendet werden. Und wie er's mit mir treibt! Natürlich nutzt er alle meine Löcher und ich muss so lang seinen Schwanz immer wieder hochbringen, bis er völlig erschöpft ist und sich dankend verabschiedet. Dabei erwähnt Mistress Lorinda beiläufig, dass sie alles gefilmt hat und nicht zögern würde, ihn vor seiner Familie zu outen, sollte er schwatzen. Er hat verstanden und bietet an, die Geräte regelmäßig zu warten, natürlich gegen eine gewisse Gegenleistung in Form von Erika. Mistress Lorinda akzeptiert gern diesen Vorschlag und gibt ihm dafür freie Hand bei mir.

Der Folterraum ist groß genug, um eine Party darin zu veranstalten, und so finden darin einige der gängigsten Geräte ihren Platz: Natürlich steht ein großer, schwarz gepolsterter Strafbock in der Mitte mit Riemen und Ösen zur sicheren Fixierung des Delinquenten. An der Wand lehnt ein Andreaskreuz, ebenfalls mit Riemen und Ringen an den wichtigen Stellen. Von der Decke hängt eine verschiebbare Motorwinde mit einem Querbalken aus Stahl daran, an dem Hände oder Füße in speziellen Manschetten eingehängt werden können. In einer Ecke steht ein viel zu kleiner, enger Stahlgitterkäfig, in den ein normal großer Sklave bestenfalls auf Knien und zusammengekauert hineinpasst. Der Raum hat natürlich keine Fenster und so ist vor einer Wand genügend Platz für eine lange, schwarze Streckbank. Darauf kann man das ausgestreckt daliegende Opfer an Hand- und Fußgelenken anketten und mit einem großen, seitlich angebrachten Rad die Zugkette langsam verkürzen, bis der Sklave fast zerrissen wird. Auch ein spezieller Pranger steht mitten im Raum. Hier kann man sowohl Kopf und Handgelenke in einer senkrechten Holzplatte fixieren, als auch die weit gespreizten Fußgelenke in einen Stock einsperren. Zusätzlich kann man den Pranger höher oder tiefer hängen, wobei tiefer bedeutet, dass der Delinquent sich bücken und seinen Arsch so richtig rausstrecken muss. Derart aufbereitet steht das Opfer dann ungeschützt mit allen Körperteilen zur Verfügung. Insbesondere Arsch und Kopf können dadurch zu jeglichem Missbrauch in der passenden Position fixiert werden.

In einer eigens abgeteilten Kammer ist eine Nasszelle eingerichtet. In der Mitte steht ein gynäkologischer Stuhl mit Fixierungsmöglichkeiten für Arme, Beine und Kopf. In einer Ecke befindet sich eine besonders geräumige Dusche mit flachem Boden, in welchen Ösen eingelassen sind, um das Opfer dort in verschiedenen Stellungen fixieren zu können. Daneben hat Mistress Lorinda auf ihren besonderen Wunsch noch ein kleines, aber tiefes Tauchbecken (wie in einer Sauna) einbauen lassen, in das der Delinquent zum (beinahe) Ertränken gesteckt werden kann. Direkt darüber ist ein weiterer elektrischer Flaschenzug angebracht, damit man den Sklaven bei Bedarf schön langsam abtauchen und genauso langsam auch wieder hochziehen kann.

Unser, oder soll ich sagen mein Dungeon, mein Folterkeller hat neben all den schönen Geräten auch noch eine schwere Stahltür nach draußen in den großen Garten. Bei gutem Wetter kann man also den Sklaven direkt ebenerdig hinausführen in die freie Natur, um ihn dort an den nächsten Baum zu binden, ihn an einem starken Ast aufzuknüpfen, am Flussufer seinen Körper in den Schlamm zu drücken oder ihn gefesselt an einer Leine in den Fluss zu werfen und ihn so um sein Leben bangen zu lassen. Man kann ihn aber auch nur draußen gefesselt, mit Honig oder Sirup eingeschmiert warten lassen, bis die Insekten kommen und ihn in den Wahnsinn treiben.

Nachdem alles fertig installiert ist und von meiner Herrin für gut befunden wurde, wird die Eröffnung gebührend gefeiert. Dazu lädt Mistress Lorinda neben Glenda und Serena auch ihre Freundin Jane ein. Während die Damen gespannt im Dungeon warten, führt Mistress Lorinda mich in Ketten und mit Ballknebel gesichert auf Händen und Füßen und an einer Hundeleine in den Raum. Zum ersten Mal sehe ich alle Geräte im Detail und ich fürchte mich, aber ich bin auch geil darauf, sie erleben zu dürfen. Nur eins erschreckt mich wirklich: In einer Ecke des Raums befindet sich etwas, von dem ich vorher keine Ahnung hatte: ein verstellbarer Fesselrahmen aus Stahl auf einem kleinen Podest, mit Schellen für den Hals, sowie für Hand- und Fußgelenke. Und daran angeflanscht sehe ich eine Fickmaschine bestehend aus einem Elektromotor, der über eine an ein Rad angeschraubte Stange einen verstellbaren Dildo vor und zurückbewegen kann. Was muss das für eine Strafe sein, in so ein Gerät geschnallt zu werden und dann vom Dildo aufgespießt und möglicherweise stundenlang gefickt zu werden. Aber heute habe ich erst mal noch Glück und werde von diesem Foltergerät verschont. Ich bin zwar der einzige Sklave im Raum und damit das einzig verfügbare Opfer für vier abenteuerlustige Damen, aber Mistress Lorinda verspricht mir, dass sie zur Eröffnung nur mit mir spielen werden und ich vor größeren Qualen verschont bleiben werde. Trotzdem wird es für mich ein anstrengender Abend, denn ich werde ohne Pause ständig von einer der Damen an eins der Geräte gefesselt und misshandelt, ich hänge am Andreaskreuz, werde auf der Streckbank in die Länge gezerrt, muss in den winzigen Käfig kriechen und werde darin unbequem eingeschlossen oder werde auf den Bock geschnallt und ein wenig gezüchtigt. Lady Jane führt mich als Erste in den Nassraum. Erst foltert sie mich auf dem gynäkologischen Stuhl ein wenig an Schwanz und Eiern. Und da sie mit mir allein ist, fesselt sie mich danach auf dem Fliesenboden liegend in der Dusche, pisst mir direkt aus ihrer Fotze voll ins Maul und befiehlt mir, alles schön zu schlucken.

96

Als wir zurückkehren in den Hauptraum hängt mich Glenda an den Beinen an die Decke. Mit der Seilwinde bringt sie mich in die passende Position, dass ich mit dem Mund genau vor ihrer Fotze hänge, während sie gemütlich im Sessel sitzt und sich von mir in dieser für mich äußerst unbequemen Position lecken lässt.

Mistress Lorinda benutzt das Tauchbecken. Sie hängt mich auch hier kopfüber auf und lässt mich immer wieder am Flaschenzug unter Wasser tauchen. Jedes Mal muss ich einige Sekunden getaucht aushalten, bevor sie mich wieder hochzieht. Und sie hört erst auf, als ich fast erstickt bin.

Alle Damen benutzen mich im ständigen Wechsel, und so habe ich am Ende des Abends alle Geräte bis auf die Fickmaschine ausgiebig kennengelernt, war in allen möglichen Lagen gefesselt und aufgehängt, bekam die Pisse aller Damen zu schmecken und musste jede mindestens einmal zum Orgasmus bringen. Mit schmerzender Zunge, wundem Schwanz und steifen Gliedern darf ich mich schließlich bei allen Damen für den tollen Abend bedanken, mich von ihnen verabschieden und werde von Mistress Lorinda und Glenda in meine Zelle geführt und eingesperrt.

Kapitel 19

Wenn mich jetzt also zwei Frauen gemeinsam besitzen, wenn mich auf ganz spezielle Weise eigentlich beide geheiratet haben, dann darf ich neben all den anderen Vorteilen meines Sklavendaseins auch einen ganz besonderen Extrabonus genießen: Ich darf mit beiden Frauen jeweils auf Hochzeitsreise gehen, wenn auch nur für einige Tage. Erst fliegt Glenda mit mir für ein verlängertes Wochenende nach Tampa in Florida, wo wir uns in einem kleinen Resort auf Sanibel Island verwöhnen lassen, oder soll ich besser sagen, dass ich meine Eheherrin dort verwöhne. Tagsüber diene und bediene ich sie am Pool und immer dann, wenn es draußen zu heiß ist, vergnügen wir uns in unserer Hochzeitssuite. Und da Glenda möglichst bald von mir schwanger werden will, darf ich sehr oft ran und werde von ihr in allen möglichen Stellungen intensiv benutzt. Nur die eine, die Missionarsstellung ist natürlich tabu, aber die kenne ich ja schon seit vielen Jahren nicht mehr und ich wollte sie auch nie, weil ich schon immer devot war und ich es mir auch früher nicht zugestanden hätte, auf einer Frau drauf zu liegen.

Dennoch leben wir weniger als Herrin und Sklave, sondern doch eher wie ganz normale Jungvermählte. Aber natürlich ist die Dominanz meiner Ehefrau für mich immer präsent und ich würde es nie wagen, diese zu ignorieren oder gar in Frage zu stellen. Und sie ist auch für die anderen Gäste des Hotels sehr leicht erkennbar, wenn sie nur genau hinschauen, wie ich meiner Eheherrin diene. Doch die wenigsten achten auf uns, weil sie nur mit sich selbst beschäftigt sind.

Gut erholt und voll befriedigt kehre ich nach vier Tagen allein nach Raleigh zurück. Glenda bleibt unten, denn sie hat noch mehr vor. Sie macht mich schon am nächsten Tag zum Cuckold, indem sie sich einen jungen, kräftig gebauten Liebhaber sucht, sich von ihm ficken lässt und mir dann am Telefon ausgiebig darüber berichtet. Wenn sie also schwanger wird, werde ich nie wissen, ob ich wirklich der Vater ihres Kindes bin. Diese Ungewissheit gehört zum Cuckold Dasein dazu und ich werde sie einfach akzeptieren müssen. Aber im Stillen weiß ich ja, dass sie von mir Kinder haben will, dass sie meine guten Eigenschaften in ihren Kindern wiedersehen möchte. Also sind die Chancen gut, dass sie zwar andere Männer fickt, aber mit mir Kinder möchte.

Dies war dann übrigens der erste und letzte gemeinsame Urlaub mit Glenda, weil sie danach lieber allein verreist, unter anderem gern nach Florida, um z.B. in den Spring Brakes junge, gut gebaute Männer aufzureißen.

Zurück in Raleigh angekommen kann ich nur meinen Koffer umpacken, denn am nächsten Tag will Mistress Lorinda gleich auf ihre Hochzeitsreise mit mir gehen. Dazu fahren wir mit dem Auto nach Norden und verbringen die ersten paar Tage in Washington. Wir genießen die berühmten Museen, insbesondere das Smithsonian, besichtigen das Kapitol und das Weiße Haus und lieben einander Tag und Nacht. Lorindas Lust auf mich ist ungebrochen, und so fällt sie bei jeder Gelegenheit über mich her, fesselt mich kurzerhand und benutzt stürmisch und ausgiebig mein Gesicht und meinen Schwanz. Auch in New York, unserer zweiten Station genießen wir jede Minute miteinander. In Manhattan kaufen wir im Sax of Fifth Avenue und anderen, preiswerteren Läden weitere schöne Wäsche für sie und mich und in einem speziellen Uniformladen nicht weit davon entfernt finden wir zwei Dienstmädchenkleider, ein langes, schwarzes mit weißer Schürze für besondere Anlässe und ein dreiviertellanges, graues, sehr schlichtes für den Alltag. Außerdem besuchen wir dort einen SM-Klub und begeistern uns an den geilen Outfits der anderen Gäste und den schrecklich schönen Folterkammern, in denen Mistress Lorinda mich so richtig ran nimmt. Am schönsten daran ist für mich, dass sie mich vor allen anderen Gästen so herrlich demütigt. Sie schnallt mich z.B. auf einen Strafbock, züchtigt mich kurz und kräftig und lässt mich dann von einen der zusehenden Männer (mit Kondom) in den Arsch ficken.

Kaum zurück aus New York nutze ich ein verlängertes Wochenende, um Glenda noch einmal in Florida zu besuchen. Der einzige Zweck aus ihrer Sicht ist es, mich schon jetzt bereits zum totalen, in der einschlägigen Literatur als C3 bezeichneten Cuckold zu trainieren. Bevor ich sie dieses Mal in Fort Meyers treffe, hat sie dort bereits einige junge Lover ausprobiert und nun benutzt sie mich, um es mit den besten, am größten bestückten so richtig zu treiben. Unter Glendas gestrenger Anleitung muss ich lernen, jeden dieser jungen Männer auf Knien im Hotelzimmer zu empfangen und für ihre Benutzung vorzubereiten. Dazu trage ich natürlich ein geiles Dienstmädchenkleidchen und meine Augen sind verbunden. So vorbereitet darf ich dem jungen Mann als erstes die Hose öffnen und ihn anblasen. Fluffing nennen das die Amerikaner, das bedeutet, mit meinem Maul und meiner Zunge darf ich ihn so lang lecken und an seinem Schwanz saugen, bis der richtig schön steif steht und somit bereit ist für meine Herrin Glenda. Wenn ihr danach ist, darf ich zwischendrin auch sie lecken und dadurch geil machen. Auf jeden Fall ist es meine Aufgabe, ihr den Lover mit hartem Schwanz zu präsentieren und mich dann dezent im Hintergrund zu halten, bis sie fertig sind. Während sie sich vergnügt, muss ich es ertragen, ihr Stöhnen und ihre Lustschreie zu hören oder auch das schmatzende Geräusch seines Rammelns. Wenn sie dann beide ihre Höhepunkte erreicht haben und wieder ruhiger werden, komme ich erneut ins Spiel: Jetzt darf ich zunächst meine Herrin ausgiebig sauber lecken, und erst, wenn sie zufrieden ist, muss ich den inzwischen schlaffen Schwanz ihres Liebhabers ebenfalls gründlich mit Maul und Zunge reinigen. Natürlich ist die gesamte Situation für mich äußerst demütigend, aber das soll sie ja auch sein, denn außer der Lusterfüllung für die Ehefrau als dem höchsten Gut eines Sklaven, geht es auch darum, mich, den Ehemann zutiefst zu erniedrigen. Aber so schlimm es ist, ich muss gestehen, dass ich es ja sogar noch genieße, von meiner Herrin vor anderen gedemütigt zu werden. Einziger Lichtblick dabei ist der Moment, in welchem ich meine Herrin lecken darf, aber auch da ist es extrem schlimm für mich, nach ihrem Orgasmus den Schleim ihres Lovers aus ihrer triefenden Fotze schlürfen zu müssen. Doch das ist alles nichts gegen den Zwang, am Ende diesem jungen Mann den von Samen triefenden Schwanz lutschen zu müssen, während er und meine Herrin mich verspotten und auslachen. Tiefer kann ein Mann nicht sinken, denke ich, grausamer kann eine Demütigung nicht sein, als wenn er erst einem anderen Mann den Weg in seine Ehefrau bereiten und hinterher auch noch aufräumen muss. Und das alles ohne eigene Befriedigung. Dennoch, der Grundstein zum wahren C3 Cuckold wird hier in Florida gelegt und natürlich berichtet Glenda später auch meiner Mistress davon, wie gut ich dazu zu gebrauchen bin und dass ich keinerlei Widerstand geleistet habe, noch nicht einmal beim Sauberlecken des andern Schwanzes.

Kapitel 20

Endgültig zurück in Raleigh beginnt nun mein Alltag als Familiensklave. Bei nächster Gelegenheit kommt der Familienrat zusammen, d.h. alle lebenden Mitglieder ihrer Familie treffen sich an einem Samstagabend in Lorindas Haus. Gegen 19:00 Uhr haben sich alle im Wohnzimmer versammelt, Dillon, Janina, Sarah, Sam sowie Serena und Glenda. Nun führt Lorinda mich wohl vorbereitet vor sie hin. Ganz weiblich gekleidet, im nuttigen pinkfarbenen Rüschenkleid, mit langer, cremefarbener Schürze darüber, darunter rosa BH, Slip und Strapsgürtel, dazu hautfarbene Strümpfe und schwarze, hohe Schuhe. Mein Gesicht ist gründlich rasiert und mit dezentem Make-up zur Frau geschminkt. Darüber trage ich eine blonde Langhaarperücke und ein rosa Kopftuch. Meine Hände sind auf dem Rücken gefesselt. So führt sie mich in den Raum, befiehlt mir, mich in der Mitte, vor allen niederzuknien, und stellt mich ihnen vor:

»Wie ihr ja schon alle wisst, dies ist mein lebenslänglicher Sklave Gregory, meine deutsche Zofe Erika und meine Schwanzhure. Ich stelle sie euch heute noch einmal offiziell vor, damit ihr alle wisst, welche Rolle sie in meinem Leben einnimmt und wie unsere Beziehung ist. Ich bin für immer mit Dillon verheiratet und werde mich nie von ihm trennen. Wir beide benutzen Erika zu unserem Vergnügen und als unsere Dienstmagd. Und wenn sie Fehler macht oder sündigt, wird sie von uns beiden, aber ganz besonders von mir streng und hart bestraft. Damit sie permanent hier in den USA bleiben darf, habe ich sie mit Glenda verheiratet und von ihr wird sie ebenfalls permanent benutzt, ausgenutzt, zum Cuckold gemacht und erzogen.

Nun zu euch allen! Wenn jemand von euch Erikas Dienste genießen möchte, so steht dies jedem frei und ihr müsst euren Bedarf nur rechtzeitig bei mir oder Glenda anmelden. Erikas Dienste sind eigentlich unbegrenzt und ganz eurer Fantasie überlassen, aber ich will hier wenigstens die wichtigsten aufzählen:

Sie erledigt alle Arbeiten im Haushalt, wie Putzen Kochen, Spülen, Waschen, einfach alles, vor allem die Dinge, zu denen ihr keine Lust habt.

Sie eignet sich gut für alle Körperpflegedienste, wie Massieren, Streicheln, Baden, Waschen, aber auch ganz besonders für den Toilettendienst. Dazu gehören Nektar trinken, sowie Fotze oder Schwanz sauber lecken.

Natürlich steht sie auch für alle aktiven sexuellen Dienste, wie Lecken, Blasen, Ficken, usw. zur Verfügung.

Darüber hinaus kann und muss Erika regelmäßig anal benutzt werden, damit sie stets weit genug bleibt, um Dillons großen Schwanz gut aufnehmen zu können. Alle Männer, aber auch die Frauen, die gern einen Dildo tragen, sind also herzlich eingeladen, hier beim Training zu helfen.

Auch für alle passiven sexuellen Dienste wie Facesitting oder Rimming ist sie natürlich jederzeit bereit.

Natürlich dürft ihr sie alle nach Belieben foltern, quälen und schlagen. Wenn ihr sie dazu streng fesselt, könnt ihr alles mit ihr machen und euch an ihr austoben. Ihr dürft aber in ihrem Gesicht und an Armen und Beinen keine bleibenden Spuren hinterlassen, also dort, wo man diese über der Kleidung sehen könnte. Und ihr dürft ihr natürlich auch keine ernsten gesundheitlichen Schäden zufügen!

So, damit wisst ihr Bescheid. Erika lebt mit ihrer Eheherrin Glenda hier im neu angebauten Teil unseres Hauses, wird aber regelmäßig in unserem Keller in ihrer speziellen Kammer eingesperrt sein. Der Schlüssel hängt außen neben der Tür. Tagsüber darf sie bei IBM arbeiten und Geld verdienen, in ihrer gesamten Freizeit, insbesondere an den Wochenenden ist sie ausschließlich unsere Sklavin und von allen benutzbar. Damit ist von meiner Seite alles gesagt, und ich erteile nun

Erika zum letzten Mal in ihrem Leben das Wort, um euch zu sagen, was sie darüber denkt. Danach interessiert ihre Meinung gewiss niemanden mehr und sie wird beim Dienen nicht mehr unaufgefordert sprechen dürfen.«

Mistress Lorinda hat mich auf diesen Moment vorbereitet und ich weiß, was meine beiden Herrinnen von mir erwarten. Aber ich spüre auch tief in mir den Drang, hier vor allen Familienmitgliedern, also quasi in der Öffentlichkeit, meine totale Hingabe und Unterwerfung unter ihren Willen zu demonstrieren und ihnen keine Schande zu machen. Und so spreche ich:

»Gnädige Herrin Lorinda, strenger Master Dillon, verehrte Eheherrin Glenda, liebe Anwesende! In tiefer Demut und Unterwerfung bekenne ich, dass ich für sie alle nichts anderes bin, als eine dreckige, geile Schwanzhure, die sie gern zu jeder Zeit ganz nach ihrem Belieben zu allem benutzen können, was ihnen in den Sinn kommt. Für sie alle habe ich mein bisheriges Leben aufgegeben, um ihnen in völliger Unfreiheit treu und ergeben zu dienen und alles in meiner Macht stehende zu tun, um jeden von ihnen glücklich zu machen. Ab sofort gehöre ich ihnen und stehe ihnen ohne jede Einschränkung und bis ans Ende meines Lebens zur Verfügung.«

»Gut gesprochen, Sklave! Jetzt bekommst du von mir noch ein permanentes Zeichen deiner Versklavung!«

Damit holt Mistress Lorinda aus einer Schublade ein schlankes, elegantes Edelstahlhalsband mit einem kleinen Schildchen dran, auf dem ihr Name eingraviert ist, legt es mir um den Hals, schließt das integrierte Schloss und hängt sich den winzigen Schlüssel an einem Goldkettchen um ihren Hals.

»Dieses Halsband wirst du für immer tragen, Sklave! Ich werde es dir niemals mehr abnehmen und den Schlüssel nach einer Probezeit wegwerfen. Du bist also schon jetzt für immer als unser Sklave gezeichnet. Nun darfst du ausnahmsweise noch einen letzten Wunsch äußern, aber überleg es dir gut, bevor ich dir dann die Augen verbinde und dich offiziell deiner Familie zum Gebrauch übergebe.«

104

Natürlich weiß ich auch jetzt instinktiv, was Lorinda von mir erwartet, aber die folgenden Worte kommen mir ganz spontan, weil ich spüre, dass dies das Richtige für mich ist:

»Zunächst möchte ich allen Anwesenden danken, dass sie mich von nun an als Sklaven benutzen werden, ich freue mich darauf. Meiner verehrten Mistress Lorinda möchte ich besonders dafür danken, dass sie mich mit dem Halsband permanent gezeichnet und geehrt hat. Jetzt kann jeder der aufmerksam hinschaut, sehen, was ich wirklich bin, nämlich euer aller demütiger Sklave! Aber nun möchte ich gern dem verehrten Master Dillon die Gelegenheit geben, sich als Erster in meinem neuen Leben an mir bedienen zu können, ihm als Zweilochhure zur Verfügung zu stehen und ihm zunächst mit einer Fellatio die notwendige Ehre als Familienoberhaupt zu erweisen, um ihm dann mein hinteres Fickloch anzubieten.«

Mistress Lorinda ist von so viel Hingabe begeistert und verkündet:

»Schön gesprochen, Sklavin Erika! Jetzt bist du zur allgemeinen Benutzung freigegeben! Dillon, du hast die Ehre, den Anfang zu machen!«

Sofort knie ich vor ihm nieder, öffne seine Hose, hole seinen riesigen Schwanz heraus, stülpe meine Lippen darüber und verwöhne ihn mit meinem Sklavenmäulchen, bis er mich vollspritzt. Demütig und gehorsam schlucke ich alles und lecke ihn schön sauber. Dann lege ich mich bäuchlings über den Wohnzimmertisch, Dillon kommt von hinten zu mir, stülpt mir die Kleider über den Kopf, zieht meinen Slip runter, spreizt mir die Beine noch weiter, fasst mit seinen großen, groben Händen hart an meine Brüste und stößt gnadenlos in mein armes, kleines Arschloch. Gott sei Dank habe ich trainiert, trotzdem tut es sehr weh, bis er drin ist, weil er keinerlei Rücksicht auf mich nimmt und auch kein Gleitmittel benutzt. Und so kann ich meine Schmerzensschreie nicht unterdrücken, aber für die meisten Zuschauer ist es sicher auch schön, nicht nur zu sehen, sondern auch zu hören, wie ich leiden muss. Dann bin ich endlich aufgespießt,

Dillon fickt mich hart und tief und braucht Gott sei Dank nicht allzu lang, um erneut und tief in mir zu kommen. Als er sich danach zurückzieht, darf ich mich wieder entspannen, meine Kleider richten und mich bei Dillon artig bedanken.

Nun verbindet mir Mistress Lorinda die Augen.

»So, jetzt ist die Sklavin bereit, euch allen zu dienen. Wer also möchte, kann sie sich nehmen.«

Zunächst herrscht Stille und es dauert einige Minuten, aber dann fasst mich eine Frau an der Hand, führt mich in den Keller und vergnügt sich mit mir, indem sie auf mir reitet und mir ihre Fotze ins Gesicht drückt, um von mir geleckt zu werden. Nur zu gern erfülle ich diesen Wunsch, auch wenn ich höchstens ahnen kann, wer da den Mut hat, mich als erste zu benutzen.

Kapitel 21

Der Familienrat wird auch dann einberufen, wenn ich mich besonders schuldig gemacht und ein ernstes Gebot meiner Herrinnen übertreten habe. Dann kommen möglichst alle zusammen und halten über mich Gericht. Dazu sitzen sie im Wohnzimmer im Halbkreis und Lorinda führt mich mit auf dem Rücken gefesselten Händen vor sie, zwingt mich auf die Knie und befiehlt mir, meine Schuld zu bekennen. Um dem Schlimmsten zu entgehen, bekenne ich ohne Zögern jede echte oder noch besser eine von meinen Herrinnen erfundene Schuld und bitte um gerechte Bestrafung. Nun beraten sie alle vor meinen Augen und Ohren, wie und von wem ich zu bestrafen sei. Dabei lassen sie sich von der Geilheit der Situation anstecken, denken sich die schlimmsten Dinge aus und steigern damit meine Angst und die erwünschte erzieherische Wirkung auf mich. Am Ende entscheidet meist Mistress Lorinda und verkündet mir dann laut das Urteil. Dieses wird sofort vollstreckt, entweder vor allen Anwesenden gleich im Wohnzimmer oder ich werde vom auserkorenen Vollstrecker in den Dungeon im Keller geführt und dort bestraft. Jedes Familienmitglied hat das Recht, dem Vollzug des Urteils beizuwohnen, und siehe da, vor allem die Frauen nehmen dieses Recht besonders gern wahr. Ja es bereitet den meisten Damen in meiner Familie offensichtliches Vergnügen, bei meiner Bestrafung anwesend zu sein, denn besonders bei einer Züchtigung feuern sie den oder die Vollstrecker noch zusätzlich an mit Rufen wie: »Gib es ihr, schlag kräftiger zu, mach sie fertig!« Und manchmal greifen sie dann auch selbst noch zur Peitsche und beteiligen sich aktiv.

Bei den Strafen lassen ebenfalls vor allem die Damen sich immer wieder etwas neues, besonders gemeines einfallen. Dazu gehören so milde Strafen, wie der Dame den Schweiß unter den Achseln lecken zu müssen oder ihre Füße von den Straßenschuhen befreien und ausgiebig auch zwischen den Zehen sauber lecken zu müssen.

Eine Steigerung sind Ekelstrafen! Z.B. bekomme ich immer wieder gern vorgekaute Essensreste in den Fressnapf gefüllt, die dann noch mit reichlich Pisse und Spucke gewürzt werden, und ich muss diese Mischung vor den Augen der Anwesenden ohne Benutzung der Hände aufschlabbern.

Wenn eine Dame mich allein bestraft, zwingt sie mich schon mal gern dazu, ihr nacktes Arschloch sauber zu lecken, und zwar, ohne es vorher klinisch rein gewaschen zu haben. Dies ist natürlich eine besondere Demütigung für mich, da ich eine sehr empfindliche Nase habe, die ich dann trotzdem tief in ihre Spalte stecken muss.

Besonders gemein sind Strafen, die kaum Spuren hinterlassen, aber doch sehr wehtun. Dazu gehört die ausgiebige Benutzung einer Haarbürste auf meinen fest abgebundenen Eiern. Der Schmerz ist wahnsinnig, aber am Ende bleibt nur eine starke Rötung sichtbar.

So richtig extrem, aber ich muss auch gestehen zugleich besonders geil, sind für mich die Strafen, bei denen ich um mein Leben bangen muss, bzw. wo eine Dame die Gelegenheit hätte, es mir ganz leicht zu nehmen, so sie denn nur wollte. Mistress Lorinda, z.B. hängt mich gern im Dungeon an den Beinen auf. Dazu zieht sie mir besondere Stiefel an, legt Manschetten darum und hakt sie an der stählernen Querstange am elektrischen Flaschenzug ein. Dann zieht sie mich ganz hoch, bis mein Kopf mindestens einen Meter frei über dem Boden hängt. Jetzt stellt sie z.B. einen mit Wasser und Pisse gefüllten Eimer unter meinen Kopf, fesselt mir noch die Hände auf den Rücken und spielt mit mir Waterboarding (das Wort hat der US Geheimdienst allerdings erst viel später erfunden): Sie lässt mich ganz langsam mit dem Flaschenzug runter, bis mein Kopf in die Flüssigkeit eintaucht und ich vor Angst fast vergehe. Bevor ich ertrinke, zieht sie mich langsam wieder hoch, lässt mich kurz husten und durchatmen und wiederholt das ganze Spiel so oft, wie sie Lust dazu hat und ich noch am Leben bleibe.

Dabei sind meinen Folterern keine Grenzen gesetzt und natürlich gibt es für mich nicht so etwas wie ein Safeword. Ich brauche keins und ich bekomme auch nie eins, weil ich bedingungslos versklavt bin und somit auch niemals eine Situation von mir aus abbrechen darf. Ich bin den Damen für immer, ohne jede Grenze und auf Gedeih und Verderb ausgeliefert. Wenn sie mir mein Leben wirklich nehmen wollten, könnte ich nichts dagegen tun, sondern müsste es einfach erdulden.

Eine gewisse Steigerung und Alternative ist es, allerdings ohne Pisse, mich in der Nasszelle über dem kalten Tauchbecken am Flaschenzug aufzuhängen und noch zusätzlich ein luftdichtes, nasses Tuch um meinen Kopf zu binden, damit ich auch über Wasser kaum Luft bekomme und zu ersticken drohe.

Die für mich allerschlimmste Folter und Strafe aber ist die Fickmaschine, die meine Mistress für den Dungeon angeschafft hat. Eine Bestrafung damit kann bedeuten, dass ich stundenlang entweder in den Arsch oder ins Maul gefickt werde, und zwar gnadenlos, auf Dauer sehr schmerzhaft und ohne Pause. Natürlich werde ich dazu extrem fixiert, damit ich mich dem mechanischen Lustkolben keinesfalls entziehen kann.

Gelegentlich benutzt Mistress Lorinda diese Maschine auch nur, um meine beiden Fotzen ausgiebig zu trainieren. Vor allem, wenn ich länger nicht benutzt wurde, stellt sie damit sicher, dass ich gut genug gedehnt bin, wenn ein Mitglied der Familie sich an mir vergreifen will. Aber egal, zu welchem Zweck sie eingesetzt wird, die Fickmaschine ist das Gerät, vor dem ich am meisten Angst habe, die mir aber auch am deutlichsten demonstriert, was ich in dieser Familie bin: Lustobjekt, Hure, Folterstück und Fußabtreter. Ich bin das rangniedrigste Mitglied dieses Rudels, und werde von allen getreten. Vielleicht ist es doch genau das, was ich gesucht habe, vielleicht wollte ich nie etwas anderes und vielleicht brauche ich es genauso!?

Kapitel 22

Auch meine Finanzen werden nun in einem Ehevertrag endgültig geregelt. Den hat Mistress Lorinda für Glenda und mich noch vor der Heirat vom Notar aufsetzen lassen, und darin ist unter anderem Folgendes festgeschrieben:

Der Sklave Gerhard, also die Sklavin Erika ist auf Lebenszeit vollständiges und uneingeschränktes Eigentum von Mistress Lorinda.

Zum Zweck der intensiveren Ausnutzung, zur Unterwerfung und vor allem zur weiteren Erziehung und finanziellen Ausbeutung ist er mit Mistress Glenda verheiratet. Sie wird damit zur Mitbesitzerin und hat ebenfalls absolute Verfügungsgewalt über ihn.

Sein bei IBM erzieltes Gehalt und alle eventuellen anderen Einkünfte gehen auf ein spezielles Konto von Mistress Lorinda. Vorab gehen dafür wie versprochen jeden Monat 200 $ für Serena weg. Vom Rest bekommt Glenda monatlich 20% für Haushalt und persönliche Dinge, der Sklave erhält 10% als Taschengeld, 30% dienen zur Tilgung des Baudarlehens für den Anbau, 20% legt Mistress Lorinda in Rentenpapieren für den Sklaven sicher an, 10% behält sie für sich und weitere 10% legt sie für außerordentliche Dinge zurück, wie eventuelle Steuernachzahlungen oder z.B. den notwendig gewordenen Kauf eines neuen Autos. Von ihren 10% beschafft sie dann gelegentlich ein neues Gerät für den Dungeon oder kauft geile Wäsche oder Kleider für Erika.

Von seinem mageren Taschengeld muss der Sklave seine Eheherrin Glenda genauso wie Mistress Lorinda verwöhnen und ihnen vor allem schöne Unterwäsche und Kleider kaufen, ganz besonders natürlich auch für Glendas Treffen mit ihren Liebhabern.

Der Sklave wird bis zu seiner frühestmöglichen Pensionierung stets fleißig arbeiten und Karriere machen. Nach Beendigung seines aktiven Berufslebens wird er nur noch als Sklavin Erika leben und ausschließlich für seine Herrinnen arbeiten. Von diesem Moment an gibt es für ihn weder Taschengeld noch Freizeit. Beides braucht er dann nicht mehr.

Der Sklave macht unverzüglich sein Testament, in dem er all seinen Besitz seiner Eheherrin Glenda und den gemeinsamen Kindern überträgt.

Daneben gibt es noch einige Regeln, die nicht der Notar festschreibt, sondern die meine Herrin mir so zum Unterschreiben vorlegt. Dazu gehören:

Der Sklave muss seiner Eheherrin als C3 Cuckold dienen. Dazu gehören z.B. das Anblasen des Liebhabers, wie auch die Endreinigung aller Beteiligten. Wenn es gewünscht wird, muss er Glendas Liebhaber passiv als Zweilochhure zur Verfügung stehen.

Der Sklave hat beiden Herrinnen uneingeschränkt und bedingungslos zu gehorchen. Jedes Fehlverhalten wird strengstens bestraft.

Der Sklave wird im Haus und auch vor seinen zukünftigen Kindern stets als Sklavin Erika auftreten.

Und so zieht der Alltag in mein Leben ein: Unter der Woche gehe ich natürlich ins Büro und bringe ein sehr gutes Gehalt nach Hause. Darüber verfügt zu allererst und allein meine Herrin Lorinda. Glenda bekommt ihren Unterhalt, weil sie, wie ihre Mutter nicht mit Geld umgehen kann, und ich bekomme mein Taschengeld. Wenn ich etwas Besonderes möchte, muss ich mir bei Dillon, beim Rest der Familie oder bei Lorindas Freundinnen als billige Hure oder als Putzmagd das Geld dafür erarbeiten.

An einem normalen Tag werde ich morgens um 6:00 Uhr von Mistress Lorinda aus meinem Gefängnis befreit. Dann darf ich als Dienstmädchen Erika für alle das Frühstück zubereiten. Bei Bedarf werde ich ins Schlafzimmer beordert und muss Dillon oral befriedigen oder mich von ihm in den Arsch ficken lassen. Aber es kommt auch vor, dass er Erika in der Küche von hinten überrascht und nimmt, während sie sich im langen Kleid fleißig über die Theke beugt. Manchmal möchte auch Mistress Lorinda im Bad bei ihrer Morgentoilette bedient werden, und wenn Glenda mal zu Hause ist, muss ich vor dem Frühstück zu meiner jungen, drallen Ehefrau in ihr Schlafzimmer und sie mit der Zunge langsam wach lecken. Danach darf ich auch etwas frühstücken, die Küche aufräumen, mich fürs Büro umziehen, und losfahren. Meiner Sklavenrolle entsprechend fahre ich natürlich keinen dicken, modernen SUV oder Pick-up, sondern einen kleinen, alten Honda Civic. Wenn ich abends nach Hause komme, muss ich mich sofort wieder umziehen und es beginnt der zweite Teil meines Dienstes: Je nach Bedarf muss ich das Abendessen vorbereiten und servieren, spülen und die Küche aufräumen und eventuell gleich noch meiner Herrschaft zur Verfügung stehen. Manchmal darf ich auch mit Mistress Lorinda etwas unternehmen. Wenn nichts anliegt, habe ich frei und kann mich in meinem Büro dem Computer widmen oder fernsehen. Aber natürlich kann jederzeit einer meiner drei Ehepartner kommen und meine Dienste anfordern. Dazu bin ich ja da!

Gegen 23:00 Uhr werde ich normalerweise von Mistress Lorinda zum Schlafen gelegt, d.h. ich ziehe mein Nachthemd an und sie sperrt mich in meine Zelle ein. Häufig fesselt sie mich dazu sogar ans Bett, damit ich keusch bleibe und jederzeit benutzbar bin. Dann liege ich allein da, denke über mein Leben nach und dank meines stressigen Tagewerks schlafe ich meist sehr schnell ein.

Glenda hat auch zu Hause ihre eigenen, oft jüngeren Freunde, mit denen sie ausgeht und Sex hat. Deshalb braucht sie mich als Ehemann nicht jeden Tag, d.h. sie behandelt mich von Beginn unserer Ehe an als ihren Cuckold. Im Regelfall besucht sie die anderen Männer und fickt sie dort, aber sie bringt auch mal einen Liebhaber mit nach Hause, und dann muss ich beiden nach den Regeln eines C3 Cuckold dienen.

Wenn sie allein mit mir zu Hause ist und meine Dienste erwartet, will sie es auch richtig und ist unersättlich. Sie befiehlt mich nackt aufs Bett, verbindet mir die Augen, bindet meinen steifen Schwanz ab und reitet erst mal solang auf ihm, bis sie kommt. Anschließend setzt sie sich mit ihrer herrlichen Fülle auf mein Gesicht und ich muss sie lecken bis zum zweiten Orgasmus. Aber das reicht ihr noch nicht, sondern sie will weiter geleckt werden, mindestens bis zu einem dritten Höhepunkt. Doch auch dann ist immer noch nicht Schluss, nun will sie sogar noch mal meinen Schwanz reiten. Dazu befreit sie ihn kurz, bringt ihn wieder hoch, bindet ihn erneut fest ab und reitet mich noch einmal. Anschließend muss ich sie wieder sauber lecken und sie kommt nochmals zu einem Höhepunkt. Zwischen all den Orgasmen muss ich sie anbeten und ihren Körper streicheln und massieren. Wenn ihr gerade danach ist, schleppt sie mich auch mal in die Dusche. Dort muss ich mich hinlegen und sie pisst mich voll. Sie verlangt, dass ich ihre Pisse schlucke und sie anschließend trocken und sauber lecke. Wenn sie so richtig drauf ist, behandelt sie mich die ganze Zeit wie ein Stück Vieh, hält mich in Ketten, zerrt mich an den Ohren dahin, wo sie mich haben will, und lässt mir keine ruhige Minute. Sobald sie mit mir fertig ist, muss ich ihr entweder etwas schönes zu Essen bereiten und servieren, oder sie fesselt mich einfach an ihr Bett und lässt mich liegen bis zum nächsten Morgen. Aber sie kann auch sehr lieb sein, mich zärtlich unter ihrem Körper begraben und mit mir kuscheln. Foltern und züchtigen tut sie mich eigentlich nie, das überlässt sie lieber ihrer Tante.

Natürlich darf ich regelmäßig mit ihr Shopping gehen, ihr etwas Schickes aussuchen, mit ihr anprobieren und es ihr bei Gefallen von meinem Taschengeld schenken. Manchmal fällt dann auch für mich etwas ab. Dazu besuchen wir dann die Wäscheabteilung eines großen Kaufhauses. Wenn sie gut drauf ist, darf ich mir dort aus den Sonderangeboten etwas Schönes aussuchen. Und wenn sie Lust verspürt, mich zu demütigen, hält sie mir mehrere BHs und Höschen für Matronen in grellen Farben, vor allen Leuten zum Maßnehmen an den Körper, und achtet darauf, dass es möglichst viele Kunden und Verkäuferinnen auch sehen. Notfalls verkündet sie ganz laut: »Das passt dir aber sehr gut!«, oder: »Ist das nicht etwas zu rosa für dich?«

Wenn ich mich dann mit hochroten Ohren entschieden habe, oder besser, wenn sie für mich entschieden hat, muss ich natürlich mit ihr in die Damenumkleide, alles anprobieren und sie auf Knien bitten, es mir (ebenfalls von meinem Geld) kaufen zu dürfen.

Zuhause angekommen muss ich sowohl für ihre Geschenke, als auch für meine Wäschestücke noch einmal für jeden Dollar, den ich dafür verschwendet habe mit je einem Peitschenhieb bezahlen. Trotz all der Hiebe, die ich da manchmal einstecken muss, möchte ich aber unbedingt klarstellen, dass ich sehr gern und voll Freude mit einer Frau einkaufen gehe, am liebsten natürlich mit meiner Mistress und meiner jungen Ehefrau!

Kapitel 23

Selbstverständlich will Glenda Kinder bekommen. Ich habe dabei Garnichts zu sagen. Als Sklave bin ich dazu bestimmt, ihr auch da in allem zu dienen. Ich stehe natürlich als Versorger fest und werde voll für die Aufzucht der Kleinen verantwortlich sein. Aber sie will auch meine guten Gene für ihre Nachkommen, und so darf ich ihr in der Zeit, in der sie empfängnisbereit ist, ausgiebig mit meinem Schwanz dienen. Natürlich nimmt sie mich und reitet auf mir, bis ich sie vollspritze. Das geht dann so oft, bis endlich ihre Periode ausbleibt und auch der Arzt bestätigt, dass sie wirklich schwanger ist.

Die erste Schwangerschaft ist eine wunderschöne Zeit für mich, und mit ihr ändert sich mein Leben total. Ich darf mich voll auf die Fürsorge für meine Ehefrau und später für unser Baby konzentrieren, und solange ich das tue, bin ich von anderen Diensten weitgehend freigestellt. Ich muss nur noch ganz selten in meiner Kammer schlafen, sondern wache neben dem Ehebett über meine Frau. Dillon muss ich höchstens einmal die Woche bedienen und auch Mistress Lorinda nimmt viel Rücksicht auf meine neue Rolle. Besonders reizvoll ist es für mich, vor meiner nackten Glenda zu knien und ihren immer dicker werdenden Bauch zu streicheln und anzubeten. Natürlich bin ich bei der Geburt anwesend und helfe Glenda, so gut ich kann. Unser erstes Kind ist – wie bei dem Vater nicht anders zu erwarten - ein Mädchen und wir nennen es Rebecca! Ich bin natürlich total verliebt in die Kleine und versorge sie neben Glenda, wo ich nur kann. Natürlich bin ich es, der nachts aufsteht, Glenda die Kleine ans Bett bringt, ihr an die Brust legt und sie anschließend wickelt und wieder in den Schlaf wiegt. Aber auch sonst tue ich alles für sie. So bleibt von meiner Freizeit kaum noch etwas übrig für mein sonstiges Sklavenleben. Doch das wird von allen toleriert und ich werde im Wesentlichen geschont. Gleichzeitig wachse ich immer mehr in die Rolle des puren Lecksklaven hinein und perfektioniere meine schon bisher anerkannt guten Fähigkeiten, denn Glenda will erst mal nur noch mit der Zunge verwöhnt werden, und für Lorinda war dies sowieso schon der bevorzugte Dienst. Während der Stillzeit kommt noch etwas Besonderes hinzu: Ich darf Glenda ihre überschüssige Milch mit meinem Mund absaugen, und da Rebecca keinen großen Durst entwickelt, bleibt da für mich einiges zu tun. So genieße ich eine Gunst, die nur ganz wenigen Männern zuteilwird: Ich liege an der vollen Brust meiner Göttin und nuckle friedlich und glücklich an ihrer Zitze, bis mir ihre Milch ins Maul spritzt.

Immer dann, wenn Glenda mich einmal nicht benötigt, meldet Mistress Lorinda ihre Rechte an. Und da sie, befreit von der Last, Dillon dauernd befriedigen zu müssen, eine gesunde Lust auf SM-Sex in allen Variationen hat, komme ich nicht zu kurz. Meist fesselt sie mich dazu auf mein hartes Bett in der Schlafzelle und setzt sich auf mein Gesicht. Wenn sie mal Lust auf meinen Schwanz hat, dann fickt sie mich nur mit Gummi, streift hinterher das Kondom ab und zwingt mich, es vor ihren Augen auszulutschen. Vollgesaut lässt sie mich so in meinem und ihrem Saft einfach liegen und geht wieder.

Mein Leben ist also total ausgefüllt mit der Fürsorge für meine Tochter, dem Dienst an meiner Ehefrau und in zweiter Linie der Befriedigung von Lorindas und Dillons Wünschen. Natürlich diene ich grundsätzlich zu Hause in Dienstmädchenkleidung, und so erlebt Rebecca mich von Anfang an nicht nur als liebevollen Vater, sondern auch als Dienstmagd. Irgendwann fragt sie ihre Mama:

»Warum trägt Daddy Kleider, wenn er im Haus ist und warum bedient er uns?«

Und Glenda gibt ihr eine ehrliche Antwort:

»Weil Daddy aus einem fernen Land, aus Deutschland zu uns gekommen ist und damit er hier in einer richtigen großen Familie leben darf, musste er sich verpflichten, allen Mitgliedern dieser Familien zu dienen, damit er aufgenommen werden konnte. Und du siehst ja, wie gern er mir dient und wie liebevoll er mit dir umgeht. Deshalb ist es gut so, dass er auch die richtige Kleidung für seine Dienste trägt.

Und weil er so ein lieber Mann ist, dient er auch Tante Lorinda und Onkel Dillon, wenn sie es wünschen, und sie finden es auch richtig, wenn er dazu die passenden Kleider trägt. Mami hat sich immer einen Mann gewünscht, der ganz, ganz lieb zu ihr ist und alles für sie tut, und in deinem Daddy hat sie ihn gefunden. Und wenn du einmal groß bist, wirst du selbst sehen, wie viel besser so ein Mann für eine Frau ist, als ein egoistischer Macho, und vielleicht wirst du dir dann auch so einen weichen, sanften Mann aussuchen.«

Damit ist Rebecca zufrieden und fragt nicht weiter, denn sie erlebt ja einen Bilderbuch-Papi, der alles für sie tut und stets für sie da ist, wenn sie ihn braucht.

Beruflich läuft alles soweit gut. Inzwischen hatte meine erste Chefin regen Kontakt mit meiner Mistress und so haben sie gemeinsam mit der Personalchefin dafür gesorgt, dass ich unter allen weiblichen Managern des Bereichs als Sklave und Dienstmagd bekannt bin. Ich muss mich also gegenüber allen Frauen im Büro stets freundlich und zuvorkommend benehmen und jederzeit damit rechnen, dass ich Freiwild bin für die Damen und denen, die es wollen auch zur Verfügung stehen muss.

Hauptamtlich arbeite ich im Labor in Raleigh als Performance Spezialist und mit der Zeit steige ich wegen meiner Fähigkeiten und sicher nicht zuletzt auch wegen meiner Art mit den Frauen neben und über mir umzugehen zum Teamleiter auf. Den beruflichen Aufstieg bezahle ich vor allem damit, dass ich insbesondere drei Damen nach deren Belieben diene: Meine Chefin nimmt mich gern mal mit auf die Damentoilette. Dort muss ich mich in einer Kabine nackt ausziehen, niederknien und ihre heiße Pisse direkt ins offene Maul empfangen, um sie dann wieder schön trocken zu lecken. Die Personalchefin bestellt mich etwa einmal im Monat in ihr geräumiges Büro, schließt die Tür ab, zieht ihr Höschen aus, setzt sich breitbeinig auf ihren Schreibtisch und befiehlt mir, vor ihr niederzuknien und sie zu lecken. Und die Laborleiterin braucht immer wieder einmal einen Blitzableiter, den sie in ihrem Büro über den Schreibtisch legen, ihm den Arsch frei machen und dann tüchtig auspeitschen kann. Gegen all dies habe ich natürlich nichts einzuwenden. Aber ich hätte auch keinerlei Einspruchsmöglichkeit, ich bin all den Damen nicht nur geschäftlich unterstellt, sondern auch durch mein Verhalten und ihr Wissen über mich von ihnen abhängig. Und so gehorche ich auch dort ohne Widerrede, ja ich genieße es, von diesen Frauen immer mal wieder als Bürosklave missbraucht zu werden.

Schwierig ist es nur, wenn irgendwelche ›Social Events‹ angesagt sind, an denen auch die Ehepartner teilnehmen. Wen bringe ich da mit? Am liebsten würde ich natürlich mit Lorinda kommen, wenn sie Zeit hat, aber auch wegen unserer Tochter ist es besser, dass ich mit Glenda dort aufkreuze. Und auch wenn ich mal Kolleginnen oder Kollegen nach Hause einlade, ist es besser, sie in unsere Ehewohnung zu führen, damit sie nicht etwa im großen Haus Dillon begegnen, wie er gerade wieder eine Sekretärin anschleppt oder gar – unsensibel wie er ist – nach Erikas Diensten verlangt. Denn eins ist klar in diesem Haushalt: Der Wille der Mistress und des Masters sind absolutes Gesetz und ihre Wünsche und Anordnungen gehen vor allem anderen. Privat gilt das zu einhundert Prozent: Wenn Dillon z.B. nach Erika ruft, muss selbst Glenda zurückstecken und mich umgehend bei ihm zur Benutzung abliefern. Mein Familienleben ist also etwas kompliziert und erfordert viel Planung, um solchen Komplikationen aus dem Weg zu gehen. Aber sonst ist alles in Ordnung, ich bin beliebt bei den Kollegen und meine Mitarbeiterinnen sind begeistert von meiner liebenswerten Art, mit ihnen umzugehen. Ich muss eher aufpassen, dass sie mich nicht anmachen. Schon ein Jahr später werde ich zum Leiter einer neu gegründeten Performance Analyse Abteilung ernannt. Auch nach dieser Beförderung ist mein Chef wieder eine Frau, denn wir haben in unserer Firma ein spezielles female empowerment Programm, d.h. jede Managerstelle wird bevorzugt mit einer Frau besetzt. Bei einem Bereichsfest lernt auch sie sowohl Glenda als auch Mistress Lorinda kennen, weil ich extra Mal beide Frauen mitgebracht habe. Die Damen unterhalten sich ausgiebig und sehr freundschaftlich, und ich vermute, dass sie auch über mein

118

Geheimnis sprechen, denn es dauert nicht lang, bis sie verstanden hat, wer bei mir zu Hause die Hosen an hat, und dies gegen (oder soll ich sagen für) mich ausnutzt. Sie bestellt mich ein paar Tage später zu sich, fragt mich über mein Privatleben aus, und will dann ganz direkt wissen, ob ich etwa von meinen zwei Frauen dominiert werde. Es hat keinen Sinn, dies zu leugnen, weil ich vermute, dass sie schon längst Bescheid weiß und mich nur deshalb fragt, um mich auf die Probe zu stellen. Also gestehe ich vorsichtig ein, dass sie recht hat mit ihrer Vermutung. Sie nimmt es mit einem Lächeln zur Kenntnis.

»Na dann ist es ja gut, dann kann ich mit dir noch viel mehr anfangen als ich eh vorhatte, und wir werden hier im Büro ein optimales Team, du als Sklave, ich als deine dominante Chefin!«

Daraufhin befiehlt sie mir, vor ihr niederzuknien, ihre Stiefel zu küssen, ihr Treue, Offenheit und Ergebenheit zu schwören und ihr zu versichern, dass ich niemals gegen ihre Interessen handeln werde. Da ich das Dienen und Gehorchen längst gewohnt bin, sage ich freudig zu und lecke dazu ausgiebig ihre Stiefel. Sie ist sehr glücklich über diese Wendung in unserer Zusammenarbeit, und so bin ich auch in Zukunft tagsüber unter fester Weiberherrschaft sicher aufbewahrt. Aber ich genieße das ja, und so ist alles bestens für mich.

Kapitel 24

Mistress Lorinda lädt für den Herbst meine Schwester zu uns ein und, da ihr Mann nicht so lang Urlaub hat, beschließt sie, uns allein zu besuchen und dafür gleich sechs Wochen zu bleiben.

Ich darf sie allein am Flughafen abholen und bereits auf dem Rückweg im Auto fragt sie mich genauer aus, wie es mir geht. Und da sie schon bei der Feier meiner Hochzeit in etwa erkannt hat, wie meine Beziehung zu meiner Ehefrau und zu Lorinda läuft, will sie jetzt dazu ganz Konkretes wissen. Sie sagt mir jetzt auf den Kopf zu, dass ich offenbar devot bin, eine dominante Frau brauche und sie gefunden habe. Dann fragt sie mich nach Details meines Alltagslebens und ich erzähle ihr freizügig darüber. Auch mein Sexualleben interessiert sie, und auch darüber gebe ich gern Auskunft. Ich scheue mich nicht, genau zu schildern, dass ich auch da ganz Sklave bin und die Frauen allein über meine Sexualität bestimmen. Das gefällt ihr ganz besonders und sie sagt mir, dass sie es zu Hause auch gern so hätte, es aber bei ihrem Mann nicht immer so durchsetzen kann. Und genau deswegen möchte sie hier in Raleigh gern meinen Alltag als Sklave meiner Frauen miterleben. Nach der Ankunft im Haus spreche ich sofort mit Lorinda darüber. Die ist begeistert und gibt ihr eine Einführung, bevor sie mich vorführt.

Von dem Moment an muss ich vor den Augen meiner Schwester der gesamten Familie als Sklave dienen und gehorchen. Am Ende unseres ersten gemeinsamen Abends spricht Gudrun mit mir allein darüber und versteht, dass alles völlig in meinem Sinne ist und ich mit diesem Leben glücklich bin. Von da an ist sie aktiv dabei und lässt sich von mir genauso bedienen wie alle anderen auch, allerdings ohne jegliche sexuelle Komponente.

Nach einigen Tagen des Zusehens und stillen Genießens fragt Gudrun mich ganz direkt:

»Was hältst du davon, wenn ich bei deiner nächsten Abstrafung zuschaue und vielleicht sogar aktiv mitmache?«

Meine Antwort ist einfach und klar. Ich knie vor ihr nieder und sage:

»Liebe Gudrun, du bist eine Frau und du bist meine große Schwester. Beides zusammen gibt dir das natürliche Recht, einen Sklaven wie mich zu bestrafen, wenn er es verdient hat. Deshalb bitte ich dich hiermit, an meiner nächsten Züchtigung aktiv teilzunehmen!«

Sie lächelt ob meiner Antwort, streichelt meinen Kopf und erwiedert:

»Ja lieber Gregor, du hast recht gesprochen und ich freue mich darauf, die nächste Gelegenheit zu nutzen.« Als schon am nächsten Tag eine kleine Sünde nach Strafe ruft, befiehlt mir Mistress Lorinda vor Gudrun auf die Knie zu fallen und meine Schuld zu bekennen. Natürlich gehorche ich ohne Zögern:

»Liebe Gudrun, ich habe gesündigt und bitte um Vergebung und Strafe! Und weil du meine große Schwester bist, bitte ich dich als erste eins der bereitliegenden Instrumente zur Hand zu nehmen und mir gebührend meinen nackt dargebotenen Arsch zu striemen.«

Sie zögert nicht lang, greift sich eine dünne Reitgerte, tritt hinter mich und schlägt zu, erst noch vorsichtig, dann mit wachsender Intensität und schließlich mit vollem Schwung. Als sie genug hat, legt sie die Gerte weg, beugt sich zu mir herunter und nimmt meinen Kopf sanft in ihren Schoß.

»Lieber Gregor, du hast deine Strafe tapfer ertragen. Zum Dank darfst du deine Tränen an meinem Busen trocknen.«

Damit drückt sie mich fest an sich und ich fühle, dass ich auch von ihr als Sklave der Frauen angenommen bin. Das macht mich unendlich glücklich und ich bedanke mich bei ihr für ihre Strenge und Zuneigung. Dann küsse ich ihr die Füße und bereite mich darauf vor, dass die nächste Herrin zur Waffe greift, um meine Abstrafung fortzusetzen.

So wird meine liebe Schwester zu einem integralen Teil der weiblichen Beherrschungsstruktur, unter der ich mich jetzt befinde. Schweren Herzens und zugleich dankbar für ihren Besuch und ihren Beitrag zu meiner Unterwerfung verabschiede ich sie am Ende ihres Urlaubs am Flughafen und hoffe, sie im nächsten Jahr wiederzusehen. Aber das Schicksal meint es nicht gut mit uns, denn drei Monate später stirbt sie in Bern völlig unerwartet und viel zu jung an einer Gehirnblutung. Natürlich fliege ich sofort zur Beerdigung in die Schweiz. Der Schmerz sitzt tief, die Trauer ist riesig und der Verlust ist doppelt schwer für mich, weil meine Gudrun jetzt auch Teil meiner Versklavung war. Zum Gedenken an sie, werde ich nun jedes Jahr an ihrem Todestag in ihrem Namen mit fünfzig Hieben für sie Buße tun dürfen.

Kapitel 25

Im gleichen Jahr wird meine Eheherrin zum zweiten Mal schwanger. Wieder erlebe ich die tolle Zeit ihrer Schwangerschaft und die Geburt unserer zweiten Tochter Julia erneut als ganz besonderen Höhepunkt in meinem Leben. Die Zeit des Stillens, bei dem auch für mich wieder etwas abfällt, und der intensiven Fürsorge für Julia und Glenda stellt erneut eine ganz besonders beglückende Periode in meinem Sklavenleben dar. Wieder bin ich weitgehend von anderen Diensten befreit und wir ziehen ein zweites glückliches, gesundes und selbstbewusstes Mädchen groß, genau wie ihre Schwester Rebecca. Da Glenda nicht mehr als zwei Kinder von mir will und ich damit als Samenspender nicht mehr benötigt werde, beschließt Mistress Lorinda, dass jetzt wie bei Dillon meine Samenleiter durchtrennt werden können und auch müssen, damit sie endlich keine Kondome mehr braucht, wenn sie mich nimmt (AIDS ist ja damals in unseren Kreisen noch völlig unbekannt).

Aber bevor das geschieht, meldet ihre Tochter Sarah noch ihren Anspruch auf meine Zeugungsfähigkeit an! Sie ist lesbisch, hat eine feste Partnerin und ist in ihrer Beziehung eher dominant. Ihr eher passives Gegenstück ist sehr hübsch, mit zierlicher Figur aber dafür recht großem Busen und heißt Barbara. Beide möchten gern ein Kind. Da sind sie auf die Idee gekommen, dass Barbara sich von mir schwängern lässt, weil ihnen mein devotes Wesen gefällt und sie keinen Macho großziehen wollen. Und so werde ich in meinem Keller Barbara als Sklavin Erika vorgeführt. Für mehrere Wochen werde ich anschließend jeden Abend im weißen Kleid mit verbundenen Augen an mein Gefängnisbett gefesselt. Dann kommt Barbara, setzt sich wortlos auf mich und reitet mich, bis ich sie vollspritze. Natürlich genieße ich so viel Zuwendung, auch wenn ich ja eigentlich vergewaltigt werde. Diese Prozedur geht so lang, bis Barbaras Schwangerschaft gesichert ist und die Frucht hält. Aber erst als mein Kind gesund geboren ist, muss ich mit Lorinda zu ihrer Ärztin und mich sterilisieren lassen. Ich muss mich fügen, wie in alles andere bisher auch. Natürlich habe ich keine Ansprüche auf mein Kind, aber ich darf miterleben, wie es im Kreis der Großfamilie aufwächst. Es ist übrigens, wie nicht anders zu erwarten ebenfalls ein Mädchen und heißt Germain, wie passend!

Mistress Lorinda will mehr, sie will die vollkommene Kontrolle über mich und meine Sexualität. Ich trage zwar schon permanent eine Kette am Handgelenk mit ihrem Zeichen, sowie das Tattoo am Arsch, das mich als ihren Besitz ausweist. Aber sie denkt intensiv über meine Keuschhaltung nach (so etwas wie einen CB3000 gibt es zu der Zeit noch nicht). Also bastelt sie selbst einen primitiven KG, den ich im Haus tragen muss, und wenn sie mich dennoch beim Wichsen ertappt (auch deshalb kann ich mein Büro nicht abschließen), dann gibt es gnadenlos zwanzig Hiebe auf den nackten Arsch und zehn auf die sündigen Finger.

Irgendwann reicht ihr das aber nicht mehr und sie beschließt, etwas Endgültiges und zugleich Praktikables zu machen. Sie schleppt mich eines Tages in ein Piercing Studio in Downtown Raleigh, und nach einem kurzen Vorgespräch beschließt sie, sofort meine Vorhaut links und rechts piercen und erst mal je einen Ring einsetzen zu lassen. Dazu legt sie mir Handschellen an, verbindet mir die Augen, lotst mich auf einen gynäkologischen Stuhl und bindet mich fest. Derart wehrlos muss ich dann das Piercing ertragen. Die ersten Ringe heilen gut aus und die zweiten, permanenten dickeren Ringe kann sie schon nach etwa 6 Monaten zum ersten Mal mit einem Edelstahlschloss verschließen. Den Schlüssel trägt sie stets an einer Halskette, und wenn ich dienstlich verreisen muss, was mit der Zeit immer häufiger wird, bekomme ich statt des Schlosses einen kleinen Kabelbinder verpasst, damit ich bei der Kontrolle am Flughafen nicht auffalle. So kann sie mich nach ihren Wünschen permanent keusch halten. Allerdings kann ich noch ein wenig an meinem Schwanz wichsen und ein bisschen geil werden.

Kapitel 26

Aber mein Leben besteht Gott sei Dank nicht nur aus Arbeiten und Dienen. Immer wenn Lorinda Zeit hat, unternimmt sie etwas mit mir, eine Kurzreise, einen kleinen Strandurlaub im Zelt. Einmal im Jahr machen wir richtig Urlaub und fliegen irgendwohin, wo es einsame Strände hat, an denen wir uns ungestört vergnügen können, oder wir finden eine Lodge, ein Ferienhaus oder einen Klub, welche speziell für SM-Freunde angeboten werden. Auf die Art kommen wir auch ab und zu nach Deutschland, z.B. in ein wunderschön eingerichtetes Ferien-apartment an der Ostsee. Dort verbringen wir eine Woche, in der ich ständig nackt gehalten werde. Auch bei Regen fesselt meine Herrin mich draußen und peitscht mich solang am ganzen Körper, bis mir gar nicht mehr kalt ist. An einem sonnigen Tag beerdigt sie mich am Strand streng gefesselt im Sand, sodass nur mein Kopf herausschaut. Sie setzt sich auf mich, lässt sich von mir lecken und pisst mir ein wenig ins Maul. Als sie genug hat, bindet sie mir ein luftdichtes Tuch um den Kopf, gießt erst etwas Wasser darüber und pisst es dann rich-tig voll, bis ich panisch nach Luft ringe und zu ersticken drohe. Lachend und voll Freude über die gelungene Folter befreit sie mich in letzter Minute von dem geilen Tuch. Als ich wieder bei Sinnen bin, danke ich ihr für die Gnade, von ihr so nah an den Tod herangeführt worden zu sein. Dann gräbt sie mich wieder ein wenig aus und löst meine Fesseln so weit, dass ich mich selbst befreien und aufstehen kann. Die Nächte verbringe ich selten bequem im Bett, viel lieber fes-selt sie mich an eins der reichlich vorhandenen Geräte, damit ich, selbst wenn sie schläft, keine Sekunde ohne Folter bin.

Zu meinem Alltag als Dienstmagd und Sklave gehören natürlich auch Strafen. Einmal jede Woche, meistens am Samstagnachmittag ist der Zeitpunkt für die Abrechnung meiner kleineren Sünden gekommen. Mistress Lorinda und Glenda führen mich in den Keller und lassen mich vor ihnen niederknien. Nun holt Lorinda ihr Strafbuch hervor, in dem sie wirklich jede noch so kleine Sünde aufschreibt. Ich muss mir alles anhören und demütig um Verzeihung bitten und um die verdiente Strafe. Nun beraten sich die Damen kurz und dann verkündet mir Mistress Lorinda ihr Urteil und vollstreckt es anschließend sofort gemeinsam mit Glenda. Aber bei einigen Sünden warten die Herrinnen natürlich nicht bis zum nächsten Abrechnungstag, sondern bestrafen mich sofort. Wenn ich beispielsweise erwischt werde, wie ich trotz Keuschheitsverschlusses mit meinem Schwanz spiele, dann bekomme ich, wie schon erwähnt sofort Hiebe mit der Peitsche auf den Arsch und auf die Finger.

Mistress Lorinda ahndet jede normale Sünde am Abrechnungstag und in unserem Dungeon gern mit einer passenden Zahl Hiebe auf den blanken Arsch und in verschiedenen Positionen. Am liebsten benutzt sie dazu den Bock, auf dem sie mich vorher gut festschnallt. Dazu gibt's meist einen frischen Pissknebel, damit ich nicht so laut werde. Glenda dagegen zieht das Andreaskreuz vor, weil sie da jeweils die gesamte Vorder- oder Rückseite meines Sklavenkörpers traktieren kann.

Besondere Vergehen erfordern allerdings auch besondere Strafen. Dazu zählt jede Gehorsams- oder Befehlsverweigerung, aber auch das Aufschneiden des Plastikbands am KG während einer Reise, egal aus welchem Grund, und natürlich jeder unerlaubte Samenerguss. Auch für solche Vergehen hatte Mistress Lorinda ja den Dildoständer erfunden. Inzwischen hat sie oben noch eine Querlatte angebracht, die beim Besteigen und vor allem beim stundenlang wehrlos darüber hängen, noch zusätzlich in die Arschkerbe drückt. Wenn sie mir nun die Holzklötze unter den Füßen wegzieht und ich plötzlich frei auf der Querstange mit tief in den Arsch gepresstem Dildo hänge, dann schreie ich im Nu vor Schmerzen, aber meine Herrin kennt keine Gnade, nein sie weidet sich an meinem Leiden, und damit ich total verstumme, bindet sie mir zusätzlich zum obligatorischen Pissknebel noch ein großes Kissen um den Kopf. Dann sichert sie meinen Oberkörper noch mit einem lockeren Seil unter den Achseln an der Decke, damit ich ja nicht vom Dildo falle, wenn ich ohnmächtig werden

126

sollte. Außerdem legt sie mir Klammern an die Brustwarzen. Derart vorbereitet lässt sie mich dann je nach Schwere meines Vergehens so lang hängen, bis ich total erschöpft zusammensinke und im Seil hänge. Erst dann befreit sie mich und ich muss auf Knien um Vergebung meiner Schuld bitten. Aber das ist noch nicht das Ende, denn als weitere Strafe wickelt sie mich anschließend in meiner Strafkammer in ein total mit Pisse durchnässtes Laken ein, verschnürt mich darin wie ein Paket und lässt mich eine ganze Nacht lang in der kalten Pisse liegen. Darunter legt sie ein Gummituch, damit ich das Bett nicht versaue. Morgens befreit sie mich aus dem stinkenden Laken und jagt mich unter Peitschenhieben unter die heiße Dusche, »damit die Sklavensau wieder sauber wird!«

Wenn dagegen Glenda einen besonderen Grund zur Bestrafung findet, dann zieht sie andere Methoden vor. Z.B. hängt sie mich einmal im Sommer draußen an einem Baum auf, natürlich geknebelt und mit verbundenen Augen. Dann schmiert sie mir Honig auf den ganzen Körper und genießt es, zuzuschauen wie sich die Insekten, insbesondere die Bienen auf meiner Haut sammeln und mich durch ihr Gekrabbel in den Wahnsinn treiben. Die Mischung aus Angst vor Stichen und dem grausamen Kitzeln der Insektenbeine auf meiner Haut macht mich total wahnsinnig, und erst als ich völlig fertig zusammenbreche, werde ich von ihr befreit.

Damit beide Damen mich mühelos auch einmal für längere Zeit bestrafen können, muss ich in unseren Folterkeller noch zusätzlich eine Dunkelzelle einbauen lassen. Dort hinein kommt eine Infrarot-Überwachungskamera, sodass meine Herrinnen mich bequem vom Wohnzimmer aus beobachten und vor allem kontrollieren können, was ich in der Zelle so heimlich anstelle. Wenn ich einmal nicht sicher genug gefesselt bin und an meinem Schwanz spielen kann, dann geht plötzlich die Kerkertür auf und ich werde auf der Stelle gnadenlos ausgepeitscht.

Mistress Lorinda liebt besonders auch die Folterung mit heißem Kerzenwachs als Strafe. Einmal steckt sie mir eine dicke Kerze ins

Maul, während ich gefesselt auf dem Rücken liege, zündet sie an und wartet geduldig, bis das Wachs überläuft und meine Lippen verbrennt. Ein anderes Mal setzt sie je eine dicke, kurze Kerze auf meine Brüste, und dann geschieht das Gleiche: Sie wartet ab, bis die Brüste gut mit Wachs bedeckt sind. Wenn es ausgehärtet ist, schlägt sie es mit einem Stöckchen genüsslich wieder ab.

Vergleichbares macht sie auch mit meinem Schwanz: Sie fixiert mich am Boden, hängt eine brennende Kerze drüber und lässt meinen Schwanz langsam volltropfen. Und natürlich benutzt sie meinen Anus in gleicher Weise: Sie bindet meinen Arsch hoch, die Beine werden zur Decke hochgezogen, dann steckt sie mir eine Kerze ins Arschloch, zündet sie an und erfreut sich an meinen Schreien, wenn das heiße Wachs meine empfindliche Haut trifft. Und auch das Abschlagen des kalten Wachses mit einem Rohrstock ist ein zweifelhaftes Vergnügen an solch empfindlicher Stelle.

Die schlimmste Wachs-Strafe, die ich je erlebte, ist jedoch folgende: Meine Herrin fesselte mich nackt auf eine Liege, auf der sie vorher eine große, feste Plastikfolie ausgebreitet hat. Nachdem sie mich geknebelt und mir die Augen verbunden hatte, tropfte sie meinen ganzen Körper, außer dem Gesicht, mit heißem Wachs voll: Mit besonderer Aufmerksamkeit widmete sie sich dabei meinem Schwanz und meinen Eiern. Die unkontrollierten Schreie ihres Sklaven nahm sie auf Tonband auf, um sich später immer mal wieder daran zu berauschen oder sie mir als Drohung vorzuspielen, sollte ich ihr nicht gehorchen.

Aber es gibt noch mehr Strafen, bei denen Wärme zum Einsatz kommt: Manchmal hängt Mistress Lorinda mir ein brennendes Teelicht unter die Eier, weil ich mal wieder heimlich gewichst habe. Dazu fixiert sie mich an der Wand oder am Andreaskreuz und die Länge der Kette, die das Teelicht hält, hängt einzig von ihr und der Schwere meiner Schuld ab. Ein anderes Mal nimmt sie einen Bunsenbrenner und flämmt mir vorsichtig die Haare an der Brust und an den Beinen ab. Und bei einer Weihnachtsfeier im Familienkreis befestigt sie

Wunderkerzen an meinen nackten Brustwarzen, entzündet sie und genießt es, wie die kleinen Funken sich in meine Brusthaut brennen ohne großen Schaden anzurichten. Während einer Kurzreise nach New York besuchen wir einem SM-Laden. Dort finde ich ein nettes, neues Folterwerkzeug, das sich hervorragend für empfindliche Körperteile eignet. Es besteht aus je zwei 15cm langen elastischen Stöckchen, die an beiden Enden mit Gummis eng verbunden werden. Man legt die beiden zum Beispiel um eine Brustwarze oder die Zunge, befestigt die Gummis und schiebt sie soweit zur Mitte, wie der Schmerz gerade noch auszuhalten ist. Dann lässt man das Opfer schön leiden. Mistress Lorinda entdeckt schnell, dass sie diese Pains-ticks auch an irgendwelchen Hautfalten oder gar an der Vorhaut anbringen und so ihren Sklaven mit geringstem Aufwand auf das Grausamste foltern kann. Sie muss nur warten, bis der Schmerz schier unerträglich wird und er es nicht mehr auszuhalten glaubt. Dann knebelt sie ihn und lässt ihn noch mal einige Minuten so hängen, bis sie ihn von der Qual erlöst.

In einem Magazin hat sie gesehen, das man Wäscheklammern sehr gut an einer Schnur festbinden und dann z.B. an die Brüste oder in die Achselhöhlen klemmen kann, um sie dann hinterher ruckartig oder noch gemeiner langsam wieder abzuziehen.

Kapitel 27

Daneben gibt es in meinem Leben immer wieder Highlights, von denen ich früher noch nicht einmal zu träumen gewagt hätte und die auch meine geilsten Fantasien übertreffen. So veranstaltet Mistress Lorinda eines Tages in ihrem Haus eine Lingerie Party und lädt dazu vier reifere Damen, alles ihre langjährigen Freundinnen, zu sich ein. Die Ladys wissen längst schon Bescheid über mich und meine Beziehung zu meiner Mistress, und so muss ich bei dieser Party als Erika dienen, muss Getränke und Häppchen reichen, und vor allem darf ich den Damen beim Anprobieren der geilen Fetzchen helfen. Das ist natürlich ein ganz besonderes Vergnügen bei denen, die etwas mehr Pfunde auf den Rippen oder besonders viel Holz vor der Hütte haben. So kann ich sie ungehindert betatschen und ein wenig verwöhnen. Mit der Zeit sind die Damen etwas angetrunken und werden immer lockerer und frivoler, bis eine schließlich bemerkt, dass sie dringend pissen müsse. Darauf antwortet Lorinda: »Dann nimm doch Erika mit zur Toilette, die schluckt alles!« Natürlich hat die Dame erst mal Hemmungen, geht dann aber mit mir ins Bad. Dort befiehlt sie mir, mir die Augen zu verbinden, mich niederzuknien und ihre Pisse direkt von der Quelle zu trinken. Jetzt ist der Bann gebrochen. Sie erzählt allen von meinen guten Diensten und sogleich wollen sie alle davon profitieren. Am Ende des Abends machen sie dann auch noch Termine mit Mistress Lorinda aus, an denen ich zu einem Hausbesuch antreten muss. So ist diese Party ein voller Erfolg, auch für mich, denn ich wurde öffentlich sehr schön gedemütigt und jetzt habe ich vier Termine vor mir, an denen ich von weiteren Frauen benutzt werde. Allerdings stellen sich alle als recht harmlos heraus. Sie wollen nur gestreichelt, massiert, verwöhnt und geleckt werden, alles Dinge, die sie von ihren Ehemännern niemals bekommen. Und so gebe ich ihnen gern und reichlich, was sie sich wünschen und mache sie und mich glücklich.

Doch nun will ich zurückkehren zum Ausgangspunkt dieser Geschichte, zurück in mein Schlafzimmer oder besser gesagt in meine Zelle: Ich rätsle immer noch, welche Frau mich da besucht haben könnte. Weder kann ich das Parfüm der Dame wiedererkennen noch kommt mir den Geruch ihrer Fotze bekannt vor. Lorinda hätte zumindest mit mir geredet. Außerdem hätte ich ganz bestimmt ihren Duft erkannt. Auch Glendas und Serenas Duft ist mir vertraut genug, um zu wissen, dass sie es nicht waren. Janina und Sarah haben mich als Sklaven ihrer Mutter zwar voll akzeptiert, aber nie körperliches Interesse an mir gezeigt, mit Ausnahme der Zeugung von Sarahs Tochter. Also könnte es sich um eine für mich noch Unbekannte handeln, der Lorinda erlaubt hat, sich von mir bedienen zu lassen. Und genau das ist es doch, was ich immer wollte: Bedingungslos und blind das Objekt eines Weibes oder gar vieler Frauen zu sein, grenzenlos dienen und auf ein selbstbestimmtes Leben für immer verzichten zu müssen und mich voll auf diese Sklavenrolle konzentrieren zu können. Darum bin ich einfach nur dankbar, dass meine Herrin stolz auf mich ist und von meinen Leistungen so sehr schwärmt, dass sie von anderen nachgefragt werden.

Meine Herrin hat längst auch in diesem Zimmer eine Videoüberwachung einbauen lassen und kann mich so zum einen kontrollieren, aber auch heimliche Aufzeichnungen von den Besuchen anderer Frauen machen und sie sicherheitshalber als Pfand aufbewahren. Man weiß ja nie, ob sich eine der Damen einmal von ihr abwendet und dann droht, über die Verhältnisse in unserem Haus offen zu sprechen.

Ein Problem bleibt: Eigentlich wollte ich ja eine Herrin für mich allein, aber nachdem ich keine solche gefunden habe, ist dies die zweitbeste Lösung und ich muss damit zufrieden sein. Lorinda hat mich zu ihrem permanenten Sklaven gemacht, der speziell von Glenda, aber auch von allen anderen Frauen in meiner neuen Familie gedemütigt und benutzt wird. Und die Dienste an Dillon sind der Preis, den ich bezahlen muss, um ständig in der Nähe meiner Mistress sein und von ihr ungestört dominiert werden zu können. All das kann ich so akzeptieren und habe es für mich verinnerlicht. Und jetzt noch eine Herrin für mich allein zu suchen, würde wohl sowieso scheitern. Neben vielen Beweisfotos hat Lorinda sicherheitshalber mehrfach Videos von meinen schlimmsten Demütigungen gedreht, in der vollen Absicht, mich damit bei Bedarf erpressen zu können, damit ich nie auf die Idee komme, sie jemals zu verlassen. Außerdem hat sie mir schon öfters angedroht, mich auf das Grausamste zu verprügeln, wenn ich jemals fremdgehen sollte. Das erspare ich mir lieber, und an Sex mit anderen Frauen als meiner Herrin mangelt es mir ja auch nicht, nur dass ich diese Frauen nicht selbst auswählen kann, sondern alle einfach über mich verfügen. Mein Traum von totaler weiblicher Dominanz ist zwar wahr geworden, allerdings etwas anders als ich es mir ursprünglich vorgestellt hatte. Aber es ist keine Fantasie geiler einsamer Nächte, sondern es ist die Realität. Ich lebe ganz real Tag und Nacht unter strenger Weiberherrschaft, während alles vorher nur unerfüllte Träume waren. Also füge ich mich in mein Schicksal und diene weiter so nach Mistress Lorinda's Willen, auch wenn ich erleben muss, dass sie mit den Jahren natürlich deutlich altert und auch zunimmt. Sie ist mir schließlich über zehn Jahre voraus und auch ich werde älter. Deshalb bete ich sie trotzdem weiter gehorsam an und diene ihr genauso wie zu Beginn. Das Tröstliche daran ist, dass ich ja auch von ihr geliebt werde. Ich bin ja nicht nur ihr Sklave, ihr Opfer, ihre Dienstmagd, sondern auch ihr Liebhaber, mit dem sie sich auch gern öffentlich zeigt, den sie liebt, weil er so zärtlich und zuvorkommend ist, weil er im Gegensatz zu ihrem Dillon ein Gentleman ist, sich zu benehmen weiß und sie in allen Aspekten ihres Lebens glücklich macht. Und das macht unsere Bindung auch so besonders. Dennoch bleibt der Stachel der nicht exklusiven, monogamen Beziehung, nach der ich mich im Innern immer sehne.

Kapitel 28

Bereits nach fünf Jahren Ehe mit Glenda bekomme ich eine permanente Aufenthaltsgenehmigung, aber wegen unserer Kinder und weil Glenda gern auch finanziell versorgt ist, bleiben wir zusammen, bis Glenda sich einige Jahre später in ihren derzeitigen Liebhaber so richtig verknallt und ihn gern heiraten möchte. So trennen wir uns in gutem Einvernehmen, ich garantiere ihr eine lebenslange Rente und wir sorgen natürlich gemeinsam weiter für unsere Kinder, die trotz der verrückten Familienverhältnisse prächtig gedeihen. Als Glenda mir ihren neuen Partner vorführt, stellt sich heraus, dass sie offensichtlich bei mir auf den Geschmack gekommen ist und sich einen Mann gesucht hat, den sie auch versklaven kann. Er heißt Paul, und um ihm zu zeigen, was ihm blüht, bringt sie ihn mit ins Haus, stellt ihm die Dienstmagd Erika vor, lässt sich von mir bedienen, legt dann meinen Arsch frei und peitscht mich vor seinen weit aufgerissenen Augen aus. Paul kann gar nicht genug kriegen zu sehen, wie mein Hintern gestriemt wird, und sein Schwanz regt sich. Also befiehlt Glenda mir, vor ihm auf die Knie zu gehen, sein Glied aus der Hose zu holen und es zu lutschen. Ohne zu zögern gehorche ich und bringe Paul lustvoll mit Zunge und Lippen zum Abspritzen. Er ist derart fasziniert von dieser Szene, dass er vor Glenda auf die Knie geht und ebenfalls um Hiebe bittet. Jetzt darf ich ihn fesseln, ihm meinen Schwanz als Knebel anbieten und seinen Kopf halten, während Glenda ihm die erste Tracht Prügel seines neuen Sklavenlebens verabreicht.

Ein Jahr später sind wir auch legal geschieden, aber natürlich kümmere ich mich weiter täglich um unsere beiden Töchter. Rebecca und Julia sehen beide sehr gut aus, haben offensichtlich meine Intelligenz geerbt und machen mir auch deshalb viel Freude. Ich bin stolz auf meinen Nachwuchs, und so diene ich beiden ganz unschuldig als ihr lieber Papi, der alles für sie tut und immer für sie da ist. Zwangsläufig erleben sie mich auch weiterhin als Erika und haben dies längst voll akzeptiert. Im Teenageralter zeigt sich dann, dass sie sich ganz sicher keinem Mann unterordnen werden, sondern, wenn sie sich schon nicht total dominant entwickeln, so werden sie in einer Beziehung doch zumindest stets die Hosen anhaben.

Somit wäre ich jetzt formal wieder frei für meine Mistress Lorinda. Aber in ihrer Ehe geht der alte Trott weiter wie bisher, und sie wird sich wohl niemals von Dillon trennen. So werde ich weiterhin als Haus- und Familiensklave, Dienstmagd und Schwanzhure gehalten und benutzt.

Ganz neu in meinem Leben kommt nur hinzu, dass nun auch Sam, Lorindas schwuler Sohn, öfter zu Besuch nach Hause kommt. Eines Tages bringt er zum ersten Mal auch seinen Lebenspartner Phil mit, und der erweist sich als recht dominant. So dauert es nicht lang, bis er meine Mistress fragt, ob er ihre Schwanzhure auch einmal benutzen dürfe. Sam ist zwar erst etwas eifersüchtig, aber er sieht schnell ein, dass ich kein Risiko für seine Beziehung bin, sondern nur ein Spielzeug für Phils Lust. So beschließen sie beide, mich gemeinsam zu benutzen und Lorinda stimmt dem gern zu, allerdings unter einer Bedingung: Die Videokamera muss mitlaufen und sie bekommt eine Kopie des Bandes. Damit haben die beiden kein Problem, und so knie ich eines Abends nackt im Wohnzimmer.

»Mach deine Sache ja gut Erika, sonst setzt es hinterher Hiebe!«, gibt mir meine Herrin mit auf den Weg.

Damit man mich auf dem Video gut erkennen kann, werden mir die Augen nicht verbunden, nur Phil und Sam tragen Masken. Und so nimmt man mir die Gnade, blind leiden zu dürfen. Stattdessen muss ich Phil tief in die Augen schauen, während ich ihn demütig bitte, mich ins Maul zu ficken. Ich lecke und sauge wie es sich für eine gute Hure gehört und zufrieden spritzt er mich voll und zwingt mich alles schön zu schlucken. Dann ist Sam an der Reihe und auch ihm verschaffe ich einen starken Abgang, den ich ebenfalls runterschlucken muss. Aber für einen Schwulen ist das nur der Auftakt, das Ziel ist hinten. Und so muss ich mich auf alle viere begeben und mich von beiden auch noch anal nehmen lassen. Dank meiner Praxis mit Dillon, bin ich so weit, dass ich problemlos jeden Schwanz verkrafte und so verschaffe ich den beiden einen besonderen Genuss und bleibe mit triefendem Maul und aus dem Arschloch tropfend besudelt und benutzt zurück. Beide bedanken sich bei Mistress Lorinda, sie ist zufrieden mit mir und bietet ihnen an, dass sie mich jederzeit wieder haben könnten, wenn ihnen danach ist. Das Video verschwindet in ihrem Tresor zu den anderen, die sie schon von mir gedreht hat. So sammelt sie weitere Beweise gegen mich.

Von nun an besucht Sam seine Eltern wieder regelmäßiger und bringt jedes Mal Phil mit. Und Mistress Lorinda macht mich den beiden jedes Mal zum willkommenen Begrüßungsgeschenk. Sobald sie eingetroffen sind, macht sie mir einen Einlauf und fesselt mich dann mit sauberer, empfangsbereiter Arschfotze im Keller auf den Bock. Dort muss ich demütig warten, bis einer oder beide gemeinsam vorbeikommen und mich je nach Lust und Laune vorn und / oder hinten nehmen, genauso wie es sich für eine Hure und Arschfotze gehört.

Kapitel 29

So geht mein Sklavenleben ohne echte Veränderung einfach weiter. Aber weil Mistress Lorinda Sorge hat, ich könnte ihr doch eines Tages davonlaufen und versuchen eine für mich noch bessere, exklusivere Herrin zu finden, veranstaltet sie mindestens einmal im Jahr eine spezielle Party, um mich immer wieder aufs Neue und ganz besonders fest und sicher an sie zu binden. Oberstes Ziel dieser Veranstaltung ist es, mich ihr vor Zeugen jedes Mal wieder ewige Treue schwören zu lassen mit dem für mich sehr schönen Nebeneffekt, dass ich öffentlich und extrem gedemütigt und erniedrigt werde, und dass auch diese Vorgänge wieder auf Video festgehalten werden, damit meine Herrin mich zum Gehorsam erpressen kann, wenn sie es für nötig hält. Deshalb tragen alle anderen Teilnehmer Masken. Nur ich bin nackt und mein Gesicht wird immer wieder in Großaufnahme festgehalten: Erika mit einem Schwanz im Maul, Erikas Gesicht mit Samen vollgespritzt oder mit Fotzensaft verschmiert, Erika als öffentliche Toilette, einmal unter einer pissenden Frau, einmal mit einem Schwanz, der mir genau ins Maul zielt und pisst. Dazu Erika auf dem Bock, von einer Frau mit einem umgeschnallten Dildo in den Arsch und gleichzeitig von einem Mann ins Maul gefickt, Erika an der Decke aufgehängt mit der Analstange im Arsch, Erika mit gestriemtem Arsch, mit Klammern an den Brüsten und am Schwanz.

An solch einem Abend werde ich von allen Gästen derart ausgiebig benutzt, dass ich am Ende überall wund bin, im Maul, im Arsch und vor allem auf dem Hintern. Ich muss immer wieder Schwänze aller Größen und Formen lutschen aber noch mehr die verschiedensten, strengen oder parfümierten Düfte der Frauen einatmen und sie mit der Zunge verwöhnen. In den Arsch gefickt werde ich dabei sowohl von einigen Damen mit umgeschnalltem Dildo als auch von Männern mit ihrem eigenen, harten Gerät.

Wenn mich dann alle so richtig rangenommen haben, darf ich vor ihnen knien, laut und deutlich meinen Treueid gegenüber meiner Herrin wiederholen und sie öffentlich anbeten. Als Bestätigung für meine Unterwerfung werde ich dann noch einmal von ihr auf den Bock geschnallt und hart gezüchtigt. Sobald sie genug hat, lädt sie alle Anwesenden ein, sich ein Instrument zu greifen und mitzuwirken. Einige greifen sofort zu, schlagen mich aber Gott sei Dank nicht so hart wie meine Mistress. Dennoch bin ich nach dieser Prozedur völlig fertig.

Aber damit ist der Abend für mich noch nicht zu Ende: Zur feierlichen Schlusszeremonie führt sie mich mit verbundenen Augen in den Keller, kettet mich im leeren Whirlpool an und bittet alle Anwesenden, mich einzeln dort unten zu besuchen und in aller Ruhe vollzupissen. Besonders Sam und Phil genießen es, mich hierbei zu zwingen, direkt von ihren Schwänzen zu trinken. Die meisten anderen pissen lediglich auf meinen Körper, aber zum Abschluss kommt meine Mistress und zwingt mich, auch ihre Pisse mit offenem Maul zu empfangen. Dann ist es vorbei, ich habe es überstanden, werde von den Ketten befreit, so tropfnass, nach Pisse stinkend und überall mit Samen besudelt wie ich bin in ein großes Laken gewickelt und in meiner Zelle aufs Bett gelegt und festgeschnallt. Den Rest der Nacht muss ich dann so aushalten, bis meine Mistress mich am nächsten Morgen befreit und ich unter die Dusche darf. Hinterher muss ich mir mindestens zwei Tage freinehmen, damit mein geschundener Körper sich wieder etwas erholen kann. Aber nach solch einem Höhepunkt an Demütigung, Unterwerfung und strenger Zucht ist meine Bindung an Mistress Lorinda wieder besonders eng, wenn auch nicht eng genug, um alle meine Sehnsüchte zu stillen.

Kapitel 30

Nach vielen Jahren als Lorindas Sklave helfen auch diese besonderen Veranstaltungen nicht mehr so richtig, mich wirklich bei der Stange zu halten. Eigentlich könnte ich ja zufrieden sein mit diesem Leben. Ich bin total versklavt, ich habe eine Herrin, der ich absolut gehorchen muss, ich bin eingesperrt in ein strenges Korsett aus Regeln und Geboten, ich werde regelmäßig sexuell missbraucht, gedemütigt, gefoltert und gezüchtigt. Was will ein Sklave eigentlich mehr?

Aber ich fühle mich oft wie das fünfte Rad am Wagen, ich fühle mich nicht als das Wichtigste im Leben meiner Herrin, meine Sklaverei ist fast zur Routine geworden und das Feuer brennt nicht mehr so tief in meinem Herzen wie in den ersten Jahren. Und es fehlt mir etwas ganz Entscheidendes: Ich sehne mich nach einer Herrin, die Tag und Nacht nur für mich da ist, die ich jeden Tag lieben, anbeten und verwöhnen darf, ja und die mich vor allem heiratet. Und da es bei Lorinda in diese Richtung immer noch keinen Fortschritt gibt, fange ich doch heimlich an, nach Alternativen zu suchen. Erst gehe ich in die Sexshops in der Innenstadt und lese Magazine mit Anzeigen dominanter Frauen. Dann antworte ich auf einige, aber ohne jeden Erfolg. Schließlich gebe ich selbst eine Anzeige auf. Mit dem Aufkommen des Internets ist das anonym und gefahrlos möglich und Mistress Lorinda merkt erst einmal nichts davon. Nun bekomme ich sogar Antworten, aber nichts passt so recht. Einige wohnen zu weit weg und ich kann ohne Erlaubnis meiner Herrin gar nicht so weit verreisen, ohne dass sie den Grund erfährt. Bei anderen habe ich den Verdacht, dass sie doch nur kommerziell sind. Aber immerhin habe ich den Anfang gemacht, habe den Pfad der Sünde betreten und mich innerlich auf die Suche begeben. Aber noch wage ich es nicht, weiter zu gehen, noch bin ich innerlich zu sehr an meine Mistress gebunden, um solch

eine Sünde zu begehen. Noch! Doch dann passiert etwas Schreck-
liches. Eines Morgens vergesse ich, mich an meinem PC auszuloggen,
bevor ich ins Büro fahre. Nachmittags um 15:00 Uhr erhalte ich einen
Anruf:

»Du kommst sofort nach Hause, Sklave! Ich habe mit dir zu reden!«

Mehr nicht. Voller Sorge melde ich mich im Büro ab und fahre
gehorsam nach Hause. Dort angekommen erwartet mich eine
wütende Mistress Lorinda.

»Geh sofort in den Keller, zieh dich nackt aus und knie auf deinem
Beichtstuhl nieder!«

Ich gehorche lieber sofort, weiß aber immer noch nicht, was los ist. Als
sie runterkommt, herrscht sie mich an:

»Was hast du getan? Warum hintergehst du mich?«

Ich bin sprachlos, bis mir mein Fehler vom Morgen einfällt. Sie hat
also in meine Mails geschaut und alles entdeckt. Die Bestätigung folgt
sofort:

»Ich weiß alles, was du getan hast, aber ich lasse es nicht zu, dass du
mich betrügst. Ich lasse dich nicht los, ich werde dich total an mich
ketten, aber ich werde dich auch so bestrafen, dass du es nie wieder
wagst, mich zu hintergehen!«

»Ich habe das doch nur gemacht, weil ich mich von dir vernachlässigt
fühle und keine Chance sehe, nur mit dir allein leben zu dürfen«, versuche ich einen schwachen Protest.

»Unfug, du hast alle deine heiligen Eide gebrochen. Jedes Jahr hast du
mir vor Zeugen ewige Treue geschworen und nun das. Das muss
strengstens bestraft werden. Mach dich auf was gefasst, Bürschchen!!!
Jetzt wirst du sehen, was es heißt, gegen deine Herrin zu sündigen!
Los, Hände auf den Rücken!«

Ich habe Angst, aber ich fühle mich auch so ertappt und dermaßen
schuldig, dass ich mich nicht wehre, sondern mir willig Handschellen
anlegen lasse. Als Nächstes holt sie aus der Küche einen schmutzigen

Putzlappen, stopft ihn mir als Knebel ins Maul und bindet ihn mit einem anderen Tuch fest. Dann führt sie mich zur Analstange, stellt mich drüber, rammt mir den Dildo unbarmherzig in den Arsch und schraubt ihn in der Stellung fest. Dazu legt sie mir einen Henkerstrick um den Hals und verknotet ihn am Deckenhaken. Nun muss ich von den beiden Trittstufen links und rechts von der Stange herunter treten und hänge hilflos, halb erstickt und schmerzhaft aufgespießt da.

»In dieser Stellung wirst du warten, bis ich Zeit für dich habe, du elendes Sklavenschwein.«

Zu guter Letzt verbindet sie mir noch die Augen und lässt mich allein. So bin ich nun unter grausamen Qualen im Hintern aufgehängt und ersticke fast, aber zugleich fühle ich mich zu tiefst schuldig und warte deshalb ergeben auf mein weiteres Schicksal.

Nach etwa einer Stunde kommt Mistress Lorinda wieder in den Keller, stellt die Videokamera auf, schaltet sie ein, baut sich dann vor mir auf und fragt mich:

»Wie geht es dir, Sklavenschwein? Ach du kannst ja gar nicht reden. Na dann gebe ich die Antwort: Dir geht es noch viel zu gut, aber das wird sich gleich ändern. Ich werde dich jetzt peinlich befragen, um herauszubekommen, was du alles verbrochen hast. Es wird besser für dich sein, wenn du gleich ehrlich antwortest, denn sonst...«

Damit nimmt sie mir die Augenbinde ab und den Knebel aus dem Maul und zeigt mir die Folterinstrumente. Was ich sehe, lässt mich zutiefst erschrecken: Nadeln, Krokodilklemmen und ein Maulspreizer. Dazu diverse Peitschen, Rohrstöcke, Paddel, ein Teppichklopfer und eine Polsterbürste. Dann erkenne ich mit angstgeweiteten Augen einen Cattleprod, einen Elektroschocker an einem langen Stiel, der zum Antreiben von Vieh benutzt und in jedem Farmladen verkauft wird. Spätestens jetzt weiß ich, was ich mir da eingebrockt habe.

»Ja Sklave, ich sehe die Angst in deinen Augen und das ist gut so, denn wehe wenn du nicht die Wahrheit gestehst. Dann wirst du meine Folter noch schlimmer und in unvorstellbarer Härte zu spüren bekommen.«

Mit diesen Worten setzt sie sich bequem vor mich in einen Sessel und beginnt die Befragung:

»Was hast du getan?«

»Ich habe nach einer Herrin gesucht, die ganz allein für mich da ist.«

»Aber du hast doch bei mir alles, was ein Sklave braucht und du hast mir erst vor wenigen Monaten wieder ewige Treue geschworen.«

»Ja, aber ich möchte dich gern heiraten und dein Ehesklave sein, und da tust du nichts für mich.«

Den Vorwurf bügelt sie erst mal ab:

»Das tut hier nichts zur Sache, lassen wir das erst einmal. Wie hast du nach anderen Frauen gesucht?«

»Ich habe mir im Sexshop ein Magazin mit Anzeigen gekauft und auf einige geantwortet.«

»Wie oft warst du in dem Sexshop? Wie viele Hefte hast du gekauft? Wie viele Anzeigen beantwortet?«

Es ist mir peinlich, darauf zu antworten und ich ziere mich.

»Ich weiß es nicht genau.«

»Dann werde ich deinem Gedächtnis nachhelfen müssen!«

Im nächsten Moment spüre ich den tierischen Schmerz in der linken Brust und sehe, dass sie mir eine Nadel durch die Brustwarze gestoßen hat.

»Wie oft? Wie viel Hefte? Wie viele Anzeigen?«

»Ich war elf Mal im Sexshop und habe drei Hefte gekauft! Wie viele Anzeigen weiß ich nicht, vielleicht so etwa fünfzehn.«

Im nächsten Moment erlebe ich den gleichen Schmerz an der rechten Brust und sehe auch hier die Nadel stecken.

»Auf wie viele Anzeigen genau hast du geantwortet?«

Ich überlege krampfhaft, dann lege ich mich fest:

»Es waren neunzehn Anzeigen!«

»Und wie viele Antworten hast du erhalten?«

»Nur zwei, Mistress!«

»Bist du sicher?« Und mit dieser Frage greift sie meinen Schwanz und sticht mir eine Nadel quer durch die Haut. »Bist du ganz sicher?«

Wild schreiend gestehe ich:

»Ja Herrin, es waren doch drei, aber die dritte war gar nichts. Nur zwei waren real, ganz bestimmt, ich sage die Wahrheit!«

»O.k, das macht dann trotzdem 11x3x19x3. Nicht schlecht. Wie viel ist das, Sklave?«

Ich muss trotz meiner mathematischen Vorbildung doch einen Augenblick nachdenken, bevor ich antworten kann.

»Das sind genau 1881, Mistress.«

»Nun weiter. Was passierte mit den zwei Antworten?«

»Die beiden Antworten klangen sehr professionell und so habe ich sie ignoriert.«

»Das glaube ich dir nicht!« Mit diesen Worten setzt sie eine der Krokodilklemmen an meine linke Brust. Bevor ich etwas erwidern kann, hält sie schon die zweite bereit für die andere Brustwarze und legt sie an.

Ich schreie wie am Spieß.

»Wenn du so schreist, muss ich dich wohl wieder knebeln! Also sei still und sag die Wahrheit!«

»Ja Herrin, du hast Recht, die eine Antwort war wirklich von einer Professionellen, aber bei der anderen habe ich angerufen und mit der Frau gesprochen. Sie wollte sich einmal mit mir treffen, aber wir haben noch keinen Termin machen können, denn sie wohnt in Charlotte.«

»Du gestehst also, dass du sie treffen wolltest. Du hast es also gewagt, mich zu hintergehen und wolltest eine andere Herrin kennenlernen. Gestehst du das, du elendes, hinterhältiges Schwein?«

»Ja Herrin, ich gestehe!«

»Und was ist mit den E-Mails auf deinem Rechner? Was hast du da geschrieben?«

»Ich habe eine Anzeige in einem Femdom-Forum aufgegeben und darin eine Herrin gesucht.«

»Wie viel Antworten hast du bekommen?«

»Gar keine«

»Und das soll ich dir glauben? Du wirst dich nachher gleich am PC einloggen und mir alle E-Mails zeigen, verstanden?«

»Ja Herrin«

»Aber gleichgültig was du am PC noch mehr verbrochen hast. Für all diese Vergehen hast du die schlimmste Folter verdient, die ich mir ausdenken kann. Dazu kneble ich dich jetzt wieder und dann lege ich erst richtig los!«

Mit diesen Worten nimmt sie den Putzlappen, taucht ihn in einen Becher mit ihrer Pisse, stopft ihn mir wieder ins Maul und bindet ihn stramm fest, bis ich würge. Als Letztes verbindet sie mir wieder die Augen und der Horror geht weiter. Diesmal sticht sie mir je einen Nadel direkt von oben in beide Brustwarzen und bohrt sie langsam und genüsslich tief hinein. Ich schreie wie am Spieß, aber der Knebel dämpft meine Schmerzenslaute. Und es kommt noch schlimmer. Die nächsten Nadeln landen im Hodensack und in der lockeren Haut meines Schwanzes, dann noch mal je zwei in meinen Brüsten. Erst dann hat sie vorläufig genug.

»So das sollte fürs erste reichen. Du bleibst jetzt so schön geschmückt weiter hier hängen, bis ich mir das Urteil für dein Verbrechen überlegt habe. Mach dich auf einiges gefasst!«

Ich zittere vor Angst vor dem Kommenden, aber zugleich weiß ich, dass ich wirklich die schlimmste Sünde gegen meine Herrin begangen und deshalb nichts anderes verdient habe als strengste Strafe. Nach endlosem Warten in meiner extrem unbequemen Stellung und mit schmerzenden Klammern und Nadeln bestückt, kommt Mistress Lorinda zurück in den Keller und baut sich vor mir auf.

»Hiermit verkünde ich dir mein Urteil, unwürdiges Sklavenschwein: Du hast dich schuldig gemacht der Hintergehung deiner Herrin, der versuchten Untreue und der Vorbereitung zur Flucht aus ihrer Herrschaft. Dafür musst du extrem hart und schmerzhaft bestraft werden.

Du zeigst mir nachher am PC deine Mails. Wir fahren heute Abend noch in dein Büro und du übergibst mir alle Hefte, Briefe, auch das was du geschrieben hast. Wenn sich darin noch Beweise weiterer Schuld finden, wird deine Strafe verdoppelt! Außerdem zeigst du mir alle deine gesendeten und empfangenen E-Mails am dortigen Rechner.

Morgen nimmst du dir frei. Sag im Büro, dass es dir nicht gut geht. Später wird dann meine Freundin Linda, meine Ärztin vorbeikommen und dich für zwei Wochen krankschreiben. Damit verschwindest du im Büro solange von der Bildfläche, ohne dass du vermisst wirst, bis ich mit dir fertig bin.

Ab sofort bekommst du in der ganzen Zeit nichts mehr zu essen, außer meine Pisse pur oder mit Wasser verdünnt zu trinken. Außerdem musst du Glaubersalz mit Pisse verdünnt trinken und bekommst solange Einläufe, bis dein Darm leer und sauber ist.

144

Ich werde dich jeden Tag kräftig und hart auspeitschen. Dazu runde ich deine Zahl 1881 großzügig auf 2100 auf, du bekommst also vierzehn Tage lang täglich 150 Hiebe. Wenn ich Zeit habe und gnädig bin, verteile ich die Hiebe auf zwei oder drei Rationen. Wenn nicht, dann musst du alle auf einmal hinnehmen.

Du wirst die zwei Wochen mit ständig verbundenen Augen verbringen, gefesselt und geknebelt. Nur zum Trinken und zum Benutzen deines Mauls wird der Knebel kurz entfernt.

Du wirst jeden Tag morgens und abends je eine Stunde auf diesem Analstock hängen, immer mit dem Strick um den Hals. Den Rest der Zeit wirst du streng verschnürt und ans Bett gekettet in deiner Kammer verbringen.

Jede Züchtigung und jede Demütigung wird auf Video aufgenommen.

Am Ende deiner Strafzeit werde ich dich permanent, deutlich und für alle sichtbar, zeichnen, sodass du bei keiner anderen Herrin jemals mehr eine Chance hast.

Zusätzlich wird Dillon dich jeden Tag mindestens zweimal so brutal wie möglich in den Arsch ficken. Vorher und vor allem auch nachher wirst du ihm jeweils ausgiebig den Schwanz lecken. Außerdem wirst du dich bei ihm täglich dafür entschuldigen, dass du auch ihm davonlaufen wolltest. Wenn er Lust hat, wird er dich dafür separat bestrafen.

An einem der vierzehn Tage werde ich dich ihm von 8:00 Uhr morgens bis 22:00 Uhr abends ohne Unterbrechung zur freien Benutzung übergeben, und ich bin sicher, dass du es bereuen wirst, diesen Tag erleben zu müssen.

Solltest du je noch einmal einen Versuch wagen, mich zu hintergehen, dann verschicke ich Kopien aller Videos, die ich von dir habe an deine Chefin, deine Kollegen und deine Freunde und stelle dich überall bloß.

Außerdem verspreche ich dir, dass du einen zweiten Versuch zu fliehen nicht überleben wirst. Denn dann würde ich dich noch grausamer foltern, als du es nun erleben wirst, und am Ende würde ich dich langsam und genüsslich hinrichten. Ich könnte dich beispielsweise hier an diesem Deckenhaken aufhänge und dich hängen lasse, bis du qualvoll erstickst. Alle Welt würde dann denken, dass du aus Scham über deine Bloßstellung Selbstmord begangen hast.«

Kapitel 31

Und so geschieht es! Erst muss ich Mistress Lorinda am heimischen PC alle verbotenen Mails zeigen. Dann muss ich mit ihr ins Büro fahren und ihr dort alle sündigen Unterlagen übergeben. Gott sei Dank war ich am Ende ehrlich, und sie findet auch auf dem dortigen PC keine Anzeichen für weitere Straftaten und sündhafte Vergehen. Mistress Lorinda prüft die Hefte ganz genau, liest alle Briefe durch und nimmt sie mit. Die Nacht verbringe ich bereits, wie angekündigt streng in Ketten gelegt und geknebelt, diesmal nicht mit einem Lappen, sondern einem richtigen Ballknebel im Maul. Das ist zusätzlich sehr demütigend, weil mir dadurch in kürzester Zeit die Spucke aus dem Maul tropft und ich nichts gegen das Sabbern tun kann. Wegen des Glaubersalzes bekomme ich einen Eimer neben die Pritsche gestellt und muss den Gestank bis zum nächsten Morgen aushalten. Dann gibt's den ersten Einlauf und die erste Tracht Prügel. Und die ist tierisch. Zum Auftakt bekomme ich auch noch gleich die ganze Tagesration und leide schrecklich. Natürlich weiß ich, dass ich bestraft werden muss, aber war ich wirklich so böse, dass ich diesen Horror verdient habe? Doch solche Fragen sind leider vergebens. Ich bin zur Höchststrafe verurteilt und muss sie durchstehen, es gibt keinen Ausweg und Mistress Lorinda lässt sich nicht erweichen.

Am Vormittag kommt Linda, die Vertrauens-Ärztin und inspiziert meinen tiefrot gestriemten Arsch. Um zu prüfen wie schlimm meine Verletzungen schon sind, benutzt sie eine Nadel und sticht immer wieder äußerst schmerzhaft in meine Striemen. Ihre Diagnose ist eindeutig:

»Ich werde dich zwar vorbeugend für zwei Wochen arbeitsunfähig schreiben, aber gleichzeitig kann ich deiner Mistress bestätigen, dass du solche Strafen ganz sicher überleben wirst und sie dich keineswegs schonen und sich etwa zurückhalten muss.«

Damit ist mein Schicksal endgültig besiegelt und die zweiwöchige Tortur nimmt ihren von meiner Herrin vorbestimmten grausamen Verlauf. Aber mit jeder weiteren Züchtigung verspüre ich in mir eine Veränderung: Irgendwie empfinde ich es als schön, so intensiv eingesperrt, geknebelt, angekettet und gefoltert zu werden. Ja, ich beginne immer mehr, diese Totalität meiner Unterwerfung zu genießen. Ich genieße es, ständig mit verbundenen Augen im Dunkeln gelassen zu werden, ich genieße es, in Ketten zu liegen, und ich genieße besonders die Demütigung, immer wieder hilflos in den Arsch gefickt zu werden. Ich erdulde es sogar ohne Murren, dass mir der Knebel jeweils nur kurz entfernt wird, um entweder noch mehr Glaubersalzpisse trinken oder Dillons dicken Schwanz lutschen zu müssen.

Mit jedem Tag gebe ich mich jetzt tiefer hin, mit jeder Züchtigung werde ich weicher und williger, und wenn nun meine Mistress in meine Zelle kommt und mich fragt, ob ich bereit sei für die nächste Ration, dann antworte ich mit immer festerer Stimme und ohne großes Zögern:

»Ja Mistress Lorinda, ich bin bereit und willig, meine Strafe in Demut und Hingabe zu empfangen.«

Aber dann bekomme ich sie wieder mit aller Strenge und größter Härte zu spüren. Einhundertfünfzig Hiebe jeden Tag, einhundertfünfzig harte Schläge und davon die meisten auf den nackten und bereits zutiefst wunden Arsch. Zu dessen Schonung und zugleich zur Abwechslung für meine Herrin gibt es aber auch immer wieder Schläge auf andere empfindliche Stellen an meinem Körper wie Fußsohlen, Handflächen, die Innen- und Rückseite der Oberschenkel, sowie ganz besonders grausam auch auf die Brüste. Nach jeder Züchtigung liege ich dann wieder heulend und mit brennender Haut in meiner Zelle und brauche Stunden, um mich wieder einigermaßen zu fassen. Und da ich in der Ruhephase ja stets gefesselt und geknebelt bin, kann ich nicht einmal meine Wunden lecken, sondern muss alles einfach hinnehmen.

Schon nach einer Woche bin ich auch innerlich weichgeklopft. In mir ist keine Gegenwehr, kein Widerstand, sondern ich bin nur noch völlige Hingabe. Auch Mistress Lorinda erkennt diese Entwicklung, aber dennoch verkündet sie mir nach zehn Tagen, dass sie mich jetzt an Dillon übergeben wird. Dazu muss ich mich wie eine Nutte anziehen, dann fesselt sie mir die Hände auf dem Rücken und mit verbundenen Augen führt sie mich in sein Zimmer, lässt mich in der Mitte niederknien und bietet mich ihm an mit den Worten:

»Lieber Dillon, diese dreckige Sklavensau hat, wie du weißt, den vergeblichen Versuch gewagt, unserem Herrschaftsbereich zu entkommen. Ich übergebe sie dir deshalb für einen Tag der besonderen Abstrafung und wünsche dir viel Vergnügen dabei!«

Und das Vergnügen hat er. Natürlich fickt er mich als erstes, wie jeden Tag brutal in den Arsch, aber leider bleibt es nicht bei diesem einem Mal wie sonst. Sein unbändiger Sexualdrang erlaubt es ihm, mich mindestens zehnmal an diesem Tag zu nehmen. Und dazwischen muss ich ihm immer wieder den Schwanz ablecken und ihn wieder mit meinem Maul aufs Neue hochbringen. Wenn ihm das zu lang dauert, dann zieht er mir zehn extra Hiebe mit der Knute auf den bereits total wundgeschlagenen Arsch. Dabei kennt er keine Gnade, sondern er rächt sich einmal mehr ausgiebig dafür, dass ich in seine Ehe eingebrochen bin. Dazu kommt, dass er mir jedes Mal, wenn er pissen muss, seinen dicken Schwanz ins Maul steckt und verlangt, dass ich alles bis auf den letzten Tropfen in mich aufnehme und schlucke. Und wenn ein Tropfen daneben geht, dann gibt es schon wieder Hiebe. Am Ende dieses grausamen Tages liefert er mich völlig ausgelaugt, am Arsch total überdehnt, mit schmerzendem Mund und wunder Zunge in meiner Zelle ab und sperrt mich ein, nicht ohne mich ein letztes Mal auf mein Bett zu werfen, mir seinen Schwanz ins Maul zu stopfen und mich voll zu pissen. Und damit ich gar nicht erst auf einen anderen Geschmack komme, stopft er mir einen Ballknebel ins Maul und verschließt ihn hinter meinem Kopf mit einem Schloss. So muss ich die Nacht sehr unbequem mit gespreiztem Maul und überdehntem Arschloch verbringen.

Der letzte Tag der Rache bringt dann noch einen weiteren, extremen Höhepunkt: Nachdem ich alle 150 Hiebe des Tages empfangen habe, verkündet mir meine Herrin:

»Ich werde dir jetzt einen unerhörten Genuss bereiten, der dir das Fremdgehen für immer verleiden wird. Ich werde dich mit dem Cattleprod solange verwöhnen, bis du nur noch schreist und lieber sterben möchtest, als diese Schmerzen zu ertragen. Also mach dich bereit für diesen letzten Akt deiner Bestrafung. Ich werde dir helfen, indem ich dich noch extremer kneble.«

Zu dem Zweck stopft sie mir einen besonders großen, mit Pisse vollgesaugten, stinkenden Lappen ins Maul und bindet ihn mit mehreren Tüchern absolut fest. Dann führt sie mich zur Analstange, und wieder muss ich über sie steigen, werde von ihr aufgespießt und der Dildo tief in meinen Darm gestoßen. Nun bindet sie meine Füße weit gespreizt an je einem Balken fest und fesselt meine Hände an die Decke. Damit bin ich ihr ganz offen und nackt ausgeliefert und mein ganzer Körper steht ungeschützt für die Elektrofolter zur Verfügung. Jetzt bricht die wahre Hölle über mich herein. Bei jeder Berührung mit dem Schocker jagt mir ein extremer Stromstoß durch den Körper. Am schlimmsten ist es, wenn Lorinda mich an den Extremitäten trifft, und das Furchtbarste sind die Stromstöße in den Schwanz, die Eier und die Brustwarzen. So extrem habe ich noch nie in meinem Leben gelitten, und so will ich auch nie wieder leiden müssen. Diese Tortur festigt meinen Entschluss, mich endgültig in mein Schicksal zu ergeben. Jetzt, nach zwei Wochen andauernder Folter und nach diesen Elektroschocks bin ich geläutert, fühle mich gereinigt von meiner Schuld, trage viele, rote Striemen am ganzen Körper, bin abgemagert und freue mich, als ich zum ersten Mal wieder ein Glas Saft trinken und ein Brot mit Wurst essen darf. Und es ist gar keine Frage, dass ich mich mit Haut und Haar zu meiner Herrin bekenne und ihr aus tiefstem Herzen ewige Treue schwöre. Diesmal ist es mir ernst und ich wische alle anderen Gedanken beiseite. Im Gegenteil, ich verstehe selbst nicht mehr, warum ich aus dieser fest gefügten, durchorganisierten Unterwerfung ausbrechen wollte. Ich denke, dass der Grund darin lag, dass ich bis zu diesem Zeitpunkt immer noch zu egoistisch eingestellt war und den Sinn meiner Versklavung noch nicht wirklich tief genug in meinem Herzen verinnerlicht hatte. Doch das hat sich jetzt grundlegend geändert: Ich bin nun fest davon überzeugt, dass es in meinem Leben nichts anderes mehr gibt, als mich dieser meiner Herrin bedingungslos unterzuordnen und mein Leben als ihr totaler Sklave ganz in ihre Hände zu legen. Und egal was jetzt noch passiert, ich bin wieder vollständig ihr Eigentum und will es für immer sein.

Aber erst kommt noch die angedrohte permanente Zeichnung. Zunächst besucht uns wieder Lorindas Ärztin Linda. Wieder prüft sie meinen Zustand, pikst mich wieder mit ihrer Prüfnadel und stellt dann fest, dass ich trotz aller Striemen und Wunden gesund genug bin, um ein Brandzeichen zu bekommen. Im Stillen hatte ich gehofft, dass dieser Kelch an mir vorübergehen möge, ja dass meine Herrin Mitleid mit mir und meinem Zustand haben möge. Deshalb bin ich entsetzt, dass ich jetzt doch wirklich ein richtiges Brandzeichen erhalten soll. Mir soll also ein heißes Eisen ins Fleisch gebrannt werden, wie früher bei den schwarzen Sklaven hier in den Südstaaten. Ich gerate in Panik und flehe meine Herrin an.

»Bitte Mistress Lorinda, bitte habt Gnade mit mir. Meinetwegen ein weiteres Tattoo, aber bitte, bitte keine Brandzeichen!«

»Das hättest du dir früher überlegen solle du treulose Sklavensau, jetzt ist es dazu zu spät. Ich habe es so beschlossen, und so wirst du jetzt in Lindas Beisein von mir mit einem Brandeisen für immer gezeichnet werden. Los jetzt, leg dich auf den Bock, damit ich dich festschnallen kann!«

Ich versuche es noch einmal mit Bitten, werfe mich vor ihr auf die Knie und flehe sie um Gnade an, doch vergeblich. Schließlich gebe ich auf. Ich sehe ein, dass es zwecklos ist, jetzt von Mistress Lorinda Milde zu erwarten und lege mich wie befohlen nackt auf den Bock. So streng und sicher wie jetzt wurde ich noch nie darauf festgeschnallt. Arme, Beine und Oberkörper sind zu absoluter Bewegungslosigkeit verdammt. Mein Kopf hängt tief runter und unter mir sehe ich einen Eimer voll Wasser. Jetzt bekomme ich wieder den schlimmen Ballknebel ins Maul gepresst, damit ich beim Schreien drauf beißen und nicht zu laut werden kann. Darüber bindet Lorinda mir einen dicken, stinkenden Lappen. Jetzt liege ich bereit, und da sich auf meiner linken Arschbacke bereits das Tattoo befindet, wird jetzt also meine rechte Backe von Linda desinfiziert. Dann spricht Mistress Lorinda:

»Ich werde dich jetzt mit meinen Initialen für immer und unauslöschlich zeichnen. Danach gehörst du ein für allemal mir! Also gib dich lieber hin und freu dich darauf, endgültig als mein Besitz gebrandmarkt zu werden! Und damit man deine Schreie nicht hört, tauchen wir deinen Kopf so lang in einen Eimer Wasser, bis es vorbei ist. Jetzt hol noch einmal tief Luft, dann geht es los!«

In diesem Moment gebe ich mich endgültig auf. Ergeben und gehorsam atme ich noch einmal tief ein, dann wird der Eimer an einem Seil hochgezogen, bis meinen Kopf tief eintaucht und ich nicht mehr atmen kann, und in der Position bleibt er fixiert. Im nächsten Moment jagt der fürchterlichste aller Schmerzen durch meinen Körper, den ich mir vorstellen kann. Trotz des Wassers schreie ich ohne Ende. Nach über einer Minute erst wird der Eimer heruntergelassen und ich darf wieder Luft holen. Aber erst mal schreie ich sofort wieder und werde erneut eingetaucht. Als ich mich endlich etwas beruhige, spüre ich diesen tiefen grausamen Schmerz und es stinkt nach verbranntem Fleisch.

»So, das war der erste Buchstabe, das M für Mistress. Jetzt darfst du noch mal das Gleiche erleben für den zweiten, das L für Lorinda. Los, atme tief ein und wappne dich!«

Wieder werde ich getaucht, wieder folgt der fürchterliche Schmerz, aber ich schrei nicht mehr so laut, mein Widerstand ist endgültig gebrochen und ich ergebe mich einfach in mein selbst verschuldetes Schicksal. Als ich auch die zweite Brandmarkung überstanden habe, spricht meine Herrin:

»Damit gehörst du für immer mir. Keine andere Frau wird dich so haben wollen, und ich werde dich auch niemals hergeben! Jetzt danke mir, dass ich dir die Ehre erweise, mein Zeichen auf deinem Körper zu tragen!«

Mit diesen Worten entfernt sie den Knebel und bindet mich vom Bock los. Völlig fertig und willenlos falle ich auf die Knie und antworte mit schwacher Stimme:

»Danke Herrin, dass du mich so gezeichnet hast, danke dass du auch damit jeglichen Widerstand in mir für immer gebrochen hast. Von nun an will ich deine Initialen mit Stolz tragen und jedem zeigen, dass ich vollkommen dir gehöre.«

Anschließend versorgt Linda meine Brandwunden und schreibt mich noch einmal eine Woche krank, damit ich mich von dieser Tortur etwas erholen kann. Und so verbringe ich die nächsten Tage immer auf dem Bauch liegend, stets in Ketten und mit verbundenen Augen. Linda schaut täglich nach mir und der Wunde.

Am dritten Tag testet sie meinen Schwanz und wichst mich bis ich spritze. Und so meldet sie Mistress Lorinda, dass ich wieder bereit bin, benutzt zu werden. Noch am gleichen Tag muss ich Dillons Schwanz lutschen und meine Herrin lecken. Der nächste Arschfick muss noch warten, bis alles richtig verheilt ist. Aber auch Linda bekommt ihren Lohn. Sie besucht mich allein in meinem Kerker, setzt sich auf mein Gesicht und genießt es, von mir zum Orgasmus geleckt zu werden.

»Du bist wirklich ein ausgezeichneter Lecksklave. Kein Wunder, dass deine Herrin dich auf keinen Fall wieder hergeben will!«

Mit diesem Lob zählt eine weitere Dame zu meinen Kunden, die ich ab und zu befriedigen darf. Nach einer Woche ist die Wunde ganz gut verheilt und ich kann wieder arbeiten gehen.

Nach weiteren vier Wochen bin ich wieder ganz fit und voll dienstbereit, und es ist wirklich so, wie meine Herrin es wollte: Ich bin geläutert, gereinigt von Schuld, und meine Rebellion ist völlig gebrochen. Ich bin wieder absolut gehorsam und sicher, dass ich nie mehr einen Ausbruchsversuch wagen werde. Aber obwohl meine Mistress dies auch so sieht, führt sie zur Vertiefung meiner Unterwerfung ein, dass ich ab sofort wieder jeden Morgen und Abend ins Schlafzimmer kommen und Dillon meine Aufwartung als Sklavin Erika machen muss. Dazu muss ich ihn gebührend mit Master anreden. Aber es ist jetzt keine lästige Pflicht mehr, einen sexhungrigen Mann durch meine Dienste von seiner Ehefrau abzulenken (sie hasst ja bekanntlich Analverkehr, weil es ihr jedes Mal wehtut), sondern ich muss ihn nun auch als meinen Herrn und Meister anbeten. Ich muss mir besonders nuttige Wäsche und Kleider anziehen und ihn verführen. Bei ihm geht das sowieso immer sehr schnell. Aber ich muss mich jetzt besonders bei ihm einschmeicheln, damit er Lorinda in Ruhe machen lässt, was sie will. Also falle ich vor ihm auf die Knie und sage zu ihm:

»Master Dillon, vor euch kniet eure demütige Sklavin Erika und bittet darum, euch mit Mund, Zunge und Arsch beglücken zu dürfen.«

Mein Master ist ein Mann der Tat und nicht des Wortes, und so packt er mich einfach am Kopf, stopft mir seinen Riesenschwanz ins Maul und zwingt mich, ihn zu blasen. Wie immer würge ich, weil er mir seine Latte so tief in den Rachen stößt. Aber er ignoriert das, ich kümmere ihn nicht die Bohne, ich bin nur sein Spielzeug! Kurz bevor er abspritzt, entzieht er sich mir, wirft mich mit dem Gesicht aufs Bett, reißt mir meinen Slip runter und fickt mich brutal in den Arsch, bis er wild stoßend und zuckend in mir kommt und mich vollsaut. Anschließend bedanke ich mich artig für die Vergewaltigung:

»Danke Master Dillon, dass ihr eure Schwanzhure so richtig hart rangenommen habt. Ich hoffe, dass ihr mit meinen Diensten zufrieden ward, und ihr mich heute Abend wieder zu euch rufen lasst.«

Master Dillon ist sichtlich zufrieden und so darf ich mich schon auf die nächste Vergewaltigung freuen.

Einige Tage später muss ich noch einmal freinehmen, denn Mistress Lorinda hat noch eine weitere Zuchtstrafe für mich vorgesehen. Sie hat ein verlängertes Wochenende auf einer Sklavenfarm in South Carolina für mich gebucht. Dazu fährt sie mich persönlich hin, aber ich darf nicht neben ihr sitzen, sondern muss die gesamte Fahrt nackt, gefesselt, geknebelt und mit Kopfmaske hinten auf der Ladefläche ihres Pick-up liegen. Sie deckt mich nur mit einer groben Plane zu, damit wir kein Aufsehen erregen. Bei der Ankunft werde ich sofort von vielen Armen gepackt, von der Pritsche gezogen und in den Kerker geschleift. Dort spüre ich, wie man mir Hand- und Fußgelenke sowie den Hals in schwere Eisen legt und mir erst danach Kopfmaske und Knebel entfernt. Vor mir steht Mistress Lorinda zusammen mit einer imposanten Frau in Uniform, die sie mir als meine zukünftige Kerkermeisterin vorstellt.

»Dies ist Herrin Ilonka, die Oberaufseherin deines jetzigen Gefängnisses und damit deine Wärterin und für die nächsten vier Tage deine Herrin über Leben und Tod. Ilonka ist Russin und hat ihre Ausbildung beim KGB genossen. Sie hat dort schon so Manchen unter ihrer Gewalt gehabt und auch du bist ihrer Willkür jetzt grenzenlos ausgeliefert. Sie hat Anweisung, dich besonders hart ranzunehmen, weil du so schwer gesündigt hast. Am besten du gehorchst absolut, dann wirst du die Zeit hier etwas leichter überstehen. Jeder Widerstand ist sowieso zwecklos und du musst auf jeden Fall bis zum Ende durchhalten, also gib dich innerlich hin und genieße es, einer so erfahrenen Folterexpertin als Objekt dienen zu dürfen.«

Mit diesen Worten lässt sie mich allein und es beginnt eine Tortur, die wirklich nur schwer zu ertragen und zu beschreiben ist.

Die Sklavenfarm ist in etwa organisiert wie ein militärisches Straflager mit angeschlossenem Bauernhof. Jeder der anwesenden weiblichen und männlichen Sklaven ist in einer spartanischen, fensterlosen Einzelzelle untergebracht mit primitiver Liege, einer Decke und einem Eimer für die Notdurft. Die Tür hat eine Klappe sowohl zum Beobachten als auch zum Essen durchreichen. Die Sklaven werden total nackt gehalten, Kleidung gibt es keine.

Morgens werde ich mit einem gellenden Pfiff geweckt und muss sofort aufspringen und in Habacht-Stellung vor der Tür warten, bis sie geöffnet wird. Ich muss heraustreten auf den Gang, und mit allen Leidensgenossen werden wir zum Waschraum geführt. Dort müssen wir uns unter die eiskalte Dusche stellen und uns reinigen. Natürlich müssen wir dann unsere Nachteimer leeren und sauber machen. Noch ziemlich nass von der Dusche müssen wir in Reih und Glied niederknien. Dann kommt die Oberaufseherin Ilonka, marschiert an uns vorbei, verabreicht jedem eine saftige Ohrfeige und tritt ihm mit den Reitstiefeln auf die Hände. Ohne Frühstück geht es dann zum ersten Arbeitseinsatz im Stall. Unter dem strengen Kommando der Aufseherinnen heißt es ausmisten, die Kühe melken und putzen. Das kärgliche Mittagessen aus Brei in einem Blechnapf müssen wir im Stall einnehmen. Dann werden wir ohne eine Pause hinausgetrieben auf die Felder. Dort müssen wir je nach Bedarf entweder ganz altmodisch mit Sense und Sichel das Korn ernten oder hinterher nur mit Hacke und Spaten das abgeerntete Feld umgraben. Wenn wir am späten Nachmittag erschöpft vom Ernteeinsatz zurückkommen, werden wir erst wieder mit kaltem Wasser abgespritzt, dann gibt es wie morgens nur Brei und Wasser als Abendessen in den Zellen, und wer bei der Feldarbeit auffällig geworden ist, dem pisst seine Wärterin noch zusätzlich in den Brei.

Nach dem kargen Mahl ist die Zeit der Wärterinnen gekommen. Bevor jeder Sklave für die Nacht eingeschlossen wird, bekommt er Besuch von Ilonka und einer ihrer strengen Wärterinnen. Wenn sie einen Grund zur Bestrafung haben, oder einen erfinden, dann wird diese nun vollzogen. Als neuester Sklave im Stall komme ich zuletzt dran und die Damen lassen sich beliebig viel Zeit mit mir. Die Wärterin liest meine Vergehen vor, echte und erfundene, und Ilonka verkündet mir die Strafe dafür, anschließend führen beide sie gemeinsam durch. Dazu setzt sich Ilonka vor mir auf einen Stuhl und presst meinen Kopf fest zwischen ihre uniformierten Schenkel, während die Wärterin hart mit der Peitsche zuschlägt. Als ich mit rotem Hintern endlich aus der Umklammerung befreit werde, ist die Tortur aber noch lang nicht zu Ende. Jetzt schnallen sich beide Damen einen Dildo um und ficken mich abwechselnd in den Arsch oder ins Maul. Erst dann sind sie zufrieden und lassen mich für die Nacht allein in der kargen Zelle.

So verläuft im Prinzip jeder Tag und am Ende meiner Strafzeit kehre ich noch einmal weiter abgemagert, geläutert, gedemütigt und absolut gehorsam in den Schoß meiner Herrin zurück. Allerdings gibt es noch von einem Tiefpunkt zu berichten:

Um mich besonders zu demütigen bietet mich Ilonka am letzten Abend den anderen Sklavinnen und Sklaven zur Folter und Benutzung an, und die machen reichlich Gebrauch davon, ohne jede Gnade mit ihrem armen Mitgefangenen. Vor allem die drei anwesenden Sklavinnen fallen über mich her. Eine setzt sich auf mein Gesicht und lässt sich von mir lecken, während sich eine andere meinen Schwanz und die Eier vornimmt und sie foltert. Die männlichen Slaven hingegen, wollen alle nur von mir geblasen werden und nicht mehr. So habe ich an diesem Abend nicht nur einen roten Arsch, sondern auch blutig gekratzte Eier, einen wunden Schwanz und eine dicke Zunge vom vielen Lecken.

Zwei Monate später veranstaltet Mistress Lorinda wieder eine besondere Party. Dazu lädt sie ihre speziellen Freundinnen ein, und als Attraktion des Abends stellt sie ihnen ihre gebrandmarkte Sklavin vor. Natürlich muss ich Auskunft geben, wie es war, als ich so schlimm gezeichnet wurde und wie ich mich jetzt mit meinem Brandzeichen fühle. Bereitwillig und ehrlich berichte ich über alles, insbesondere den Anlass meines Brandings, also über meinen missglück-ten Fluchtversuch, aber auch, dass ich mich jetzt nach all den Torturen wieder so fühle, wie es vor meiner Todsünde einmal war und jetzt wieder sein muss: Demütig und willig, jeden Befehl meiner Herrin zu erfüllen, innerlich bereit, für immer zu dienen und als totale Sklavin zu leben, ohne eigene Ansprüche und nur von dem einen Wunsch erfüllt, seine Herrin glücklich zu machen.

Nachdem die Damen mich ausgiebig inspiziert haben, wollen sie mehr.

»Ich möchte ihm den Arsch striemen und sehen, ob er schreit, wenn ich auf sein Branding treffe«, meldet die Erste ihre Wünsche an.

Eine andere will auf das Brandmal pissen. Die meisten wollen es nur genau anschauen und dann von mir geleckt werden. Und so diene ich allen nach Wunsch unter Benutzung aller meiner Löcher. Damit bin ich nun wieder vollständig aufgenommen in die Welt meiner Mistress. Ich werde täglich benutzt und habe an nichts anderes mehr zu denken, als daran, wie ich meiner Herrschaft am besten dienen kann.

Kapitel 32

Ein halbes Jahr nach meinem gescheiterten Fluchtversuch geschieht dann plötzlich ein Wunder: Master Dillon stirbt völlig überraschend an Herzversagen. Mistress Lorindas Trauer hält sich in Grenzen, meine sowieso, und so beschließt sie schon bald danach, nach gebührender, aber kurzer Trauerzeit mich endlich auch offiziell zu heiraten. Diesmal fällt die Hochzeitszeremonie jedoch noch viel extremer aus und findet natürlich in unserem Haus und im engsten Kreis der Familie und Freunde statt. Ich werde meiner zukünftigen Eheherrin von Glenda und Paul, die unsere Trauzeugen sind, in Ketten zugeführt. Nackt und mit schweren Eisenschellen an Hals, Hand- und Fußgelenken wie ein Südstaatensklave vor einhundertfünfzig Jahren werde ich vor den Altar im Atrium unseres Hauses, einem schweren Eichentisch geschleift und dort von Mistress Lorinda regelrecht geopfert. Ich muss mich auf den Tisch legen und werde festgebunden. Dann muss ich noch einmal ewige Treue und absoluten Gehorsam schwören und schließlich wehrlos hinnehmen, dass sie mir mit einem Skalpell ein deutliches ›M L‹ auf den Bauch über dem Schwanzansatz ritzt. Damit es eine sichtbare Narbe gibt, reibt sie anschließend Asche und Salz in die Wunde.

Dann schließt sie meinen Schwanz auf und besiegelt den neuen Bund mit meinem Samen, indem sie mich mit kundigem Handgriff zum Abspritzen bringt. Anschließend entfernt sie die Ringe aus meiner Vorhaut und verschließt mich zum ersten Mal direkt mit dem Schloss durch die Löcher. Dieser Verschluss sitzt viel fester und enger als die einzelnen Ringe und erlaubt mir von nun an überhaupt kein richtiges Wichsen mehr. Die Falle der totalen Keuschheit ist endgültig zugeschnappt. Aber es kommt noch mehr. Meine Eheherrin teilt mir mit, was sie in Zukunft mit mir vorhat.

»Ich werde dich gänzlich zur Frau machen und dich dann als meine richtige Sklavin halten! Ich werde dich derart total entmannen, dass dein Schwanz nutzlos wird und ich ihn entfernen könnte, weil ich nur noch deine Zunge zum Lecken brauche. Gleich morgen fangen wir damit an, dich so zu trainieren, aber erst müssen wir dies noch ein wenig feiern und dich von den Trauzeugen benutzen lassen!«

Mein Kopf hängt bei der ganzen Prozedur nach hinten über die Altarplatte und so darf mir Paul nun seinen Schwanz ins Maul stopfen und mich besudeln, während Mistress Glenda mir einen Dildo in den Arsch rammt. Als Paul von mir ablässt, steigt Mistress Lorinda so über mich, dass sie mir ins Maul pissen und mir damit Pauls Samen auswaschen kann. Und als Höhepunkt wichst Mistress Lorinda meinen Schwanz ein zweites Mal, besonders brutal, bis ich mühsam noch mal komme. Aber es tröpfelt nur noch.

»Du siehst, dein Schwanz taugt eh nicht mehr zu viel, also kann ich ihn auch abschaffen!«

Ich bin unsicher, was sie wohl genau vorhat, aber ich werde es erfahren. Für heute ist unsere kleine Feier beendet, ich werde aus meinen Eisen befreit und darf mich anziehen, natürlich nur noch Frauenkleidung.

Als Erstes schleppt Mistress Lorinda mich am nächsten Morgen zu ihrer Frauenärztin Linda, die ja auch ihre Freundin ist. Auch dazu trage ich natürlich Frauenkleider. Ich muss mich vor ihr ausziehen, dann untersucht sie mich gründlich und macht einen Hormonspiegel. Im Zuge dessen kommentiert sie meine Brüste mit, »das ist ja schon ein guter Ansatz!« Und meinen Schwanz mit »den brauchst du ja nun nicht mehr, den könnte man eigentlich gleich ganz abschneiden!«

Meine Herrin hat mir vorher befohlen, was ich der Ärztin zu sagen habe. Auf ihre Frage nach meinen Wünschen antworte ich deshalb gehorsam:

»Ich möchte gern noch mehr feminisiert werden, ich möchte wie eine Frau leben dürfen.«

Und so muss ich unterschreiben, dass ich alles Weitere freiwillig auf mich nehme. Dann verschreibt sie mir Hormone, die ich regelmäßig einnehmen muss, damit meine Brüste wachsen und meine Libido abnimmt. Zusätzlich soll ich meine Brüste täglich massieren und mit einer Saugglocke strecken, damit sie schneller größer werden.

Mistress Lorinda will, dass ich ein 85B-Körbchen voll ausfülle. Deshalb achtet sie auch genau darauf, dass ich meine Pillen unter ihrer Aufsicht auch wirklich regelmäßig einnehme. Dazu muss ich mich jeden Morgen vor sie hinknien, sie steckt mir die Entmannungspille ins Maul und reicht mir einen Becher frische Pisse zum Runterspülen. Dann wartet sie, bis ich alles brav geschluckt habe.

Als Nächstes entfernt sie mir sämtliche Körperhaare, bis auf die auf dem Kopf. Zunächst benutzt sie dazu einen Rasierer, später kauft sie ein Epiliergerät und foltert mich regelmäßig damit, indem sie mir spätestens alle vierzehn Tage die Haare an Brust, Achseln, Armen und Beinen herausreißt. Ich muss bei allem Schmerz allerdings zugeben, dass es geil ist, auf diese Art mit der Zeit eine schöne glatte Haut zu bekommen. Meine Kopfhaare dagegen lässt sie lang wachsen. Als sie die nötige Länge erreicht haben, geht sie mit mir zu ihrer Friseuse und lässt sie zu einem schönen Pagenschnitt schneiden. Zusätzlich trage ich erst einmal weiter meine blonde Perücke. Als Belohnung darf ich schon mal die zukünftigen Freuden der Weiblichkeit genießen. Ich darf mit ihr einkaufen gehen und sie schenkt mir noch einmal ganz neue Kleidung, weil sie mich ab sofort Tag und Nacht nur noch total fraulich sehen will. Dazu kauft sie mir wunderschöne Wäsche, elegante, zarte Spitzenwäsche für die Dame, nuttige Ouvert-Slips für die Schwanzhure, strenge Mieder und züchtige Kleider für die Dienstmagd Erika, sowie natürlich auch Putzkittel und Kopftücher. Aber ich bekomme auch elegante Kleider, Schuhe und Strümpfe. Am Ende bin ich total neu eingekleidet und darf meine männliche Kleidung nur noch zur Arbeit tragen oder wenn nicht eingeweihter Besuch kommt und ich mich als Mann geben muss. Aber vor Familie und engen Freuden bin ich ab jetzt auch äußerlich nur noch Erika, die Schwanzhure und Dienstmagd.

Kapitel 33

Unsere Hochzeitsreise machen wir nach London. Dort besuchen wir auch eine Fetischparty und treiben uns ausgiebig in den entsprechenden Läden z.B. in der Camden Road herum. Südlich von der Victoria Brücke finden wir ein tolles Korsettgeschäft, dessen Adresse meine Herrin schon zu Hause im Internet gefunden hatte. Sie geht mit mir hinein und zwingt mich, die Verkäuferin zu bitten, mir verschiedene Korsetts anzubieten. Bei der Gelegenheit erzählt meine Mistress der Verkäuferin, dass sie mir eine enge, frauliche Taille formen will und dass deshalb das Korsett entsprechend stark und gut tailliert sein muss, damit sie mich richtig schnüren kann. Jetzt weiß ich also, warum sie mich hierher geschleppt hat. In der Umkleidekabine muss ich mich bis auf den Slip nackt ausziehen und die Verkäuferin hilft mir in jedes Modell hinein, schnürt es etwas und zeigt mich dann meiner Herrin. Der gefällt am besten ein schwarzes Modell aus starkem Satin mit Metallstäben, Vorderverschluss und Rückenschnürung, das die Brüste frei lässt. Daraufhin zeigt ihr die Verkäuferin, wie man es richtig schnürt. Dazu muss ich mich auf den Teppich legen, die Verkäuferin stellt sich über mich, zieht jeweils kräftig an den Schnüren und steigt mir zusätzlich mit dem Fuß ins Kreuz, bis das Korsett so eng sitzt, dass ich kaum atmen kann. Aber schon zeigt sich, welch schöne Taille man dadurch bekommt. Und so ist die Entscheidung gefallen. Heute darf ich das Korsett noch mal ausziehen und bezahlen, aber ich weiß, was zu Hause folgen wird: Tägliches Einschnürtraining, bis sich meine Figur deutlich in Richtung weiblicher Kurven verändert.

In einem Gummi-Fetisch-Laden entdeckt meine Herrin zwei weitere, sehr aufregende Dinge, die ich ihr dann unbedingt kaufen muss:

Das erste ist eine Kombination aus einem engen Miederhöschen aus Gummi mit einem fest angeschlossenen Schlauch. Dieser führt zu einer Kopfmaske und endet dort in einem Knebel. Natürlich probieren wir das Ganze im Laden an. Der Sklave muss sich die Maske überziehen und bekommt den Knebel, in dem der Schlauch endet, fest in den Mund geschnallt. Dann zieht sich die Herrin das Miederhöschen an, sodass das Schlauchende direkt vor ihrer Harnröhre liegt. Jetzt kann sie einfach loslassen und der Sklave bekommt frisch von der Quelle ihren goldenen Nektar gespendet.

Das zweite ist ein Gummiganzkörpersack, aus beinahe durchsichtigem aber festem Material. Er hat einen langen Reißverschluss bis zum Hals und eine angesetzte Kapuze, ebenfalls mit Reißverschluss aber in die Gegenrichtung von oben nach unten. Man kann also einen Sklaven gefesselt hineinstecken und die Reißverschlüsse soweit zuziehen, wie man das Opfer quälen will. Je weniger Luft es bekommt, desto mehr schwitzt es und schwimmt im Nu in seinem eigenen Saft. Und wenn man lang genug darin gefangen gehalten wird, dann muss man sicher auch noch pissen und saut sich so zusätzlich selbst so richtig ein.

Kaum aus London zurück, nutzt meine Herrin ihre Neuerwerbungen weidlich aus. Jeden Tag steckt sie mich für einige Stunden ins Korsett und schnürt es, so eng es geht. Dazu muss ich mich auf den Boden legen, sie steigt mir ins Kreuz, zurrt die Schnüre ganz fest und lässt mich so für sie arbeiten.

Wann immer sie mich besonders quälen will, benutzt sie jetzt den Fesselsack. Sie steckt mich nur zur Strafe hinein, fesselt mich und legt mich z.B. zusätzlich im Garten in die Sonne, damit ich fürchterlich schwitze. Oder sie sperrt mich eine ganze Nacht darin ein, und wenn sie mich morgens befreit, sind mehrere Liter Flüssigkeit im Sack, ich bin total dehydriert und sehe völlig verschrumpelt aus.

Die neue Pissvorrichtung nutzt sie immer dann, wenn ich bei ihr im Bett schlafen darf. Dazu muss ich entweder gefesselt davor knien oder verschnürt neben ihr liegen. Sie zieht sich das Gummihöschen an und stülpt mir die Maske über den Kopf und prüft den richtigen Sitz des Knebels in meinem Maul und der Anschlüsse in Maske und Höschen, damit die Verbindung unbehindert ist. Wenn sie dann nachts mal muss, wache ich davon auf, dass ihre warme Brühe an mein Maul klopft und sofort darf ich ihre Pisse demütig schlucken, warm und frisch von der Quelle. Eine wahrhaft würdige Behandlung für mich Sklaven!

Nach über 20 Jahren bei IBM in USA kann man regulär Pension beziehen. Daher verlangt Mistress Lorinda von mir, dass ich einen Antrag auf Frühpensionierung stelle, um dann nur noch ausschließlich für sie da zu sein. Natürlich gehorche ich, und nachdem ich sechs Monate später pensioniert bin und nicht mehr ins Büro muss, kann und muss ich nun auch 24 Stunden am Tag in weiblicher Kleidung herumlaufen und Mistress Lorinda so in allem dienen.

Auf Dauer beginnen auch die Hormone zu wirken: Nach einem Jahr hat Mistress Lorinda ihr erstes Ziel erreicht. Mein Busen ist deutlich gewachsen und viel empfindlicher als vorher. Er füllt jetzt ein B-Körbchen gut aus und fühlt sich toll an. Meine Haut ist weicher geworden, meine Körperhaare fast weg, mein Bart auch ziemlich, und umgekehrt ist mein Schwanz schlaff und kaum noch hoch zu bringen. Also alles im Sinne meiner Herrin. Aber ich muss weiter Hormone schlucken, damit der Umwandlungsprozess irreversibel wird und ich nie wieder zurückkann, genau so wie meine Herrin es will.

Und auch das Korsett zeigt Wirkung: Meine Taille ist durch das tägliche Training deutlich enger geworden, mein Brustkorb hat sich gehoben und gleichzeitig hat sich das leider vorhandene Fett mehr auf die Hüften verlagert, ich bin also auch in meinen Formen etwas weiblicher geworden.

Damit bin ich noch untrennbarer mit meiner Mistress verbunden und werde ganz sicher nie mehr aus ihren Fängen frei kommen. Natürlich werde ich auch für immer keusch gehalten, aber ich darf jetzt wenigstens ab und zu das Ehebett mit meiner Mistress teilen, sie dort anbeten und zärtlich verwöhnen. Ich darf sie lecken, ich darf alles, was sie nur von mir verlangen kann, nur ficken darf ich sie nie wieder, falls ich es überhaupt noch könnte. Ich bin jetzt zu einer richtigen Sklavin geworden, äußerlich bereits zur Frau umgestaltet, innerlich ein quasi kastrierter, total unterworfener Mann. Und weil es Mistress Lorinda gefällt, mir immer wieder zu zeigen, wo ich hingehöre, und weil sie mich gern von ihren Freundinnen benutzen lässt, muss ich auch weiterhin viele Nächte in meinem Kerker verbringen. Normalerweise kettet sie mich abends an und befreit mich erst morgens wieder, damit ich ihr diene.

Kapitel 34

Aber sie will noch mehr, und so schleift sie mich eines Tages wieder zu ihrer Freundin Linda in die Praxis. Als wir im Behandlungszimmer sind, befiehlt Lorinda mir, vor Linda niederzuknien.

»So und jetzt trage ihr deine Bitte vor!«

Mit diesen Worten zwingt sie mich, das aufzusagen, was sie mir vorher eingetrichtert hat.

»Sehr geehrte Frau Doktor, ich ersehne mir nichts mehr, als endlich eine richtige Frau zu werden. Deshalb möchte ich sie bitten, alles nötige zu veranlassen, damit ich mein Geschlecht umwandeln lassen kann!«

»Na sieh mal einer an, da haben die Hormonpillen ja sehr schön gewirkt. Jetzt bist du also bereit, den einzig richtigen und konsequenten Schritt zu gehen. Natürlich bin ich auch dafür, eine richtige Frau aus dir zu machen, und ich werde als nächstes der Ärztekommission empfehlen, deiner Geschlechtsumwandlung zuzustimmen. Ich kümmere mich um alles und sage euch Bescheid, wenn es soweit ist. Bis dahin nimm schön weiter deine Hormone und freu dich darauf, dann dein altes Geschlecht ein für alle mal hinter dir zu lassen.«

Nach einigen Wochen Wartezeit, die für mich von Angst und Unsicherheit geprägt sind, ist es dann soweit: Ich habe einen Besprechungstermin bei einer plastischen Chirurgin, werde von Lorinda hingebracht und erfahre dort erst mal die Voraussetzungen für eine Umwandlung:

Ich muss seit über einem Jahr wie eine Frau gelebt haben – das habe ich erfüllt.

Ich bin es gewohnt, komplett wie eine Frau zu leben, und werde von meinem Umfeld auch als solche akzeptiert – na ja, da bin ich mir nicht so sicher.

Es besteht kein äußerer Druck – doch, meine Herrin übt intensiven Druck auf mich aus. Nur sie will mich wirklich zur Frau machen, aber wenn ich das hier sage, dann bringt sie mich um.

Ich fühle mich schon sehr lange oder seit Geburt als Frau, das stimmt auch nicht, aber weil meine Herrin es will, gibt es auch hier nur ein JA.

Ich habe schon vorher weibliche Hormone zu mir genommen – ja, auch hier weil Lorinda es wollte. In der Realität wird kein Mann freiwillig weibliche Hormone zu sich nehmen, wenn sein Streben nicht wirklich dem weiblichen Wesen gilt. Aber da ich längst kein richtiger Mann mehr bin, sondern ein Sklave, schlucke ich willig die weiblichen Hormone.

Der geistige Zustand wurde durch einen Psychologen untersucht und wurde für normal befunden und der Patient ist bereit, sich der Operation zu unterziehen – ja, sagt meine Herrin, und ich?

Die Ärztin ist mit meinen Antworten zufrieden, obwohl sie sieht, dass wohl nicht alles wirklich so zutrifft, und so erklärt sie mir die nächsten Schritte, die Operationen:

»Die Prozedur für die Geschlechtsumwandlung vom Mann zur Frau beginnt mit der Schaffung der vaginalen Höhle zwischen Rektum und Urethra (Harnröhre). Dann wird der Penis aufgeschnitten. Die Harnröhre wird so gekürzt und verlegt, dass sie oberhalb der neuen Vaginaöffnung zu liegen kommt.

Nachdem die vaginale Höhle geschaffen ist, schneidet der Chirurg den Hodensack auf und entfernt die Hoden. Er verwendet die Haut des Hodensacks, sowie das umgebende Gewebe, um die externen Genitalien wie kleine und große Schamlippen zu formen und so eine Neo-Vagina zu schaffen, die den biologischen weiblichen Genitalien sehr ähnlich ist.

Danach wird der Arzt die Klitoris nachbilden. Dazu verwendet der Chirurg einen Teil der Eichel mitsamt den intakten Blutgefäßen und Nervenbahnen. Durch die erhalten gebliebenen Nervenenden wird später ein sexuelles Lustempfinden möglich sein (die Nerven der Peniseichel entsprechen denen der Klitoris). Die neu geschaffenen weiblichen Genitalien, haben praktisch die gleiche Form wie die natürlichen. Selbst die Klitoris ist ja nachgebildet und wird sexuelle Gefühle ermöglichen. Nur das Scheidensekret kann nicht gebildet werden.

In einer weiteren Operation wird die Brust vergrößert. Die Behandlung mit Hormonen führte zwar zu einem Wachstum des Busens. Aber das reicht deiner Herrin nicht. Sie will, dass du Körbchengröße C hast, und deshalb werden wir eine operative Vergrößerung vornehmen.

Damit du eine schöne Stundenglasfigur bekommst, werden wir dann auch den Hintern mit Silikonpolstern so formen, dass ein schöner Weiberarsch entsteht.

Einige Transfrauen entschließen sich zu einem Eingriff, mit dem die tiefe Stimme weiblicher gemacht wird (Stimmlifting). Das geschieht durch Straffung oder Kürzung der Stimmbänder. Aber damit warten wir erst mal, bis du dich an dein neues Leben gewöhnt hast.«

Jetzt weiß ich also, was mich erwartet. Ich bin starr vor Angst. Ich fürchte mich vor so einem großen Schritt und auch vor den chirurgischen Eingriffen als solchen. Deshalb falle ich vor meiner Herrin auf die Knie und bitte sie:

»Lass mir noch ein wenig Zeit zum Nachdenken, Herrin. Ich bin noch nicht soweit!«

Meine Herrin ist äußerst ungehalten über meine Weigerung.

»Ich dachte du bist fest entschlossen und jetzt machst du auf einmal einen Rückzieher in allerletzter Sekunde. Aber gut, wenn es denn sein muss, dann stimme ich zu und gewähre dir ausnahmsweise deine Bitte. Du bekommst also noch einmal Bedenkzeit.«

So fahren wir erst einmal unverrichteter Dinge wieder nach Hause. In den nächsten Tagen insistiert sie immer wieder, ob ich mich nun entschieden hätte, aber ich bleibe bockig. Selbst durch heftigste Züchtigungen und Foltern lasse ich mich nicht dazu bewegen, jetzt schon »Ja« zu sagen.

Kapitel 35

Dann, ein paar Tage später kommt die Überraschung:

»Lass uns erst einmal Urlaub machen, damit du alles in Ruhe überdenken kannst. Wir fliegen nach Thailand. Ich habe bereits die Flüge und ein schönes Hotel für uns gebucht. Dort kannst du dann völlig ungestört die richtige Entscheidung treffen.«

Ich bin begeistert und zugleich abgelenkt, denn sofort muss ich alle Reisevorbereitungen treffen. Eine Woche später sitzen wir im Flieger und zwei anstrengende Tage später in einem tollen Strandhotel nicht weit von Bangkok entfernt. Wir genießen die Ruhe und den tollen Service, ich entspanne mich total und vergesse das Thema Operation. Aber dann passiert es: Als ich am dritten Tag morgens aufwache, spüre ich sofort, dass etwas nicht stimmt. Richtig, ich bin gefesselt. Da kommt auch schon meine Herrin aus dem Bad, sieht dass ich wach bin, und verkündet mir:

»Guten Morgen Sklave! Jetzt ist es soweit! Jetzt lasse ich dich zur Frau machen!«

Ich bin schockiert.

»Aber ich hab mich doch überhaupt noch nicht entschieden« versuche ich zu protestieren.

»Das interessiert mich jetzt nicht mehr. Du hattest reichlich Gelegenheit, darüber nachzudenken und JA zu sagen, aber nichts ist passiert. Ich habe längst entschieden, dass ich eine Sklavin aus dir machen will und so geschieht es. Jetzt eben ohne deine Einwilligung! Ich habe dich nur deshalb nach Thailand gebracht, weil es hier so einfach und auch preiswert ist, zur Frau gemacht zu werden.«

Verzweifelt versuche ich mich zu wehren, aber die Fesseln sitzen gut und ich habe keine Chance.

»Gib es auf, dich dagegen zu stemmen, jetzt ist es zu spät, es nutzt dir nichts mehr. Es ist besser für dich, wenn du dich einfach hingibst und dich freust, dass du endlich zur Frau wirst.«

Damit stopft sie mir einen Ballknebel ins Maul und bindet ihn mit dem Riemen ganz fest. Dann greift sie nach dem Telefon und spricht kurz mit jemandem. Minuten später klopft es an der Zimmertür, Mistress Lorinda öffnet und ein Arzt sowie zwei stämmige Pfleger treten ein. Lorinda übergibt dem Arzt einen Stapel Papiere:

»Er hat schon alles unterschrieben und ist bereit. Aber weil er ein wenig Angst vor der Operation hat und weil er gern als Sklave hingeführt werden will, hat er mich gebeten, ihn zu fesseln und zu knebeln, um ihm zu helfen. Sie können ihn also einfach so einpacken und mitnehmen.«

Habe ich richtig gehört? Ich soll unterschrieben haben? Da hat dieses Weib doch sicher meine Unterschrift gefälscht, und ich werde gegen meinen Willen operiert. Ich bin starr vor Schock. Ich werde mit Gewalt zur Operation geschleppt und kann mich nicht wehren.

»Damit dein Sklave ganz ruhig bleibt, werde ich ihn ein wenig sedieren«, höre ich den Arzt sagen.

Damit tritt er an mein Bett, zieht eine Spritze auf, bindet meinen Oberarm ab und verpasst mir eine Injektion. Verzweifelt versuche ich, mich dagegen zu stemmen, doch vergeblich.

»Ihr Sklave ist aber sehr ängstlich!«

»Ja, Herr Doktor, und genau deshalb musste ich ihn so vorbereiten. Für den Transport sollten sie ihn vielleicht besser gut einpacken, damit wir kein Aufsehen erregen.«

Jetzt kommen die Pfleger auf mich zu, nehmen eine große Decke aus dem Schrank, wickeln mich darin mit angelegten Armen ein wie ein russisches Baby und verschnüren mich als Paket. Dann spüre ich noch, wie ich weggetragen werde, aber gleichzeitig bewirkt die Spritze, dass ich hilflos eindöse. Im Krankenhaus angekommen werde ich wieder ein wenig wach, finde mich festgeschnallt auf einer fahrbaren Krankenliege und merke, dass wir einen Gang entlang rollen. Meine Herrin drückt mir die Hand und flüstert mir ins Ohr:

»Freu dich darauf, liebste Erika, dass du jetzt endlich zur Frau wirst!«

Dann werde ich in den OP gefahren. Dort nimmt man mir die Fesseln ab, schnallt mich auf den Operationstisch, legt mir eine Maske übers Gesicht und betäubt mich richtig. Im Nu versinke ich in die Narkose und die OP kann beginnen. Als ich (wie sich hinterher herausstellt viele Stunden später) wieder aufwache, sitzt meine Herrin neben meinem Bett und strahlt mich an.

»Jetzt habe ich mein Ziel erreicht, jetzt bist du eine richtige Frau, und weil du ja total mir gehörst, bist du also nun meine süße, kleine Sklavin. Jetzt kannst du permanent und vor allen Leuten Damenwäsche und Kleider tragen, jetzt bist du endlich das, was du doch immer sein wolltest.«

Ich bin einfach platt, der Kopf ist leer und so reagiere ich nur mit schwacher Stimme:

»Ja Herrin, jetzt bin ich genau das, was Du willst, dass ich sein soll!«

In dem Moment spüre ich, dass ich schon wieder ans Bett geschnallt bin und nicht allein aufstehen kann.

»Reg dich nicht auf, meine kleine Sklavin, es ist besser so für dich, damit du keine Dummheiten machst!«

So gebe ich ganz langsam meinen Widerstand auf und beginne für mich zu akzeptieren, dass es richtig ist, was mit mir geschehen ist. Meine Demut und meine Lust zur totalen Versklavung gewinnen langsam wieder die Oberhand und ich erkenne an, dass es der richtige Weg für mich ist, auch körperlich als echte weibliche Sklavin zu leben.

Als dann Tage später alle Verbände abgenommen werden, hält mir Mistress Lorinda zum ersten Mal einen Spiegel hin und ich kann mein neues Geschlecht erkunden. Es sieht so richtig echt aus. Vorsichtig berühre ich es, muss aber mit einer eingehenden Erkundung noch einige Tage warten. Erst nachdem ich mich weiter erholt habe und alles gut verheilt ist, bestätigt mir auch der operierende Arzt, dass ich jetzt ohne Bedenken meine neue Weiblichkeit erkunden kann. Und so teste ich vorsichtig mit den Fingern, wie es sich anfühlt. Die Ärztin in Raleigh hatte recht, ich fühle in meiner neuen Klitoris sogar schon so etwas wie Lust, wenn ich sie streichle, aber mit einem echten Ausprobieren meines Frauseins muss ich noch warten, bis alles gänzlich verheilt ist. Und so sehne ich jetzt sogar mit jedem Tag den Moment herbei, an dem ich zum ersten Mal in meinem Leben als echte Frau genommen und gefickt werde.

Wir sind längst zurück in Raleigh, als Mistress Lorinda mich mit Rücksicht auf meine doch etwas angegriffene Psyche zum ersten Mal selbst als Frau benutzt, anstatt mich ohne Vorbereitung gleich einem Mann auszuliefern. Sie fickt mich ganz langsam mit einem Umschnalldildo. So sanft bin ich noch nie genommen worden, und darum genieße ich jetzt mein neues Frausein. Wochen später folgt die zweite OP dann in Raleigh, diesmal freiwillig, und nachdem ich auch die gut überstanden habe und alles ausgeheilt ist, nenne ich jetzt so richtig schöne, volle Titten (wenn auch nur 85C) und einen gut gerundeten, sich deutlich unter meinen Röcken abzeichnenden Weiberarsch mein eigen. Jetzt brauche ich natürlich noch einmal neue Wäsche und Kleider, denn die alten Sachen sind für meinen neuen Körper etwas zu eng geworden. Und so kauft mir Mistress Lorinda nicht nur sexy Kleider, Röcke, Blusen und Unterwäsche, sondern auch neue Mieder, die meinen Arsch und meine Brüste schön fest und rund in Form pressen. Schon beim Einkaufen genieße ich jedes Detail, aber dann zu Hause beginnt eine wahre Orgie des Anprobierens und Einschnürens. Ich fühle mich herrlich und bin nun meiner Herrin wirklich dankbar, dass sie mir all dies ermöglicht. Sie nimmt mir nun endgültig meine noch verbliebene Männerkleidung weg und in einer kleinen Zeremonie verbrennt sie sie vor meinen Augen auf dem Grill im Garten. Darum muss ich sie natürlich vorher auf Knien bitten und ihr noch einmal sagen, dass ich nichts anderes sein will als eine Frau und als solche ihre Sklavin.

Am nächsten Tag bringt sie mich zu ihrer Frisöse und lässt mir per Dauerwelle einen Lockenkopf machen. Als Folge davon wissen im Nu alle Bekannten, Freunde und Geschäftsleute in unserem Umfeld über mich Bescheid.

Kapitel 36

Allzu lang kann ich meine neue Frauenrolle nicht unbeschwert genießen, denn schon bald kommen ernste Pflichten auf diese Frau zu, denn meine Herrin will mich gegen Geld an Männer verleihen, sie will mich also zu einer richtigen Hure machen, die für sie anschaffen gehen muss. Mistress Lorinda will mit dieser Aktion allerdings nicht in erster Linie Geld verdienen, sondern vor allem meine Demütigung noch mehr vertiefen. Für jüngere, knackige Burschen komme ich ja als Hure sowieso nicht in Frage, dafür bin ich viel zu alt. Stattdessen schwebt ihr wieder etwas besonders Extremes für mich vor: Sie will mir nur wohlhabende alte und sehr alte Freier zuführen und die dürfen zusätzlich auch gern hässlich sein. Nur viel Geld müssen sie haben, denn sie will mich als etwas besonders Wertvolles und Außergewöhnliches teuer verkaufen, als eine Frau, die in ihrem früheren Leben ein Mann war und vielleicht immer noch wie ein Mann fühlt.

Nach ihrer Meinung werden solche alten Kerle sicher ganz besonderen Spaß daran haben, mich als ehemaligen Mann extra tief zu erniedrigen, indem sie mich als Hure missbrauchen und mich zwingen, ihre ungewaschenen Schwänze zu lutschen. Diese neue Aufgabe soll eine Last für mich sein, kein Vergnügen und manchmal soll es auch eine Qual sein, vor allem dann, wenn die geilen alten Säcke nach Schweiß riechen und ihr Schwanz nach abgestandener Pisse.

Was wird in mir vorgehen, wenn sie alle meine nunmehr drei Öffnungen benutzen können? Wie sehr werde ich als Hure leiden, wenn ich von den alten geilen Böcken so richtig missbraucht und zusätzlich auch noch verbal erniedrigt werde? Aber genau das ist es doch, was meine Herrin erreichen will. Deshalb preist sie mich im Internet so an, dass genau die von ihr erwünschte Klientel angesprochen wird. Ich soll auf der untersten Stufe von allen Nutten stehen, zu allem benutzbar, willig auch den perversesten Wunsch meines Kunden zu erfüllen. Und damit das ungestört geht, findet meine Prostitution im Regelfall bei uns zu Hause statt. Dazu lässt Mistress Lorinda Dillons altes Fickzimmer, also den Raum, in dem er stets seine Sekretärinnen gevögelt hat, zu einem speziellen Gästezimmer mit kleinem Duschbad umbauen. Es liegt besonders günstig und direkt zugänglich gleich neben der Haustür. Wenn mein angemeldeter Gast eintrifft, führt meine Herrin ihn in dieses Zimmer, er darf ihr seinen vorher vereinbarten Obolus entrichten und es sich bequem machen. Natürlich kann er auch noch duschen, aber meine Herrin ermutigt ihn eher dazu, es nicht zu tun. Wenn er bereit ist, werde ich ihm von Mistress Lorinda in Hurenkleidern und mit auf dem Rücken gefesselten Händen zugeführt und übergeben. Natürlich weiß ich nie im Voraus, was der Herr bei meiner Mistress gebucht hat. Wenn er z.B. für eine Vergewaltigung gezahlt hat, fällt er vielleicht ohne Vorwarnung gleich über mich her, reißt mir die wenigen Kleider vom Leib, die ich tragen darf, wirft mich aufs Bett, presst mir die Schenkel auseinander und dringt brutal in mich ein. Um dem Mann etwas zu bieten, muss ich natürlich mitspielen, mich zum Schein wehren und damit seine Geilheit und Brutalität nur noch mehr reizen, bis er mich beschimpft und vielleicht sogar schlägt oder würgt. Dann heule ich wirklich und gebe mich schließlich seiner Übermacht hin. Die Männer, die diesen Service gebucht haben, sind hinterher immer besonders begeistert und kommen wieder, während ich mit aufgesprungenen Lippen und Veilchen am Auge zurückbleibe und Angst vor ihrem nächsten Besuch habe.

Nur wenn die Männer eine richtige SM-Session mit mir als Sklavin (und evtl. meiner Mistress als Herrin) gebucht haben, findet das Ganze im Keller statt. Solch einen Besuch genießt meine Herrin dann ganz besonders, denn es gefällt ihr zuzusehen, wie ich von anderen grausam gepeitscht und gefoltert werde. Außerdem bin ich hinterher immer besonders handzahm und devot für sie da.

Übrigens erwähnen die meisten Männer hinterher auch, dass ich eine sehr gut gelungene Frau geworden sei. Das macht mich dann gleich wieder stolz, denn ich bin über die Jahre so wunderbar devot geworden, dass ich jetzt nahezu ideal geeignet bin für die traditionelle

Frauenrolle des dienenden und ihren Körper jederzeit devot hinhaltenden Weibchens. Damit eigne ich mich auch wunderbar für die ausbeuterische Prostitution. Und so werde ich in den folgenden Jahren mindestens einmal pro Woche von geilen alten Männern heimgesucht, die mich gnadenlos durchficken, vor denen ich niederknien und ihre Schwänze lutschen muss, die mich gegen extra Bezahlung auch hemmungslos in den Arsch ficken oder gar im Keller als Sklavin missbrauchen dürfen. So werde ich zu einer richtigen Hure, und siehe da, ich genieße auch diese neue Rolle. Kein Gedanke an Flucht setzt sich mehr in meinem Hirn fest, nein im Gegenteil, ich bin jetzt so richtig glücklich, dass ich hundertprozentig eine Frau sein darf. Und auch der Preis, den ich für dieses Glück bezahle, meine totale Erniedrigung und meine vollkommene Fremdbestimmung, ist mir keinesfalls zu hoch. Im Gegenteil, beides gehört für mich untrennbar zusammen, Frau und Hure sein sind für mich eins!. Gerade auch, weil das dem modernen Rollenbild der Frau so gar nicht mehr entspricht, weil es so schön altmodisch ist und weil ich hier in den Südstaaten der USA damit genau richtig liege, denn hier leben noch genug Machos, die genau das wollen.

Dass ich damit so oft gefickt werde und dadurch noch gutes Geld für meine Herrin verdiene, ist auch kein Fehler. Natürlich bekomme ich von dem Geld nichts zu sehen, ich darf nur die Arbeit dafür verrichten, aber ich genieße es, dass meine Herrin stolz auf mich ist und mich immer wieder für diese meine Leistung bei den Freiern belohnt. Oft schenkt sie mir neue, geile Wäsche, ein verführerisches Parfüm, ein Paar neue hohe Schuhe, aber genauso oft belohnt sie mich mit einer Extrasession im Kerker, wo ich aber inzwischen nicht nur von ihr gezüchtigt werde, sondern sie mich immer wieder auch besonders liebevoll und zärtlich mit dem Dildo nimmt. Und so kann ich mein Frausein jetzt total genießen.

Es ist dunkel in meinem Kerker und wieder einmal liege ich mit einem dicken Kissen unterm Kopf, Hände eng an den Körper gefesselt, Augen verbunden auf meinem Fesselbett. Von oben höre ich Frauenstimmen und Lachen. Mistress Lorinda hält mal wieder eine ihrer Weiberparties (Lingerie oder Tupper oder ihre speziellen Freundinnen mit deren Sklaven, was auch immer) und ich weiß, dass dann stets noch etwas auf mich zukommt. Irgendwann kommen Schritte die Treppe herunter, meine Zellentür wird geöffnet, Kleiderstoff raschelt, und wenig später senkt sich eine duftende Fotze auf mein Gesicht. Natürlich weiß ich, was zu tun ist. Gehorsam lecke ich die Unbekannte, bis ich sie zu einem wilden Orgasmus bringe, bei dem sie mich fast erstickt. Aber heute ist etwas anders. Die Dame hat ihren Lover mitgebracht und nachdem er zuschauen durfte, lässt sie sich nun neben meinem Bett von ihm stoßen. Ich höre beide stöhnen und dann kommen und ahne, was mir noch bevorsteht: Erst setzt sich die Frau noch mal auf mein Gesicht, lässt ihre Fotze über mich auslaufen und befiehlt mir, sie schön sauber zu lecken. Wieder gehorche ich sofort und schlucke folgsam ihre gemeinsamen Säfte. Anschließend binden die beiden mir die Beine hoch und gespreizt an die Deckenhaken und dann darf ihr Lover mich noch ficken, erst in meine neue Fotze und dann noch in den Arsch. Die Dame beugt sich währenddessen über mein Gesicht, befiehlt mir, den Mund weit zu öffnen, und lässt mir ganz langsam ihre Spucke ins offene Maul tropfen. So werde ich wieder einmal meiner wahren Bestimmung zugeführt: Oraldienerin für jede Frau, der Mistress Lorinda mich ausleiht und Hure für jeden mitgeführten Mann, Liebhaber oder gar Sklaven dieser Frauen.

Kapitel 37

Meine Tochter Rebecca überrascht mich eines Tages mit dem Geständnis, dass sie nach langem Suchen und Ausprobieren zu dem Entschluss gekommen ist, sich als Ehepartner auch einen Sklaven wie mich suchen zu wollen. Sie hat so großes Vertrauen zu mir, dass sie mich bittet, ihr zu helfen, den richtigen Mann für ihr Leben zu finden. Ich schlage ihr vor, sich doch in Deutschland umzusehen. Ich weiß, dass es dort tausende junge Männer gibt, die gern Sklaven sein wollen, und man müsste nur die wenigen herausfinden und testen, die es wirklich ernst meinen. Wir würden sicher einen Geeigneten finden, den wir dann mit nach Raleigh nehmen und hier versklaven könnten. Ich schlage ihr vor, dass wir erst mal in Foren wie beispielsweise der Sklavenzentrale oder der Sadomaso Community suchen, denn dort sind noch am ehesten auch wirklich reale SM-er zu finden. Also bestände auch die Chance, reale Sklavenanwärter für meine Tochter anzulocken und dann gemeinsam austesten zu können, ob sie es ernst meinen oder ob sie nur Möchtegernsklaven sind.

Rebecca akzeptiert meinen Vorschlag, und so bereiten wir uns auf eine Reise nach Deutschland vor. Bevor wir unserer Flüge buchen, suche ich schon mal ausgiebig nach möglichen, brauchbaren Kandidaten in den verschiedenen Foren, kontaktiere sie, chatte mit ihnen, tausche Mails und Bilder aus und trenne auf diese Weise bereits recht gut die Spreu vom Weizen. Am Ende bleiben wie zu befürchten nur ganz wenige Sklavenanwärter übrig, die alle von mir aufgestellten Kriterien erfüllen. Ja eigentlich sind es nur zwei, die in die wirklich nähere Auswahl kommen. Weil wir aber zuversichtlich sind, dass mindestens einer von beiden der Richtige für Rebecca sein könnte, entscheiden wir, dennoch schon jetzt nach Deutschland zu reisen und sie zu besuchen. Also arrangiere ich alles für unsere Treffen mit den beiden und wir drei Frauen, Mistress Lorinda, Rebecca und ich fliegen gemeinsam nach Frankfurt.

Daniel, unser erster Kandidat, wohnt ganz in der Nähe in einer kleineren Stadt. Er arbeitet als Informatiker bei der deutschen Niederlassung eines US-Konzerns. Das erweist sich später als sehr praktisch für unser Vorhaben. Ich treffe ihn bald nach unserer Ankunft erst mal allein in meinem Hotelzimmer. Dazu habe ich eine heimliche Videokamera installiert, um alles, was geschieht automatisch aufzuzeichnen. Und nebenbei können Rebecca und Lorinda auf einem Bildschirm in ihrem Zimmer nebenan alles genau beobachten. Wenn ihnen der Mann gefällt, dann rufen sie unter einem Vorwand an und geben mir damit das verabredete Zeichen, um ihn in eine Falle zu locken. Wenn nicht, dann lassen wir ihn einfach wieder gehen.

Es macht mir riesig Spaß, diesen jungen Mann zu treffen, ihn auszufragen, seine Vorlieben kennenzulernen und mir vorzustellen, wie er vielleicht schon bald als wehrloses Sklavenbündel nach Raleigh verfrachtet wird, um dort dann genauso wie ich in ewiger Sklaverei zu enden. Ich frage ihn ganz offen nach allen Merkmalen eines potenziellen Subs. Ja, er kann sich gut vorstellen, von einer liebenden Frau dominiert zu werden. Ja, er hat schon oft fantasiert, von so einer Frau gefesselt und gezüchtigt zu werden, und ja, er möchte gern eine starke, selbstbewusste Frau an seiner Seite haben. Auf meine Frage, ob er sich vorstellen könnte, dass eine derartige Frau, ihn zu ihrem Sklaven machen und als solchen dann für immer behalten könnte, lacht er nur und hält dies für eine zwar schöne, aber unrealistische Fantasie. Wenn der wüsste! Da klingelt auch schon das Telefon und meine Damen signalisieren mir, dass der passen könnte. Damit folgt für mich der zweite Teil des Spiels: Jetzt erzähle ich ihm, dass ich für eine junge Freundin mit ihm Kontakt aufgenommen habe und dass diese sich wünscht, dass ich ihn erst einmal erprobe, bevor sie in Erscheinung tritt. Er ist einverstanden, ohne zu wissen, was das heißt. Und so bitte ich ihn, sich ganz zu entkleiden. Als er das ohne große Hemmungen getan hat, nehme ich seine Arme auf den Rücken und mit einem Klick schließen sich die Handschellen. Im ersten Moment ist er erschrocken und schaut mich fragend an. Ich beschwichtige ihn, streichle ihm ein wenig über die Haut, bis er sich beruhigt und wieder locker wird. In diesem Moment binde ich ihm ein schwarzes Tuch über die Augen und halte ihn dann weiter fest. Überrascht von dieser neuerlichen Wende, will er etwas sagen, aber schon hat er einen Ballknebel im Maul und ich schnalle ihn sicher hinterm Kopf fest. Jetzt sträubt er sich ein wenig, aber ein fester Griff von mir an seinen Schwanz belehrt ihn eines Anderen: Hingabe wird hier belohnt! Und so lässt er es sich gefallen, dass ich ihn so lang wichse, bis er sich nicht mehr beherrschen kann und in meine Hand explodiert. Ich halte ihn sanft fest, nehme ihm den Knebel, führe meine gut gefüllte Hand an seinen Mund und schmiere ihm seinen eigenen Samen auf die Lippen. Wenn er jetzt leckt, dann beweist er mir damit, dass er devot ist und dann hab ich ihn, dann ist all dies auf Video festgehalten und ich kann ihn damit weiterführen, dahin wo ich ihn hin haben will. Aber wie ich es befürchtet habe, wird er sich schließlich seiner Situation bewusst, beginnt sich zu schämen und weigert sich, seinen Samen zu lecken. Jetzt möchte er am liebsten freigelassen werden und gehen und alles Erlebte ungeschehen machen. Aber nicht mit mir! Jetzt erzähle ich ihm ohne ihn loszubinden, dass ich unsere gesamte Session, alles was zwischen uns passiert ist, gefilmt habe und gegen ihn verwenden könnte, sei es bei seinen Freunden, seinem Arbeitgeber oder auch seiner Familie. Mit Erschrecken beginnt er, die Ausweglosigkeit seiner Situation zu erkennen, und ich spüre, wie er unter der Last dieser Erkenntnis zusammenbricht, ganz weich wird und fragt:

»Was willst du von mir? Warum machst du das mit mir? Was habe ich dir getan?«

Als ich ihm nicht gleich antworte, sinkt er vor mir auf die Knie und bettelt:

»Bitte lass mich gehen, bitte gib mir das Video und lass mich gehen, ich habe doch nichts Böses gemacht! Bitte!«

Eigentlich könnte er mir ja jetzt leidtun, aber das Gegenteil ist der Fall, die Jägerin in mir hat ihr Opfer im Griff und genießt es. Und er sieht so schön aus, wenn er leidet und bettelt. So schön devot, so richtig zum Anbeißen. Und so schlage ich jetzt zu:

»Nein, mein Lieber, ich lass dich nicht einfach gehen. Du weißt es nur noch nicht, aber du hast mir in so kurzer Zeit schon gezeigt, dass du der ideale Ehesklave für meine Tochter werden kannst. Für sie will ich dich haben und wenn du ihr genauso gefällst wie mir jetzt schon, und wenn sie ›Ja‹ zu meinem Angebot sagt, dann gibt es für dich keine Alternative mehr. Dann musst du dich fügen, musst hier alle Brücken abbrechen und mit uns nach North Carolina fliegen. Dort werden wir dich gebührend auf dein neues Leben vorbereiten, damit meine Tochter dich schließlich offiziell heiraten und zu ihrem Sklaven machen kann.«

Jetzt ist er total baff. Er beginnt zu überlegen und seine ihm verbleibenden Optionen zu prüfen. Ich will ihm diese Möglichkeit geben. Gefesselt wie er noch ist, lasse ich ihn in meinem Zimmer allein und gehe nach nebenan, um zu hören, was meine Herrinnen von ihm halten. Mistress Lorinda ist sehr angetan von Daniel, will aber auch den zweiten Kandidaten noch kennenlernen. Rebecca stimmt ihr zu, bestätigt mir aber, dass er für ihren Geschmack äußerst gut abgeschnitten habe. Also kehre ich in mein Zimmer zurück, befreie Daniel von den Handschellen und erkläre ihm, wie es weitergeht:

»Meine Herrinnen wollen noch einen zweiten Kandidaten sehen. Wenn sie sich dann entschieden haben, rufe ich dich an. Wenn sie dich wollen, musst du in wenigen Tagen reisebereit sein. Wenn nicht, dann kannst du so weiterleben wie bisher, ohne eine Herrin. In letzterem Fall behalten wir lediglich das Video, aber nur um uns gegen eventuelle Strafverfolgung von deiner Seite absichern zu können. So und jetzt kannst du gehen!«

Nach dieser Eröffnung überrascht mich Daniel mit seiner Reaktion: Er kniet vor mir nieder und bittet mich darum, ihm ein Foto seiner zukünftigen, potenziellen Herrin zu zeigen. Ich tue ihm den Gefallen und bin noch überraschter, als er Rebeccas Foto lang anschaut und dann reagiert:

»Bitte sag ihr, dass ich bereit bin, auf dieses Abenteuer einzugehen, dass ich sie gern näher kennenlernen möchte, um zu sehen, ob wir zusammenpassen, wenn sie mich den will. Ich werde auf deinen Anruf warten, weil ich heute schon nach deiner ersten Behandlung in mir gespürt habe, dass dies meine Bestimmung sein könnte.«

Diese positive Wende macht mich sehr glücklich. Ich umarme ihn und bitte ihn um etwas Geduld. Aber ich spüre auch in mir, dass ich ihn gern zum Schwiegersohn hätte. Er geht mit einem Lächeln auf den Lippen und ich bin fest überzeugt, dass ich ihn bald wiedersehen werde.

Sofort eile ich ins Nebenzimmer. Rebecca ist begeistert von seiner Reaktion, die sie per Video ja miterlebt hat. Trotzdem muss ich natürlich erst noch den zweiten Kandidaten testen. Aber da schlägt das Schicksal erneut zu: Peter erscheint nicht zur ausgemachten Zeit vor meinem Hotelzimmer und reagiert auch nicht auf meine Anrufe und Mails. Er hat wohl kalte Füße bekommen. Aber niemand vermisst ihn wirklich. Rebecca ist Feuer und Flamme für Daniel und Mistress Lorinda ist zufrieden. Und so kürzen wir die eigentlich mit sehr viel mehr Zeit geplante Suchaktion ab. Ich rufe Daniel an und sage ihm, dass er sich zur endgültigen Auswahl den Herrinnen selbst vorstellen darf. Pünktlich zum vereinbarten Termin steht er mit zwei prächtigen Blumensträußen vor meiner Zimmertür. Ich bitte ihn herein, verlange von ihm, dass er sich wieder nackt auszieht und sich die Hände fesseln und die Augen verbinden lässt. Nun muss er sich mit den beiden Sträußen in den Händen niederknien. Jetzt bitte ich die Damen aus dem Nebenzimmer herbei. Prächtig herausgeputzt und richtig dominant aber dezent gekleidet treten sie ein und begutachten ihr Opfer ausgiebig von allen Seiten. Dann sage ich Daniel, dass er jetzt den ersten Strauß meiner Mistress Lorinda überreichen darf. Mit laut klackenden Absätzen tritt sie vor ihn und mit den gefesselten Hände bietet er ihr sein Geschenk an. Sie nimmt es gnädig an und wartet auf seine weitere Reaktion. Da flüstert er:

»Verehrte unbekannte Herrin, ich bin zu allem bereit und bitte sie hiermit, mich als den Sklaven ihrer Tochter zu akzeptieren!«

Ihre Antwort lässt ihn hoffen:

»Gut, ich werde deinen Vorschlag wohlwollend prüfen!«

Nun signalisiere ich ihm, dass er jetzt Rebecca den zweiten Strauß überreichen möge. Auch diese tritt vor ihn hin und er tut es mit den Worten:

»Sehr geehrte Unbekannte, ihr Bildnis hat mich betört. Ich kann nicht mehr anders, als mich zu allem bereit zu erklären. Wenn sie mich denn leiden mögen und sich vorstellen können, mich zu ihrem Ehesklaven zu machen dann werde ich überglücklich sein!«

Jetzt ist er also total darauf abgefahren und nichts würde ihn mehr enttäuschen, als wenn die Damen ihn ablehnen würden. Er ist wirklich bereit! Aber Rebecca hat ja längst ebenfalls Feuer gefangen. Ihr gefällt, was sie jetzt zum ersten Mal real sieht und wie er sich benimmt, und so stärkt sie seine Hoffnung mit den Worten:

»Lieber Daniel, ich liebe, was ich bisher gesehen habe und denke du könntest der Richtige für mich sein. Wenn du auch noch alle weiteren Tests bestehst, hast du gute Chancen, für immer mein Sklave zu werden!«

Damit ist es heraus: Sie will ihn, aber sie muss ihn noch weiter prüfen, ob er all ihren Ansprüchen genügt. Doch schon diese Aussicht beflügelt Daniel und er beugt sich tief gerührt zu Boden, sucht mit dem Mund nach ihren Füßen, die in eleganten Sandaletten stecken und küsst sie ganz vorsichtig und zart. Damit hat er schon die erste Prüfung bestanden: Er gefällt ihr immer mehr!

Jetzt befreie ich ihn von Handschellen und Augenbinde. Er blinzelt in die Runde, sucht das Antlitz seiner potenziellen Herrin und schaut ihr nur tief in die Augen. Dann wendet er sich Mistress Lorinda zu und als er auch in ihren Augen keine Ablehnung sieht, sagt er ganz bescheiden:

»Bitte testen sie mich! Ich bin zu allem bereit.«

Aber was gibt es da noch viel zu testen? Natürlich nimmt Mistress Lorinda sich ihren zukünftigen Schwiegersohn am gleichen Abend auf ihrem Zimmer einmal so richtig vor. Sie züchtigt ihn hart aber mit Augenmaß und er erträgt die Schläge sehr tapfer. Als weiteren Test verbindet sie ihm die Augen, führt ihn ins Bad, er muss sich in die Wanne legen und sie pisst ihm ins Gesicht. Als er auf ihren Befehl hin ohne großen Widerstand seinen Mund bereitwillig öffnet, um ihren Nektar zu empfangen, hat er auch diesen Test bestanden.

Am nächsten Morgen darf er Rebecca und Lorinda zum Shopping begleiten, und zwar in die sehr gut sortierte Wäscheabteilung eines großen Kaufhauses. Erst probieren die Damen schöne Unterwäsche an, dann nehmen sie an ihm Maß und suchen einen passenden BH, einen Slip und eine leichte Korsage für ihn, alles in elegantem Schwarz. Damit führen sie ihn in eine Damenumkleidekabine und verlangen, dass er die drei Teile vor ihren Augen anprobiert. Offensichtlich hat er das noch nie gemacht. Er schämt sich, aber er fügt sich letztlich. Als er mithilfe der Damen endlich alles an hat, öffnet Lorinda den Vorhang und bittet eine Verkäuferin herbei, um zu prüfen, ob die Größen richtig sind. Daniel möchte im Boden versinken, aber die Dame bleibt ganz cool und professionell, testet den Sitz des BHs und der Korsage und merkt an, dass er Körbchengröße 85 B nicht ausfüllt und bringt ihm den gleichen in 85 A. Sie hilft ihm beim Anziehen und siehe da, jetzt sitzt er ganz brauchbar. Damit passt alles und die Verkäuferin zieht sich wieder dezent zurück. Jetzt muss Daniel, noch bevor er sich wieder umziehen darf, vor den Damen niederknien und brav darum bitten, die drei Wäschestücke zusammen mit den von ihnen für sich ausgewählten Teilen kaufen zu dürfen. Und als ihm diese Bitte gewährt wird, muss er mit Allem zur Kasse gehen, sich in die Schlange der dort wartenden Frauen einreihen und sich ihren Blicken aussetzen. Endlich darf er mit hochrotem Kopf alle Teile auf den Tresen legen, bezahlen und mit der Tüte zu den Damen zurückkehren. Diese sind begeistert, dass er auch diese Hürde genommen hat. In der Damenabteilung erstehen sie jetzt noch eine klassische weiße Bluse für ihn, schlicht und dezent, aber aus sehr dünnem Material. Zurück im Hotel muss er sich in meinem Zimmer wieder nackt ausziehen und 'vor den Augen der zuschauenden Damen die Neuerwerbungen anziehen und sich so noch einmal präsentieren. Rebecca ergreift bei seinem Anblick als erste das Wort:

»Wenn du mit mir leben willst, wirst du ständig Damenwäsche tragen, denn ich wünsche mir einen feminisierten, weichen Mann, keinen Macho, und solche Wäsche hilft, dich so zu prägen, wie ich dich haben möchte. Sag mir, dass du dazu bereit bist und zeig es mir, indem du deine Wäsche mit Stolz trägst, dann hast du auch diesen Test bestanden.«

Daniel reagiert diesmal sofort. Er kniet nieder und sagt:

»Ja Herrin, ich bin bereit, diese schöne Wäsche zu tragen!«

Doch er hat wohl nicht mit der Gemeinheit meiner Herrin gerechnet. Mistress Lorinda holt die neue Bluse, zieht sie ihm an und schließt die Knöpfe.

»Steh auf, zieh Hose und Jackett wieder an und bleib dann so. Wir wollen, dass du in diesem Outfit auf die Straße und ins Büro gehst. Erst wenn du das geschafft hast und es uns beweist, betrachte ich diesen Test für wirklich bestanden.«

Jetzt wird es ihm doch etwas mulmig, denn die schwarze Unterwäsche schimmert wie von Lorinda gewollt recht gut durch die Bluse durch, sodass jeder, der genau hinsieht, ahnen kann, was er darunter trägt. Aber Daniel ist jetzt schon so weit in seiner Unterwerfung fortgeschritten, dass er nicht lang zögert und antwortet.

»Verehrte Mistress Lorinda, ich werde tun, was sie von mir verlangen und mich den neugierigen Blicken meiner Kolleginnen aussetzen. Als Beweis werde ich ihnen übermorgen Fotos oder Videos vorlegen.«

»Gut gesprochen und richtig gehandelt, lieber Daniel! Dann geh jetzt und erfülle dein Versprechen. Du findest uns übermorgen gegen 10:00 Uhr wieder hier im Hotel.«

Artig verabschiedet er sich von uns, wobei er vor Rebecca auf die Knie
geht. Dann ist er draußen. Ich folge ihm in gemessenem Abstand und
derart verkleidet, dass er mich nicht erkennt. Im Zuge dessen mache
ich ein paar Fotos, wie er doch etwas verschämt in der S-Bahn sitzt.
Das reicht, den Rest an Beweisen wird er uns selbst liefern, da sind
wir ganz sicher.

Kapitel 38

Zwei Tage später erscheint ein kleinlauter Daniel im Hotel und bittet die Rezeption für ihn bei uns anzurufen und zu fragen, ob er aufs Zimmer kommen darf. Aber Mistress Lorinda lehnt das ab, sondern befiehlt ihm, in der Lobby auf uns zu warten. Als wir ins Foyer runterkommen, steht er verschämt da. Er trägt unverkennbar unter seinem Jackett die neue durchsichtige Bluse und darunter die dunkle Wäsche. Die beiden Herrinnen setzen sich nebeneinander auf ein Sofa und befehlen ihm, die Jacke auszuziehen und vor ihnen auf die Knie zu gehen. Zitternd gehorcht er, und als er niederkniet, erregt er sofort die Aufmerksamkeit einiger Bediensteter im Hintergrund, die kichernd auf ihn zeigen und einer eleganten Dame, die neben uns sitzt. Interessiert schaut sie herüber und beobachtet die Szene.

»Hast du uns etwas zu sagen und zu zeigen?«, herrscht nun Mistress Lilian den armen David an.

»Ja Herrin,« stammelt der, »hier auf meinem Handy habe ich Fotos und ein Video aus dem Büro, auf dem zu sehen ist, wie ich gehorche und mich den Damen so zeige wie ich jetzt bin.«

Mistress Lorinda greift erfreut nach seinem Smartphone, sucht die Bilder und betrachtet sie amüsiert. Dann spielt sie das kurze Video ab. Es zeigt, wie er vor den Damen im Büro sein Jackett auszieht und ihnen langsam, mit lasziven Bewegungen andeutungsweise vorführt, was er darunter anhat. Dann sieht man, wie eine vollbusige, reifere Dame hinter ihn tritt, ihn umarmt, ihm dann die Bluse öffnet und durch den BH hindurch seine Brüste umfasst und streichelt. Beifall brandet auf und unter Gejohle ziehen die Frauen ihn ganz aus bis auf die Wäsche und zwingen ihn, niederzuknien und jeder die Füße zu küssen. Damit endet das Video.

Mistress Lorinda ist begeistert, dass Daniel so extrem gehorsam war und sogar noch einen Schritt weiter gegangen ist, indem er sich seinen

Kolleginnen derart offenbart hat. Das möchte sie jetzt auch live erleben und so verlangt sie von ihm, dass er hier im Foyer ebenfalls die Bluse öffnet und seinen BH zeigt. Als er etwas zögerlich zwar, aber dann doch folgsam tut, was sie verlangt, steht sie auf und macht das Gleiche wie die Dame im Büro: Sie tritt hinter ihn, umfasst seine Brüste und zeigt sie demonstrativ herum. Da greift die Dame von nebenan ein und ruft:

»So was Tolles habe ich ja noch nie erlebt! Darf ich den süßen Burschen auch mal so anfassen?«

Mistress Lorinda reagiert spontan, »Aber gern doch!«, und leiht ihn großzügig aus.

Die Dame steht auf, tritt hinter ihn und auch sie umarmt ihn jetzt und spielt mit seinen Brüstchen. Dann fragt sie Mistress Lorinda:

»Was geschieht denn nun mit dem süßen Jungen?«

Sie antwortet ungeniert:

»Wir nehmen ihn mit in die USA nach Raleigh, North Carolina, wo er dann zum Ehesklaven meiner Tochter gemacht und ihr für immer unterworfen wird.«

»Wäre es dann nicht schön, wenn man ihm hier in Deutschland noch einen Abschied bereiten würde, der den besonderen Umständen angemessen ist? Wenn sie Interesse haben, könnte ich dazu gern meine Villa zur Verfügung stellen. Sie haben ja sicher schon erkannt, dass ich ebenfalls dominant bin. Ja ich lebe meine Dominanz und halte mir seit Jahren einen Ehesklaven, der mir ein Leben in Luxus ermöglicht. Und ich habe eine Freundin, die ebenfalls dominant ist und die ich gern zu diesem Abschiedsfest dazu bitten möchte. Wir haben beide unsere Ehemänner bereits ausgiebig unterworfen, und so würden diese natürlich auch dabei sein und allen dienen. Das wäre doch eine tolle Gelegenheit: Vier Frauen die ihre Sklaven gemeinsam benutzen!«

Sie schaut mich noch einmal genauer an und fügt dann zu Lorinda gewandt hinzu:

»Ich denke ich liege richtig mit meiner Annahme, dass diese ›Frau‹ ihr Ehesklave ist, Gnädigste?«

»Ganz richtig erkannt, Erika war viele Jahre bereits mein feminisierter Sklave, bevor ich mich entschieden habe, seine schon immer vorhandene Neigung zum Weiblichen zu vollenden und ihn zur Frau umoperieren zu lassen«, bestätigt Mistress Lorinda ihre Vermutung.

Angenehm überrascht über diese Wendung stimmen meine Herrinnen sofort zu. Dann unterhalten sie sich noch eine Weile mit der Dame und planen für den nächsten Abend eine Party für vier Paare in der Villa der Lady im Nobelort Bad Homburg, nicht weit von Frankfurt. Während dieses Gesprächs kann ich mir die Dame in Ruhe näher betrachten. Sie dürfte so in den Fünfzigern sein, hat eine gute Figur, schlank, mittelgroß, trägt dunkle, halblange Haare und ist dezent geschminkt. Sie kleidet sich sehr elegant und mit Stil, trägt ein graues, strenges Kostüm mit weißer Bluse darunter und hohe, schwarze Pumps. Alles in allem sieht sie wie eine wahre Lady aus. Ich vermute, dass sie Geld hat, bzw. dass ihr Mann und Ehesklave es ihr liefert, und ich bin gespannt, wie es bei ihr zu Hause aussehen wird, und was wir da so erleben werden.

Übrigens, Daniel kniet während des gesamten Gesprächs der Ladys weiter vor ihnen und muss stumm und mit hochrotem Kopf mithören, was sie besprechen und vor allem, was sie über ihn und seine Rolle reden. Nach einiger Zeit verabschieden wir uns von der Lady, sie heißt übrigens Dagmar und gehen auf unsere Zimmer. Daniel wird, so wie er ist, mitgenommen und in Rebeccas Zimmer muss er sofort wieder auf die Knie. Dann tritt Mistress Lorinda vor ihn und verkündet:

»Lieber Daniel, du hast auch diesen letzten Test mit Bravour bestanden und Rebecca und ich gratulieren dir dazu mit großer Freude. Damit betrachten wir dich als würdig, Teil unserer Familie zu werden und dich uns allen, aber natürlich ganz besonders deiner zukünftigen Eheherrin als ihr Sklave ausliefern zu dürfen.«

Dagmar erweist sich dann noch auf ganz andere Weise als sehr hilf-
reich: Damit Daniel problemlos in die USA einreisen kann, soll
Rebecca ihn noch schnell hier in Deutschland heiraten, und Damar
arbeitet in einer gehobenen Position beim US-Konsulat. Das hilft, ganz
schnell die Heiratspapiere zusammen zu bekommen, und so können
sie im Konsulat nach wenigen Tagen standesamtlich heiraten, natürlich ohne Ketten, aber Daniel ist so begeistert von seinem zukünftigen
Leben, dass er nicht zur Heirat mit Rebecca gezwungen werden muss,
im Gegenteil, er hat sich wirklich von ganzem Herzen in sie verliebt.

Kapitel 39

Schon am darauffolgenden Nachmittag fahren wir alle vier wie ver-
einbart nach Bad Homburg. An der angegebenen Adresse, einem
großzügigen Haus in einem Garten mit dicht bewachsenem Zaun
werden wir bereits von Dagmar erwartet. Sie zeigt uns erst mal ihr
Haus. Alle Räume sind dezent elegant eingerichtet, viel Weiß und
Schwarz, weiße Böden, dunkle Ledersessel, edle Holzschränke. Als
Nächstes führt sie uns durch den Garten und wir lernen sehr schnell,
dass der von außen völlig uneinsichtig und damit auch für Spiele im
Freien bestens geeignet ist. Als Letztes zeigt sie uns im Keller ihre
Spielräume. Sie sind noch größer als mein Dungeon in Raleigh und
ausgezeichnet ausgestattet mit all den schönen Foltergeräten, die man
so kennt. Ganz besonders beeindruckt mich ein drehbares Andreaskreuz. Da würde ich zu gern mal dranhängen und dann schön langsam gedreht werden bis ich kopfüber hängend erleiden muss, was
meine Herrinnen mir antun möchten. Auch ein elektrischer Flaschenzug und ein enger Eisenkäfig fehlen nicht, und ein weiß gefliester
Nassraum mit einem elektrischen Gynstuhl mitten drin lädt zu
besonderen Folterspielen ein. Es ist also alles da, was das Dominaherz
höher schlagen und das Sklavenherz in Vorfreude erzittern lässt.

Gemeinsam treffen wir nun alle Vorbereitungen. Kurz darauf kommt
auch Dagmars Mann Erich nach Hause, wird uns vorgestellt und
muss sich sofort umziehen. Als er wiederkommt, trägt er einen Ganz-
körpergummianzug, aus dem nur Schwanz, Arschspalte, Mund und
Augen herausschauen (und natürlich zwei Nasenlöcher). Dagmar
zieht ihm ein Kondom über und schickt ihn dann in den Keller, wo er
auf Knien zu warten hat. Jetzt zieht sie sich auch um und erscheint
nur wenig später in einem engen Lederdress mit straff geschnürter
Korsage, die ihren Busen schön nach oben drückt, hohen langen Stie-
feln und dezentem SM-Schmuck an Hals und Handgelenken. Gegen
18:00 Uhr erscheint ihre Freundin mit ihrem Ehesklaven. Sie heißt Lea

und ist eine vollbusige Rubensdame, die ihre Rundungen aber sehr elegant in einem schwarzen Hosenanzug mit weiter Jacke verhüllt hat. Wenn ich jetzt noch einen Schwanz hätte, würde er schon bei der Vorstellung, dieser Dame in ihrer ganzen Fülle dienen zu müssen, hart werden. Ihr Mann Roland ist schlank und groß und bereits dezent für seine Sklavenrolle an diesem Abend gekleidet. Er trägt eine schwarze Lederhose und ein weißes offenes Hemd, unter dem man das Sklavenhalsband gut sehen kann.

Wir haben uns natürlich auch bereits umgezogen und werden nun einander vorgestellt. Rebecca trägt ein langes weißes Kleid mit kurzen Ärmeln und tiefem Ausschnitt. Es fließt sehr weich über ihren schönen Körper, verdeckt ihn aber dezent, und der Rock ist so weit, dass jemand bequem darunter kriechen könnte. Mistress Lorinda trägt einen schwarzen Hosenanzug, darunter eine weiße, streng hochgeschlossene Bluse und keinen Schmuck. Daniel durfte nur einen kleinen Lederslip anziehen und darüber ein durchsichtiges Chiffonhängerchen, damit man seinen Körper total sehen kann. Und ich trage ein rosa Spitzenkleid, hohe rosa Pumps und rosa Schleifchen im Haar. Dazu bin ich grell und nuttig geschminkt und vor allem meine Lippen stark überzeichnet.

Bei kleinen Kanapees und Prosecco unterhalten die Damen sich ausgezeichnet und planen den weiteren Verlauf des Abends, während Roland, Daniel und ich uns dezent im Hintergrund halten, die Damen bedienen und vor allem gespannt sind, was uns noch erwartet. Nach etwa einer Stunde Small Talk und gemütlichem Beisammenseins ruft Dagmar dazu auf, nun in den Keller zu wechseln und das Spiel beginnen zu lassen.

Ich möchte den Leser nicht damit langweilen, wieder einmal all die Foltern und Qualen zu beschreiben, die die vier Sklaven erleiden müssen. Erwähnen möchte ich aber zwei Dinge: Erstens mein Erlebnis mit Lea und zweitens den Höhepunkt des Abends, den speziell Daniel erleben durfte.

Irgendwann im Lauf des Abends machen wir eine Sklavenversteigerung, bei der Lea mich für den Rest des Abends kauft. Das heißt natürlich, dass sie von nun an über mich verfügt, und so verfügt sie vor allem, dass ich ihre holde, recht füllige Weiblichkeit zu verwöhnen habe. Sie beginnt damit, dass sie mich in ein kleines Separee zerrt, wo ich sie vor ihr kniend ausziehen muss. Dann legt sie sich auf die gepolsterte Liege in diesem Raum und lässt sich von mir ausgiebig massieren und streicheln. Als sie genug hat, setzt sie sich auf und verlangt, dass ich jede ihrer Rundungen preise, anbete und küsse. Als Nächstes liege ich unter ihr, ihr gesamtes Gewicht ruht auf meinem Gesicht und ich lecke ihr ausgiebig Fotze und Poloch. Und zum Abschluss, nachdem sie mehrfach in mein Gesicht gekommen ist, pisst sie mir ins willig geöffnete Maul. Halb erstickt und voll mit ihrem Nektar darf ich sie ankleiden und zurück in den großen Raum führen. Bei meinem derangierten Anblick lacht Mistress Lorinda mich aus und ohrfeigt mich vor allen anderen für mein schweinisches, nuttiges Aussehen. Aber ich habe mal wieder bekommen, was besonders schön demütigend für mich ist.

Und Daniel? Nach vielen Spielchen mit einzelnen Sklaven, nach unzähligen Schlägen und dem Gejammer der hilflosen Opfer darf er sich am Ende allen vier Herrinnen gemeinsam anbieten. Sie setzen sich im Halbkreis vor ihn, er muss natürlich niederknien und Mistress Lorinda fragt ihn noch einmal:

»Bist du bereit, von meiner Tochter Rebecca in Raleigh noch einmal richtig geheiratet zu werden und fortan als ihr totaler Sklave zu leben?«

Seine klare, feste Antwort ist: »Ja, ich bin bereit dazu.«

»Bist du bereit, dich heute, sozusagen zum Abschied aus deiner Heimat, uns vier Damen ganz besonders hinzugeben und dich von uns allen ein bisschen züchtigen und quälen zu lassen, solange wir Lust dazu haben?«

Mit schon etwas weniger sicherer Stimme antwortet er.

»Ja ich bin auch dazu bereit!«

»Dann werden wir dich jetzt vorbereiten und zum letzten Mal in Deutschland so richtig Spaß mit dir haben!«

Nach dieser Ankündigung beginnt sie, ihn in einen hölzernen Fesselrahmen zu binden. Lea und Dagmar helfen ihr und so hängt er im Nu wie in einem Spinnennetz als wehrloses Opfer vor seiner zukünftigen Herrin, denn Rebecca hat sich während der Verschnürung bequem vor ihn gesetzt und begonnen, ihn mit einer Flitzpeitsche vorn zu bearbeiten. Dabei achtet sie darauf, besonders seine Eier und seinen Schwanz immer wieder zu treffen, dass er vor Schmerz aufjault. Als er beginnt, den Damen zu laut zu werden, verstopft Dagmar ihm das Maul mit einem riesigen Ballknebel und Lea bindet noch zusätzlich ein breites Tuch um seinen Kopf. Und nun, wo er nur noch gedämpft stöhnen und schreien kann, greifen alle vier Damen zu den von ihnen gewählten Waffen und beginnen ihn am ganzen Körper zu striemen und zu züchtigen. Bald weiß er nicht mehr ein noch aus, sein Jammern ist schwächer geworden, und so trete ich auf den Plan, knie vor ihm nieder und tröste ihn mit meiner wohltrainierten Zunge. Mit steigendem Schwanz steigen auch seine Lebensgeister wieder und das nutzen die drei Damen und seine Braut zu noch heftigeren Schlägen und schlimmeren Grausamkeiten: Rebecca fährt mit dem Wartenbergrad kräftig über seinen gesamten Körper, Mistress Lorinda reißt ihm mit einem riesigen Dildo den Arsch auf, Dagmar ohrfeigt ihn ohne Unterbrechung und Lea sticht ihm eine Nadel nach der anderen in seine empfindlichen Brustwarzen. Irgendwann ist er einer Ohnmacht nahe und die Damen lassen es genug sein. Aber er muss bis zum Ende des Abends im Fesselrahmen hängen bleiben, während die anderen Sklaven und ich die Herrinnen zärtlich verwöhnen dürfen. Rebecca sitzt während dieser Zeit wieder allein vor ihm und schaut ihn nur an: Offensichtlich genießt sie diesen Moment des Triumphes. Sie ist sich sicher, dass sie bereits jetzt die absolute Herrin dieses jungen Mannes ist und es nach der Hochzeit für immer sein wird. Sie ist am Ziel und hat den richtigen Partner für sich gefunden. Für sie ist diese Abschiedsparty bei Dagmar sozusagen ihre Verlobungsfeier. Und ich bin glücklich, dass ich so viel zu ihrem zukünftigen Glück beitragen durfte.

Am Ende des Abends verabschieden wir uns von Dagmar und Lea und ihren Ehesklaven, bedanken uns für ihre Gastfreundschaft und Hilfe und laden sie zu einem Gegenbesuch in Raleigh ein. Damit endet unser Aufenthalt in Deutschland und wir bereiten alles so schnell wie möglich für unsere Heimreise vor.

Kapitel 40

Wie bringt man einen Sklaven unauffällig aber doch stilvoll von Deutschland nach USA? Mit dem Flugzeug? Da ist es sicher unmöglich, ihn in Handfesseln mit an Bord zu nehmen, und jede weitere entsprechende Aktion im Flugzeug wäre auch nicht sehr angebracht. Also überlegen Mistress Lorinda und ich, ob stattdessen eine Schiffsreise möglich wäre, während der man den Sklaven seinem Status entsprechend bequem halten und ihn ungestört behandeln und missbrauchen kann. Nach einigem Suchen und vielen Telefonaten finde ich für uns in der Reederei MACSHIPS das Richtige. Sie bietet auch Frachtschiffreisen an, und das beste Angebot für uns ist folgendes: Etwa alle vierzehn Tage verlässt ein Schiff dieser Reederei Antwerpen mit direktem Kurs nach Charleston, South Carolina, und diese Schiffe haben alle zwei Unterkünfte für Gäste. Sie liegen auf dem obersten Deck unter der Brücke und gegenüber der Kapitänssuite. Jedes ist ein Apartment für zwei Personen mit eigenem Bad. Bei Vollpension und persönlichem Service dauert die Überfahrt etwa sieben Tage. Das erscheint Mistress Lorinda genau richtig, und so buche ich für unsere Überfahrt beide Kabinen auf dem Schiff, das als Nächstes losgeht. Es ist die Diamond Land, und sie wird nun auch den armen, glücklichen Daniel ins gelobte Land bringen.

Schon vor der Party bei Dagmar hat Mistress Lorinda David befohlen, sich für seine endgültige Abreise vorzubereiten, die Wohnung zu kündigen, all sein Eigentum schnell zu verkaufen oder zu verschenken, sich von seiner Familie zu verabschieden usw. Bei seiner Arbeitsstelle beantragt er sowohl eine Beurlaubung hier in Deutschland, als auch schon den zukünftigen Wechsel zur Muttergesellschaft in den USA. Da ergeben sich keine ernsten Hindernisse. Natürlich muss alles sehr rasch gehen und er hat keine Zeit zum Nachdenken. Pünktlich am Tag vor unserer Abreise findet er sich wieder im Hotel ein. Mistress Lorinda hat ihm befohlen, ohne jegliche eigene Dinge zu erscheinen, nur was er auf der Haut trägt. Für seine zukünftige Kleidung haben die Damen inzwischen gesorgt, denn schon auf der Überfahrt wollen sie ihn ja als Dienstmädchen kleiden und halten. Seine männliche Kleidung braucht er nur noch zweimal, bei der Ausreise in Antwerpen und zur Einreise in den USA. Ansonsten wird ihm alles Männliche abgenommen und entsorgt.

Stattdessen haben die Damen sowohl ein Halsband als auch Hand- und Fußfesseln (mit Kette dazwischen) aus Edelstahl für ihn gekauft. Jetzt muss er vor ihnen niederknien und sie legen ihm das Halsband an und schließen es ab. Den Schlüssel erhält Rebecca und sie hängt ihn sich um den Hals. Dabei muss er noch einmal ewigen Gehorsam schwören. Für den Transport zum Schiff werden ihm im Zimmer die Hand- und Fußfesseln angelegt und so wird er dann, umringt von uns dreien, unauffällig zum Lift und mit diesem in die Tiefgarage geführt und im Kofferraum unseres gemieteten VW Passat Variant sicher verstaut. Davor kommt dann unser Gepäck, sodass niemand von außen den armen Daniel sehen kann, und so vorbereitet können wir endlich mit unserem neuen Besitz losfahren. Kurz vor Antwerpen übernachten wir noch einmal in einem süßen, kleinen Hotel. Unsere Zimmer haben schwere Fachwerkbalken, und sind sehr gut geeignet, unseren Sklaven zu fixieren, während wir drei Essen gehen.

Am nächsten Morgen können wir aufs Schiff. Wir fahren mit dem VW direkt vor die Treppe, lassen Daniel aussteigen, nehmen ihm kurz die Fußkette ab, decken einen Mantel über die gefesselten Hände und führen ihn so an Bord, ohne dass jemand seine Handschellen sieht und sich Gedanken macht. Sobald er in Rebeccas Zimmer ist, muss er sich nackt ausziehen, seine Männerkleidung wird in einen Koffer gepackt und verschlossen und dann wird er neu eingekleidet. Jetzt bekommt er auch noch seinen, ebenfalls in Frankfurt gekauften KG angelegt, muss schöne Spitzenwäsche anziehen, ein Dienstmädchenkleid darüber und wird dann wieder in Ketten gelegt. Dem Kapitän erzählen wir, dass er sich nicht gut fühlt, sehr leicht seekrank wird und viel Ruhe braucht und wir sie deshalb in der Kabine mit Essen aus der Messe versorgen.

Am nächsten Morgen legt das Schiff ab und schon in der Schelde Mündung bei langsamer Fahrt beginnen die Damen mit dem Erziehungsprozess. Auf der gesamten Überfahrt lassen sie Daniel nie aus dem Zimmer und halten ihn stets in Ketten. Morgens bekommt er Frühstück, das ich ihm aus der Offiziersmesse mitbringen muss. Tagsüber hat er den Damen zu dienen, und das geht von der Fußpflege über Massagen, Vorlesen, ja sogar Vortanzen unter Anleitung einer Flitzpeitsche, bis zum Lecken ihrer göttlichen Mösen. Dazu muss er sich in absolutem Gehorsam üben und z.B. ohne zu murren eine Stunde auf einem Holzscheit knien oder längere Zeit streng gefesselt im Kleiderschrank stehend verbringen. Zum Abendessen bringen die Ladys mal ganz normales Essen für ihn mit, aber auch schon mal ihre Reste aus der Messe, die sie dann in einen mitgebrachten Hundenapf füllen, sie mit Pisse verrühren und ihn zwingen, die Schale vor ihnen zu leeren. Anschließend sitzen die Damen über ihn (und mich) zu Gericht, und wenn einer von uns im Lauf des Tages etwas falsch gemacht oder sich daneben benommen hat, dann folgen jetzt Verurteilung und sofortige Bestrafung. Wenn das Urteil auf Züchtigung lautet, dann wird der Delinquent natürlich mit Rücksicht auf die Crew geknebelt und fixiert und erst dann wird kräftig zugeschlagen.

Für die Nacht wird Daniel immer an Hand- und Fußgelenken in Ketten gelegt, bekommt eine Maske über den Kopf gezogen und wird neben dem Bett seiner zukünftigen Eheherrin mit Halsband und Kette an einem Bettfuß fixiert und dann zugedeckt. So darf er schön unbequem auf dem Boden schlafen.

Auf die Art gewöhnt er sich ganz schnell an sein zukünftiges Leben. Die Crew bekommt ihn so überhaupt nicht zu Gesicht. Und da er bei Windstärke 9 bis 10 im offenen Atlantik wirklich seekrank wird und sich ständig erbrechen muss, kann er sowieso kaum etwas essen. So muss er auch aus diesem Grund einfach in der Kabine bleiben. Als wir dann nach acht recht stürmischen Tagen in den Hafen von Charleston einlaufen, beginnt die umgekehrte Prozedur wie bei der Abreise. Dazu muss er natürlich kurze Zeit ohne Handschellen auskommen, aber nach acht harten Erziehungstagen an Bord besteht absolut keine Fluchtgefahr mehr. So kommen wir problemlos durch Customs und Immigration, nehmen uns wieder einen Mietwagen und fahren ein Stück nach Norden Richtung Heimat, bevor wir zur Nacht in einem guten Motel einkehren. Hier wird Daniel wieder in Ketten gelegt, wir holen uns Essen und Getränke aufs Zimmer, füttern ihn, nachdem wir fertig sind mit den Resten und gehen früh schlafen, denn morgen wollen wir am Ziel sein.

Am nächsten Morgen frühstücken wir alle vier in einem Denny's Restaurant so richtig traditionell südstaatlich, mit reichlich Eiern, Speck, Hash-Browns, Pancakes und Grits, dem geschmacklosen, grießähnlichen, weißen Brei. Auch Daniel darf ein komplettes Frühstück zu sich nehmen, und er hat nach gerade überstandener Seekrankheit und seiner Behandlung an Bord in all den Nächten so richtig Hunger. Allerdings muss er mit Handschellen mit einer kurzen Kette dazwischen essen, und die Bedienung schaut ihn deshalb sehr neugierig an. Als er fertig ist, kettet Mistress Lorinda ihm die Hände wieder hinter dem Rücken zusammen und führt ihn so öffentlich gedemütigt durch das Restaurant zum Auto, wo er wieder einmal in unbequemer Haltung in den Kofferraum gelegt wird. Nach zehn Stunden Fahrt und mit Pausen erreichen wir schließlich unser Ziel und parken vor unserer Haustür. Nun holen die Damen den steifen Daniel aus dem Kofferraum und führen ihn gemeinsam ins Haus und dort gleich in unseren Dungeon, denn er soll schon vom ersten Augenblick an wissen und spüren, dass er hier in diesen Mauern und von diesem Moment an nur noch Sklave ist, Sklave seiner Eheherrin Rebecca und zusätzlich seiner strengen Schwiegermutter Mistress Lorinda. Nach einer kurzen Erfrischungspause für die Damen folgt unweigerlich seine erste harte Auspeitschung in seiner neuen Heimat. Dazu wird er von uns dreien gemeinsam nackt auf den Bock geschnallt und dann darf er zum ersten Mal so richtig genießen, was es heißt, in einem der immer noch rassistischen Südstaaten der USA ein wirklicher Sklave zu sein. Damit er nicht zu laut schreien kann, stopfen die Damen ihm einen Ballknebel ins Maul und schnallen ihn hinterm Kopf ganz eng fest. Dann greifen sie jede zu einem Schlagwerkzeug, stellen sich vor ihn und zeigen es ihm.

»Mein lieber Sklave Daniel, mit diesen Peitschen werden wir dich jetzt gemeinsam und gleichzeitig zum ersten Mal richtig hart züchtigen, damit du für immer weißt, was es bedeutet, wenn du es jemals wagen solltest, ungehorsam zu sein oder gar aus deiner Sklaverei entfliehen zu wollen! Du bekommst von uns beiden je einhundert Hiebe, damit du hinterher nicht mehr sitzen kannst und dich für die Zukunft stets daran erinnerst!«

Dann legen sie los. Gleichmäßig und synchron schlagen sie von beiden Seiten auf seinen Arsch ein. Alle zehn Hiebe machen sie eine kurze Pause, wechseln die Seiten, prüfen den Arsch ihres Opfers, streicheln ihm tröstend die Wangen, nehmen erneut Maß und schlagen wieder zu. Für mich als demütig davor kniende Sklavin ist diese Züchtigung sicherlich genauso beeindruckend wie für Daniel, vor allem deshalb, weil ich nach je zehn Hieben für ihn von jeder Herrin eine scharfe Ohrfeige bekomme. Als er es endlich unter Tränen und hilflosen Schreien überstanden hat, darf ich ihn trösten und streicheln und ihm seinen Schwanz blasen, damit er auch gleich erfährt, was es heißt zwar streng behandelt, aber auch geliebt zu werden, so wie man eben einen Sklaven liebt: Mit strenger Hand! Sanft küsse ich sein tränenüberströmtes Gesicht und salbe seinen rotgestriemten Arsch mit einer heilenden Creme ein. Dann befreie ich ihn vom Bock, führe ihn in seine Zelle und lege mich mit ihm ins Bett. Auf ausdrückliche Erlaubnis der Herrinnen darf er mich nun sogar ficken, und hinterher blase ich ihm wieder seinen Schwanz, bis er noch mal in meinem Maul explodiert und dann total erschöpft einschläft. So beginnt sein Sklavenleben in Raleigh, North Carolina!

Kapitel 41

Die eigentliche öffentliche Hochzeit meiner Tochter Rebecca mit ihrem Daniel feiern wir natürlich als großes Familienfest, ähnlich wie damals vor vielen Jahren meine Hochzeit mit Glenda. Daniels Eltern und ein mit ihm schon lang befreundetes Paar sind natürlich auch eingeladen. Kein Uneingeweihter kann sofort erkennen, dass es sich hier um eine Femdom-Ehe handelt, aber wer genau hinsieht, der spürt das Besondere an dieser Beziehung. Auch seine Eltern erahnen, dass ihr Sohn sich in die Hände einer liebevollen, aber konsequenten Eheherrin begibt. Aber da er restlos glücklich zu sein scheint, zerstreuen sich schnell ihre Sorgen, und die Schönheit der Braut und ihre Anmut tun ein weiteres dazu, alles in eitlem Sonnenlicht erscheinen zu lassen. Am Ende gehen alle mit dem guten Gefühl auseinander, Zeugen einer sehr glücklichen und dauerhaften Verbindung geworden zu sein. Das Brautpaar wird mit Geschenken überhäuft und als ganz besondere Morgengabe erhält Rebecca von Lorinda und mir ein eigenes Haus ganz in unserer Nähe geschenkt. Das hat den großen Vorteil, dass wir alle weiterhin gemeinsam aktiv werden können, ohne viel fahren zu müssen.

Zusätzlich gibt es natürlich auch eine nicht öffentliche Feier, um den Beginn von Daniels permanentem Ehesklaven-Leben zu feiern. Auch dazu wird die Familie eingeladen, zumindest alle, die von unserem SM-Leben wissen. Auch hier gleicht die Zeremonie der meinen vor vielen Jahren, und daher will ich mich bei den Details nicht wiederholen. Auf jeden Fall ist am Ende sichergestellt, dass Daniel seinen zukünftigen Platz nicht nur in seiner Ehe, sondern auch in seiner Familie genau kennt. Alles ist zwischen uns endgültig geregelt: Es gibt drei Sklaven, Daniel, Paul und mich und alle anderen können diese drei benutzen und sich von ihnen bedienen lassen. Natürlich hat die jeweilige Eheherrin ein absolutes Vorrecht, aber es ergeben sich immer wieder Gelegenheiten, Sklaven zu tauschen oder auszuleihen, und insbesondere meine Mistress macht davon gern Gebrauch.

Nach nur sechs Monaten ist Daniels Antrag auf Übernahme in den Mutterkonzern seiner deutschen Firma hier in USA perfekt und so kann er, wie auch ich früher im Research Triangle Park, dem hightech Industriegebiet von Raleigh arbeiten. Aber genau wie ich, muss er nach der Arbeit sofort nach Hause zurückkehren und dort bis zum nächsten Morgen seinen Sklavenpflichten nachkommen. So leben wir alle glücklich und zufrieden.

Kapitel 42

Inzwischen hat Mistress Lorinda genügend Freundinnen und Bekannte, die Interesse zeigen, einen bzw. ihren Mann zu dominieren. Deshalb kommt sie eines Tages auf die Idee, einen Klub dominanter Frauen zu gründen. Ziel dieses Klubs soll es sein, dominanten Frauen ein Forum zu bieten, in dem sie ihre Leidenschaft so richtig entdecken, entwickeln und ausleben können, aber auch in welchem sie Gelegenheit haben, sich mit gleichgesinnten Frauen auszutauschen und natürlich auch sich an geeigneten Männern zu erproben und auszutoben. In kurzer Zeit werden fünf Paare Mitglied sowie drei Singlefrauen. Zu den ersten Meetings kommen nur die Frauen zusammen und besprechen sowohl Organisatorisches, als auch das weitere Vorgehen in Bezug auf ihre Männer. So beschließen sie, zur Einführung ihrer Ehemänner jeweils nur einen Mann allein bei einem Treffen zu haben, damit sich alle Damen darauf konzentrieren können, ihn schon in der ersten Sitzung gemeinsam zu brechen und in seine neue Rolle ausgiebig einzuführen und ihn zu lehren, was es heißt, in Zukunft der Sklave ihrer Ehefrau oder Partnerin zu sein.

Frank ist der Erste, der von seiner Frau Eliza mitgebracht wird. Er ist der geborene Untertan, und deshalb ist es ganz einfach, ihn in seine zukünftige Rolle einzuweisen. Beim ersten Mal sind alle neun Damen anwesend. Eliza führt Frank ins Wohnzimmer und er sieht sich acht strengen Damen gegenüber, die im Halbkreis vor ihm sitzen. Als Erstes befiehlt Lady Eliza:

»Zieh dich nackt aus und knie vor uns nieder!«, erst erschrickt er und schämt sich, aber dann gehorcht Frank gleich und legt seine Kleider ab.

Als sich sein Schwanz dabei regt und nach oben bewegt, wissen alle, dass er längst bereit ist für die Rolle des Devoten. Und so fragt Eliza ihn:

»Bist du bereit, dich ab sofort meiner Macht unterzuordnen und mir in allem zu gehorchen?«

»Ja, ich bin bereit«, kommt es leise und noch immer etwas zögerlich aus seinem Mund.

»Zum Zeichen deiner Unterwerfung werde ich dich jetzt züchtigen, und du wirst dazu alle anwesenden Damen darum bitten, mir dabei zu helfen.«

Rot vor Scham und stotternd antwortet er:

»Verehrte Damen, ich bitte sie demütig darum, meiner Herrin bei meiner Züchtigung zu helfen.«

»So ist es brav. Dann fangen wir mal an. Beug dich nach vorn über den Stuhl vor dir und nimm alles tapfer hin!«

Nun ergreift jede Frau nacheinander ein Schlagwerkzeug, tritt hinter Frank und zieht ihm zehn Hiebe über. Weil es das erste Mal ist, sind sie noch recht gnädig, und so ist am Ende zwar Franks Arsch rot, aber die Striemen sind nicht aufgeplatzt. Nun darf er aufstehen, sich artig bei allen Damen per Fußkuss bedanken und ist entlassen. Das bedeutet, er darf sich in die hinterste Ecke setzten und dem weiteren Verlauf zusehen.

So folgen bei den nächsten Treffen nach und nach die anderen vier Männer. Manche sind etwas störrischer, dafür fallen dann die Hiebe etwas heftiger aus. Der letzte, der vorher rein gar nichts mit Femdom im Sinn hatte, wehrt sich gegen alles. Er will sich partout nicht unterordnen, aber seine Frau hat es so beschlossen, und so kommt es, wie es kommen muss: Die anderen acht Frauen stehen alle auf, bilden einen Kreis um den Mann, packen ihn und halten ihn ganz fest. Eine zieht ihr Höschen aus und stopft es ihm als Knebel ins Maul und bindet ihn mit einem Tuch fest. Eine andere stülpt ihm einen Sack über den Kopf, sodass er nicht mehr sieht, was mit ihm passiert. Dann fesseln sie ihn, schneiden ihm die Kleider vom Leib, zwingen ihn auf die Knie und binden Hand- und Fußgelenke zusammen. Nun bricht die Hölle über ihn herein. Als Erstes züchtigt ihn seine Frau mit einem dicken Lederrohrstock, bis er trotz Knebel schreit. Dann gibt sich jede der acht anderen Damen sehr viel Mühe, ihn ebenfalls kräftig zu striemen, und so endet das Ganze in einer Orgie von Hieben, die er nicht unbeschadet überlebt. Am Ende ist er gebrochen, liegt winselnd am Boden und als seine Frau ihn fragt:

»Bist du nun bereit, mir zu dienen und zu gehorchen?«, da kommt von ihm nur ein weinerliches Kopfnicken.

So sind nach nur vier Abenden alle Männer auf den richtigen Weg gebracht, und der Klub kann sich um die Suche nach weiteren Mitgliedern und vor allem nach ledigen, devoten und diskreten Männern kümmern. Durch Anzeigen in den einschlägigen Magazinen und Internetforen, sowie durch Mundpropaganda wächst die Zahl der festen Mitglieder schnell auf 13 Paare und die drei Singlefrauen. Dazu kommen viele männliche Kandidaten, die vor allem von den drei ungebundenen Ladys ausgiebig getestet werden, bevor sie bei unseren Meetings anwesend sein dürfen. Einmal im Monat findet von nun an ein regelmäßiges Klubtreffen statt, reihum bei einer der Damen zu Hause. Bei solch einer Veranstaltung empfängt gewöhnlich der jeweilige Haussklave die Gäste an der Eingangstür bereits in demütiger Haltung und nackt oder in der speziellen Dienstkleidung, die seine Herrin an ihm sehen möchte. Er führt die Damen ins Wohnzimmer und serviert Drinks und Snacks. Die Sklaven begeben sich sofort in einen vorbereiteten Raum, ziehen sich nackt aus und legen sich gegenseitig Fesseln an, Handschellen oder Ledermanschetten, sodass am Ende jeder Sklave mit auf dem Rücken gefesselten Händen am Boden kniet. Einer nach dem anderen wird dann von seiner Herrin mit verbundenen Augen ins Wohnzimmer geführt, muss sich hinknien und wird von ihr mit seinen Sünden des letzten Monats konfrontiert. Gut trainierte Sklaven gestehen sofort ihre Vergehen, fügen evtl. noch weitere, geheim gehaltene hinzu und bitten dann um strenge Strafe. Die jeweilige Gastgeberin als oberste Richterin des Abends verkündet nun das Urteil, welches in der Regel sofort von allen Frauen gemeinsam vollstreckt wird. Anschließend wird der Sklave entweder zum Küchendienst eingeteilt oder gefesselt in ein anderes Zimmer gesperrt, wo er auf die weitere Benutzung warten muss.

Renitente Burschen werden von mehreren Frauen gepackt, über einen Strafbock geworfen, festgeschnallt und dann erst einmal gründlich durchgeprügelt, bis sie nachgeben und ihre Schuld ebenfalls bekennen. Natürlich fällt dann auch die Strafe bei diesen Burschen etwas strenger aus, und sie werden auf jeden Fall hinterher streng gefesselt eingesperrt bis sie eine zweite oder gar dritte Strafrunde erleben dürfen. Nun werden zwei Sklaven aus dem Zimmer der Willigen geholt. Normalerweise sind das Solche, die am wenigsten verbrochen hatten. Diese beiden dürfen allen anwesenden Damen zur lustvollen Verfügung stehen, d.h. sie werden zum Massieren, Streicheln oder gar Lecken benutzt. Wenn eine Dame richtig intim werden will, dann nimmt sie den Sklaven mit in eins der vorhandenen Schlafzimmer. Die Damen, die das nicht wollen, bleiben im Wohnzimmer und vergnügen sich in weiteren Strafrunden an den widerspenstigen Männern, bis diese am Ende des Abends auch lammfromm sind. So ist dafür gesorgt, dass jeder Sklave das bekommt, was er verdient und jede Dame am Ende des Abends voll befriedigt ist.

Kapitel 43

Nachdem sich unser Klub dominanter Frauen auf diese Art nun etabliert hat, beschließen die Damen, jedes Jahr ein großes Partywochenende zu veranstalten, an der möglichst alle Mitglieder teilnehmen. Dazu mieten wir einen Klub oder ein exklusives Hotel, das sowohl Platz für alle Paare bietet, als auch genügend uneinsehbare Möglichkeiten, die unterworfenen Männer auch im Freien zu züchtigen. Und natürlich muss auch das Personal eingeweiht sein und sich entweder zurückhalten oder bei Interesse sich aktiv beteiligen. Das erste Mal findet das Jahrestreffen in einem richtigen Sex-Klub in einem einsam gelegenen Landhaus mit riesigem Grundstück statt. Dazu besorgen wir noch ein Paar extra SM-Geräte wie Andreaskreuz, Käfig, Sklavenstuhl und Folterbank, und dann geht es los. Der Freitagabend beginnt gleich mit einem Sklavenmarkt, dessen Erlös in die Vereinskasse wandert. Bereits zu Beginn warten sämtliche Sklaven nackt, schon in Ketten gelegt und eng aneinander gepfercht in einem kleinen Raum auf ihre Verwendung. Jeder Sklave wird versteigert, aber es gibt Frauen, die sich mehr als ein Opfer kaufen wollen, und damit deshalb keine Herrin leer ausgeht, laden wir zusätzlich einige devote Single Männer ein, die wir kennen und denen wir vertrauen können. Am Ende der Auktion hat jede Frau mindestens einen (anderen) Sklaven, den sie bis Samstagabend behalten und mit ihm machen kann, was sie will. Oberstes Gebot für alle Sklaven ist absoluter Gehorsam. Für die Ehesklaven ist dies selbstverständlich, die anderen lernen es schnell und schmerzhaft. Die Damen unterliegen keinerlei Beschränkungen, das ist ja gerade der ultimative Kick, auch für die Sklaven. Sie müssen damit rechnen, mehr abzubekommen, als ihnen lieb ist oder sie vertragen. Natürlich wird keiner totgeschlagen, aber so mancher Sklave erleidet in dieser Zeit deutlich grausamere Foltern und Züchtigungen, als er sie von seiner Herrin sonst gewohnt ist oder sich, wenn er Single ist, in seiner einsamen Fantasie ausgemalt hat. Kein Sklave hat das Recht, sich dagegen aufzulehnen. Man darf jammern und schreien soviel man will, aber wenn doch einer Widerstand leistet, wird er auf der Stelle von allen Damen gemeinsam überwältigt und dann einer noch grausameren Abstrafung unterzogen, bis er sich bereit erklärt, gehorsam in den Schoß seiner temporären Besitzerin zurückzukehren, die ihn dann noch mal so richtig nach ihren Vorstellungen züchtigt, bis er bedingungslos gehorcht.

Bevor die Damen sich nun zurückziehen, um ihre Neuerwerbung zu benutzen, werde ich noch allen ausgiebig vorgeführt. Mistress Lorinda ordert mich in die Mitte des Saales und ich muss mich nackt ausziehen. Dann zeigt sie allen meine Brüste, meinen Arsch und die neuen Geschlechtsteile und spielt an meiner Fotze und meinem Kitzler, bis ich nass werde und auslaufe. So sehen alle, wie gut meine Umwandlung in eine Frau gelungen ist. Dann reicht meine Mistress einen Stundenplan herum und alle Damen können mich für maximal eine Stunde buchen. So ziehe ich danach gemäß Stundenplan von Raum zu Raum und stehe den Damen zur Verfügung. Manche wollen mich nur genau anschauen, streicheln mich, testen meine Weiblichkeit und lassen sich von mir lecken. Andere fesseln mich aufs Bett, spreizen mir die Beine und lassen mich von ihrem neuerworbenen Sklaven durchficken, während ich ihre Fotze lecke. Eine Dame verlangt, dass ich vor ihrem Sklaven auf Zeit niederknie, ihm einen blase und dann seinen Samen schlucke. (Natürlich sind alle auf AIDS getestet und haben garantiert keine Geschlechtskrankheiten.) Eine verlangt sogar, dass ich ihre Pisse von der Quelle schlucke, während sie sich bequem über mich hockt und ihr Sklave mich fickt. Deshalb habe ich zwischen zwei Terminen stets kurz Pause, um mich frisch zu machen und mir z.B. das Maul auszuspülen. Bei dreizehn anwesenden Damen komme ich so durchaus zu einigen Stunden heißem Sex und harter Misshandlung. Am Ende bin ich ziemlich ausgelaugt und besudelt. Aber dazu bin ich ja da.

Am Samstagabend treffen sich alle Damen wieder im Saal zur Gerichtsverhandlung, während die Sklaven eingesperrt bleiben. Nun wird jeder von ihnen einzeln hereingeführt und auf Knien nackt in einen Pranger in der Mitte des Raumes gesteckt und angekettet.

Davor nehmen im Halbkreis die Damen Platz. Von der Gerichtsvorsitzenden, heute Mistress Lorinda, wird der Sklave nun aufgefordert, seine Sünden zu bekennen. Wenn er fertig ist, tritt seine temporäre Herrin als Anklägerin vor, bestätigt seine Vergehen und klagt ihn, wenn nötig all der Sünden an, die er vergessen hat. Zu diesen Vorwürfen wird er nun von mehreren Damen, den Folterhexen peinlich befragt. Dazu kommen die grausamsten Geräte zur Anwendung und es geht im Prinzip genauso zu wie im Mittelalter. Der Delinquent wird aus dem Pranger befreit, darf gefesselt in die Mitte des Raumes treten und eine der Folterhexen zeigt ihm die verschiedensten Instrumente, die an ihm angewandt würden, sollte er nicht freiwillig seine Sünden bekennen. Zu diesen Folterinstrumenten gehören z.B. lange Nadeln um sie in Brüste, Eier und Schwanz zu bohren, eine Hodenquetsche, ein Nadelrad, aber auch klassische Geräte, wie der spanische Reiter, die Dildostange und ein richtig scharfes Nadelkissen. Bei den meisten Opfern genügt (ebenfalls wie im Mittelalter) das Vorzeigen solcher Instrumente, um ihre Zunge sofort zu lösen. Aber es gibt auch Hartgesottene, die erst unter der Anwendung eines Geräts vor Schmerzen schreiend zusammenbrechen und dann reden. Egal wie lang es dauert, am Ende der Tortur gesteht normalerweise jeder alle ihm gemachten Vorwürfe und vielleicht noch mehr, denn dem Druck der Folter kann sich keiner entziehen. Anschließend berät das Gericht über das Urteil. Die Strafe richtet sich nach der Schwere der Vergehen, berücksichtigt aber auch, ob der Sklave sie gleich bekannt hat oder nur unter der Folter. Schließlich verkündet die Vorsitzende das Urteil und es wird anschießend von allen Herrinnen gemeinsam vollstreckt. Da gibt es dann viel zu hören, das Klatschen der Strafinstrumente auf nackter Haut und das Geschrei und Gewinsel der Delinquenten. Keiner kommt an diesem Tag ungeschoren davon, auch ich nicht, denn ich werde als letzte vor das Gericht gezerrt und als Sklavin der Vorsitzenden extra hart rangenommen. Auch mein Verhör unter der Folter bringt ausreichend ungebeichtete Sünden hervor. Besonders als man mir frische Brennnesseln in die Sklavinnenfotze stopft und mir dann einen Dildo rein schiebt, werde ich schnell sehr gesprächig und bekenne mich zu allen Anklagepunkten schuldig. Die daraufhin verhängte Strafe beschränkt sich nicht nur auf Schläge, sondern es gehören auch extreme Demütigungen dazu. Beim ersten Mal werde ich zum Beispiel auf einen gynäkologischen Stuhl geschnallt und hintereinander von allen Sklaven vor den Augen der Damen durchgefickt. Nach dem Abspritzen steigt der jeweilige Sklave dann über mein Gesicht und ich werde gezwungen, ihn sauber zu lecken. In einem der folgenden Jahre werde ich am Boden kniend so gefesselt, dass ich stark nach hinten gebeugt bin und mein Maul nach oben zeigt. Mit einem Maulspreizer wird es mir weit aufgehalten. Dann treten die Damen vor mich hin, beugen sich über mich und spucken mir ins Maul. Mit solchen Spielen ist auch der zweite Abend gut ausgefüllt.

Kapitel 44

Für den Sonntag gibt es kein festes Programm. Nach dem Brunch, bei dem alle Sklaven bedienen und alle Damen gleichzeitig auch intimsten Service genießen können, treibt jeder, wozu er Lust hat. Am Nachmittag gibt es jedes Jahr einen besonderen Programmpunkt, ein Spiel, das stets eine der Damen vorbereitet. Hier eine kleine Auswahl der Beliebtesten:

Peitschenwettbewerb: Es wird eine Auswahl an Peitschen bereitgelegt und jede Herrin hat zehn Schläge frei. Welcher Sklave am besten getroffen wird und die schönsten Striemen aufweist, dessen Herrin ist die Siegerin.

Malwettbewerb: Die teilnehmenden Damen bekommen einen Satz Kerzen in verschiedenen Farben. Damit erzeugen sie auf ihrem Sklaven ein Bild aus heißem Wachs, das dann anschließend prämiert wird.

Mikado mit gefesselten Sklaven: Den Mitspielern werden die Hände auf den Rücken gefesselt und zusammen mit den ebenfalls gefesselten Fußgelenken zu einem Hogtie gebunden. Alle tragen eine Kopfmaske und müssen nun auf dem Boden kriechend versuchen, übergroße Mikadostäbe mit dem Mund zu fühlen und mit den Zähnen aufzunehmen. Die Regeln sind wie im richtigen Spiel: Wer zuerst einen anderen Stab bewegt, hat verloren. Er wird zur Strafe mit den Stäben gefoltert: So werden seine Brustwarzen, Hoden oder Schwanz zwischen zwei Stäbe geklemmt, die mit Gummis zusammengehalten werden. Vielleicht wird er auch mit den Stäben auf den Arsch oder die Fußsohlen geschlagen, oder ein Bündel Stäbe wird ihm in den Arsch geschoben. Der Sieger nach Punkten wird belohnt: Zwar bekommt er die Pluspunkte mit der Reitgerte auf seinen Hintern gezählt, aber dabei darf er sein Gesicht zwischen den Schenkeln seiner Herrin vergraben und sie lecken.

Kutschenfahrt im Garten mit zwei an die Deichsel gefesselten, gekne-
belten, nackten Sklaven, mit verbundenen Augen. Die Peitsche der
Fahrerin bestimmt Richtung und Geschwindigkeit.

Füllspiel: Die Sklaven werden gefragt, ob einer durstig ist. Wer sich
meldet, dem werden alle drei Öffnungen gleichzeitig gefüllt. Eine
Herrin in Gummihöschen mit Schlauch zum Mundknebel pisst ihn
voll, eine verpasst ihm einen Einlauf mit eiskaltem Billigsekt und eine
dritte spült ihm die Harnröhre mit Kochsalzlösung mit einem Schuss
Tabasco drin, damit es schön brennt.

Ein Sklave wird mit auf dem Rücken gefesselten Händen auf ein sehr
schmales Podest vor eine Stange gestellt, die mit einem Hodenring
verbunden ist. In den wird er eingeschlossen. Dann wird er misshandelt, um ihn zum Zucken zu bringen. Wenn er vom Podium fällt, reißt
er sich fast die Eier ab.

Abspritz-Wettbewerb: Ein Sklave muss versuchen, einen anderen nur
mit dem Mund und auf Knien zum Abspritzen zu bringen. Das Opfer
muss versuchen, standhaft zu bleiben. Die Zeit wird gestoppt. Maximal nach fünf Minuten ist Schluss. Wenn der Schwanzlutscher es
schafft, muss er natürlich den Samen schlucken. Wenn er es nicht
schafft, wird sein unfähiges Maul mit einem Pissknebel gestopft, er
wird ausgepeitscht und muss vor seinem standhaften Opfer knien
bleiben, bis dessen Schwanz von einer Dame gemolken wird und sie
ihm den Samen ins Gesicht spritzt. Der Sieger darf sich später von
einer Dame auf dem Gesicht reiten lassen.

Ich werde von meiner Herrin als Melkmaschine für die anderen Sklaven eingesetzt, d.h. ich knie mit verbundenen Augen und auf dem
Rücken gefesselten Händen, aber in schöner Wäsche vor den
anwesenden Frauen nieder. Dann werden nacheinander deren Sklaven hereingeführt und vor mir in Stellung gebracht. Nun habe ich
fünf Minuten Zeit, um deren Schwanz nur mit Mund und Zunge
hochzukriegen und zum Abspritzen zu bringen. Wenn ich es schaffe,
dann spritzt der Sklave je nach Laune der jeweiligen Herrin einfach
mein Maul voll, oder sie zieht ihn im letzten Moment zurück und er

214

spritzt mir Gesicht und Bluse voll. Im ersten Fall, wenn mein Maul voll ist, muss ich es anschließend weit aufmachen, allen Anwesenden die Zunge herausstrecken und ihnen die volle Ladung zeigen, um sie dann in tiefster Erniedrigung herunter zu schlucken. Im zweiten Fall bleibe ich besudelt wie ich bin und werde noch zusätzlich verspottet, weil ich so eine Sau bin, die mit vollgespritzter Bluse herumläuft. Dann wird der nächste Sklave geholt und vor mich geführt. Wenn ich es in fünf Minuten nicht schaffe, entweder weil ich mich zu dumm anstelle oder weil der Sklave sich innerlich weigert abzuspritzen, dann entscheidet die Herrin des Sklaven, wie ich dafür bestraft werde. So darf er mich stattdessen in den Arsch ficken oder ich bekomme von ihr ein Glas ihrer frischen Pisse geschenkt.

Sklavenjagd: Nackt, eine Hand hinterm Arsch, die andere vor dem Schwanz und dann durch die Beine zusammengekettet, so müssen sich die Sklaven im Garten verstecken. Die Damen bekommen ein Körbchen mit Eiern und gehen auf die Suche. Wenn sie einen Sklaven entdecken, bewerfen sie ihn mit Eiern. Wer getroffen ist, wird abgeführt und eingesperrt, um am Ende bestraft zu werden. Wer als Erster gefangen wird, dem wird ein Strick um die Füße gebunden und man wirft ihn, so wie er ist in den Pool. Jedes Mal, wenn er es schafft, zum Luftholen den Kopf herauszustrecken, zieht eine Herrin am Strick und ersäuft ihn so wieder. Wenn das Opfer droht bewusstlos zu werden, wird es herausgezogen und wiederbelebt. Die Jagd geht so lang, bis auch der letzte Sklave gefangen ist. Die Strafen richten sich nach der Reihenfolge, in der die Opfer gefangen werden: Je früher desto härter die Strafe! Der zuletzt gefangene bekommt einen Sonderpreis: Er darf sich wünschen, von welchen drei Herrinnen er anschließend öffentlich gefoltert werden möchte. Einmal schaffe ich es, Sieger zu werden und wähle dann unter allen Damen die grausamsten, weil ich gern möchte, dass meine Herrin besonders stolz auf mich sein kann. Bevor die drei loslegen, bitte ich allerdings um einen besonders festen Knebel. Man stopft mir ein duftendes Damenhöschen ins Maul und bindet es mit einem Tuch sicher fest. Jetzt verkünden mir die drei Damen, dass meine Herrin mich ohne irgendwelche Einschränkungen freigegeben hat, dass sie also mit mir machen können, was sie wollen. Genau das hatte ich im Stillen erhofft und fürchte es nun zugleich. Aber schon bricht die Hölle über mich herein und ich werde gefoltert wie noch nie.

Einmal veranstalten wir im Garten ein Sklavenrennen, bei dem die Opfer mit gefesselten Händen, Ketten zwischen den Fußknöcheln und verbundenen Augen so schnell als möglich zu einem Baum gelangen müssen, an dem eine der Damen ihr duftendes Höschen angehängt hat. Wer es zuerst erreicht und mit den Lippen abnimmt, ist der Sieger. Er darf das Höschen als Trophäe behalten und als weitere Belohnung wirft die Dame ihn ins Gras, hockt sich über ihn und pisst ihm ins Maul.

Zu schade, dass ich als Frau an den meisten Spielen nicht teilnehmen darf. Zum Ausgleich kettet mich meine Herrin in der Toilette an und bittet alle Damen, mich in den folgenden Stunden ausgiebig zu benutzen. Während sich dann alle anderen mit Spielen vergnügen, knie ich angekettet und blind in der Toilette und warte auf Besucherinnen. Jede Dame macht es etwas anders: Die meisten setzen sich über mein Gesicht und lassen es laufen, egal ob ich schlucke oder nicht. Einige sitzen auf mir und verlangen, dass ich alles schlucke. Eine pisst ins Becken und verlangt dann nur, dass ich sie trocken lecke, und wieder eine benutzt die bereitliegende Kombination aus engem Gummihöschen mit fest angeschlossenem Schlauch und Kopfmaske. Sie zieht das Höschen an, zwingt mich in die Maske, setzt sich gemütlich hin und lässt es laufen. Ich muss vor ihr liegen und durch meinen Knebel alles schlucken. Welch ein Vergnügen, so schön gedemütigt zu werden. Aber dann passiert etwas, mit dem ich niemals gerechnet hätte: Es kommt eine Dame in die Toilette, die ihr großes Geschäft macht. Ohne abzuspülen steht sie auf und verlangt, dass ich ihr den Arsch sauber lecke. Das kann ich nicht, das habe ich noch nie gemacht.

»Bitte nicht, Herrin!«, flehe ich die Dame an.

Doch sie kennt keine Gnade:

»Entweder du leckst mich jetzt anständig sauber oder ich stecke deinen Kopf in die Kloschüssel, bis dein Gesicht in meine Scheiße taucht.«

Was soll ich bloß tun? Ich bin mit dieser Frau allein, bin ihr ausgeliefert. Meine Herrin hat doch sicher vorher gesagt, wozu ich zu gebrauchen bin und wo meine Grenzen sind. Warum hält sich diese Frau denn nicht daran? Aber meine Herrin ist weit und kann mir nicht helfen. Was kann ich also schon tun, außer zu gehorchen, um noch Schlimmeres zu verhindern. Ich bin schon drauf und dran zu versuchen, meinen Ekel zu unterdrücken und mich langsam mit meinem Gesicht ihrer Spalte zu nähern. Da geht plötzlich die Tür auf und meine Herrin kommt herein. Sie hat geahnt, dass diese Frau zu weit gehen könnte und rettet mich in letzter Minute, indem sie ihr Einhalt gebietet und sie ermahnt, sich an die Regeln zu halten.

Ich war meiner Herrin noch nie so dankbar, wie in diesem Moment und falle vor ihr auf die Knie, um sie anzubeten. Ihre Antwort beunruhigt mich:

»Ich hätte es dir ja gegönnt, dass du so extrem gedemütigt würdest, aber da ich diese Methode ablehne, will ich auch nicht, dass eine andere Frau sie bei dir anwendet«, ist das Einzige, was sie dazu sagt.

Am Ende eines Jahrestreffens werden dann noch alle Novizen offiziell in ihr Sklavenleben eingeführt, d.h. wenn im vergangenen Jahr ein Paar neu zu unserem Klub hinzugestoßen ist, dann muss jetzt der Sklave vor allen Teilnehmern seinen Treueeid ablegen. Dazu kniet er nackt vor seiner Herrin, betet sie an und sagt:

»Ich schwöre dir, oh Herrin ewige Treue und absoluten Gehorsam. Ich schwöre dir allzeit zu dienen, mich deinem Willen zu beugen und alles hinzunehmen, was du von mir verlangst.«

Dann übergibt er ihr ein von einem Notar beglaubigtes Schreiben, in dem er all seine Konten und Geldanlagen, sowie jeglichen Immobilienbesitz auf seine Herrin überträgt und ihr ermöglicht, alle Passwörter zu verändern, sodass er nie mehr Zugriff darauf hat. So begibt er sich in die notwendige totale Abhängigkeit von seiner Herrin. Das macht man nur, wenn man es wirklich ernst meint mit seiner Versklavung, und so ist der Novize mit diesem Akt der wirklichen Hingabe in unseren Klub aufgenommen. Zum Dank bekommt er von seiner Herrin ein besonderes Geschenk, z.B. ein permanent zu tragendes Schmuckstück, wie einen Armreif, ein Fußkettchen oder ein Halsband, auf jeden Fall etwas, was er von nun an ständig tragen muss. Und zum Schluss erhält er von jeder anwesenden Dame fünf Hiebe auf den Arsch. Mit dieser Zeremonie endet dann unser Jahresfest.

So ist jedes dieser Events ein absoluter Höhepunkt für alle Beteiligten. Bei einer dieser Parties ist ein Transvestit zugegen, der eher dominant ist, und so teilt mich meine Herrin ihm als Opfer für die Dauer des Festes zu. Ich genieße es sehr, stundenlang von einem Mann in geiler Damenkleidung benutzt zu werden. Ich muss ihm mehrmals einen blasen, werde von ihm in alle Löcher gefickt, und wenn ich hierbei nicht gut genug bin, schlägt er mich. Am schönsten ist es für mich, ausgiebig seinen Schwanz lutschen und dann seinen Samen schlucken zu müssen, während ich gleichzeitig seine schöne Figur mit den Händen abtasten darf. Es macht mir richtig Freude, eine Frau mit Schwanz zu bedienen und mich von ihr ausgiebig benutzen zu lassen. Ich bin inzwischen eine derart perfekte Schwanzlutscherin geworden, dass ich dafür bei allen Männern begehrt bin. Am liebsten ist es mir, wenn ich einen noch kleinen Schwanz mit meinem Mund beglücken und langsam hochbringen kann. Es macht mir nichts aus, wenn das länger dauert. Im Gegenteil, mein Lohn ist dann der Moment, wo die Latte richtig hart steht und er mir hemmungslos ins Maul oder ins Gesicht spritzt. Davon kann ich nie genug kriegen, und damit verdiene ich ja auch als Hure sehr gutes Geld für meine Herrin.

Kapitel 45

Mein Leben verläuft jetzt in absolut festen Bahnen weiter: Ich werde Tag und Nacht von Mistress Lorinda als ihre Sklavin gehalten. Ich darf das Haus ohne ihre Erlaubnis nicht verlassen. Im Haus muss ich entweder für sie arbeiten und ihr dienen oder ich werde in meiner Zelle im Keller gefangen gehalten. Freizeit für mich gibt es nicht mehr. Wenn sie einen Raum betritt, in dem ich gerade bin, muss ich sofort niederknien, ihre Füße küssen und sie anbeten. Gleiches gilt, wenn sie mich zu sich ruft. Als Erstes erfolgt dann stets der Befehl:

»Kopf hoch, Mund auf, Augen zu! Empfange die Gunst deiner Herrin!«

Dabei lässt sie mir ihre Spucke ins willig geöffnete Sklavenmaul tropfen, und ich schlucke dankbar und demütig. Und für den Fall, dass meine Herrin pinkeln muss, steht immer der Pissstuhl bereit. Bei Bedarf muss ich mich darunter legen, mein Maul weit aufgesperrt lassen und alles schlucken, bis sie fertig ist.

Natürlich muss ich ihr in allen Aspekten des Lebens gehorchen. Jeder Fehler wird bestraft, nichts bleibt ungesühnt, und nach Belieben der Herrin nur durch Folter oder Züchtigung wiedergutzumachen. Außerdem werde ich regelmäßig von Glendas Paul als Hure benutzt und zusätzlich gelegentlich auch von Sam und Phil. Von Lorindas Freundinnen werde ich auch weiter gern missbraucht, wenn sie zu Besuch kommen, und obendrein muss ich natürlich regelmäßig als Nutte Anschaffen gehen. Einmal denkt sich dazu meine Herrin etwas besonders Erniedrigendes aus. Sie verleiht mich einen Tag lang an einen Sexklub in Raleigh, wo ich in eine winzige Kammer gesperrt werde und vor einem Loch in der Wand sitzen muss, durch welches Männer auf der anderen Seite ihren Schwanz stecken. Ich muss ihn, je nach Bezahlung mit der Hand oder dem Mund befriedigen. Man nennt so etwas Glory Hole, aber eine Glorie ist es auf keinen Fall. Im Gegenteil, ich bin einzig und allein an diesem Ort, um zutiefst gedemütigt zu werden. Und was für eine Erniedrigung ist es doch, einem anonymen Schwanz einen Gummi überzuziehen und ihn dann in den Mund zu nehmen und zum Abspritzen zu bringen. Aber es kann noch schlimmer kommen: Gegen eine fünffache Gebühr kann ein Mann verlangen, dass ich ihn ohne Gummi blase und mich von ihm auch vollspritzen lasse. Das Risiko, mich im Zuge dessen anzustecken versuche ich zu minimieren, indem ich ein großes, weites Kondom in den Mund nehme und es dem Schwanz sozusagen heimlich überstreife. Am Ende meiner Sitzung und nachdem ich genug Glorie erlebt habe, kommt noch der Besitzer in meine Kabine und fordert von mir ebenfalls, dass ich ihm einen blase. Natürlich gehorche ich und lasse es auch über mich ergehen, dass er mich anschließend noch von hinten fickt, während ich ein letztes Mal für diesen Tag einen Schwanz am Loch lutsche. Ich fühle mich also nicht nur wie eine Hure, ich bin jetzt wirklich eine, und zwar eine Nutte von der ganz billigen Sorte. Die Bezahlung für meine Dienste bekommt natürlich auch hier meine Herrin direkt in die Hand, wenn sie mich abends wieder abholt. Ich sehe davon nichts.

Wenn sich dann trotz meines Alters auch noch am Abend ein Gast für mich zuhause angemeldet hat, werde ich gleich direkt in mein Arbeitszimmer geführt. Dort verbindet mir meine Herrin die Augen, und überlässt mich dann dem Freier, der mich nach Herzenslust durchficken oder sonst wie benutzen kann, abhängig nur davon wie viel er bezahlt hat.

Kapitel 46

Im Juni 2015, ich bin jetzt fast 69 Jahre alt, feiern wir den 80. Geburtstag meiner Mistress Lorinda. Zugegeben, sie ist natürlich nicht mehr so attraktiv wie vor dreißig Jahren. Aber trotz Falten, grauen Haaren und Fettpölsterchen ist sie für mich immer noch meine absolute Herrin und als solche wird sie stets für mich die einzige Frau in meinem Leben bleiben, der ich wirklich gehöre. Keine Frage, eine jüngere Herrin wäre sicher schöner und aufregender als Frau und um sich mit ihr zu schmücken, aber was für mich wirklich zählt, ist schon lang nicht mehr die äußere Erscheinung, sondern die inneren Werte, wie man so schön sagt. Und da ist Mistress Lorinda immer noch unübertroffen. Das zeigt sich auch bei ihrer Geburtstagsfeier. Wie immer bei großen Familienfesten gibt es zwei Veranstaltungen. Die offizielle Feier machen wir mit Familie und vielen Gästen im Marriott Hotel im Research Triangle Park, da wo ich gearbeitet habe. Lorinda hat sich toll zurechtgemacht. Sie trägt ein langes, schwarzes Abendkleid mit silbernen Pailletten und hoher Taille, das ihren Busen hervorhebt und die Fettpölsterchen darunter verbirgt, dazu schwarze Strümpfe in hohen Sandaletten. Ihr Haar hat sie hochgesteckt und so wirkt sie wie immer stark und beeindruckend. Zu ihren Ehren werden Reden gehalten und viele Geschenke überreicht. Ich darf vermutlich zum letzten Mal in meinem Leben einen Smoking mit Fliege tragen. Unterm weißen Hemd ahnt man die Spitzenwäsche und mein 85B Busen wölbt sich dezent unterm Jackett. Wir genießen es beide sehr, dass Mistress Lorinda in der Öffentlichkeit so hohe Anerkennung genießt.

Aber das Beste ist dann doch die intime Geburtstagsparty im allerengsten Familienkreis. Dazu feiern wir bei uns im Haus, bzw. eigentlich in unserem Folterkeller. Und alles dreht sich an diesem Abend um die Zahl Achtzig. Auch an diesem Abend trägt meine Mistress ein schwarzes, langes Kleid, aber diesmal ein enges mit langem Seitenschlitz, durch den man ihre halterlosen Strümpfe und ihre kniehohen Stiefel bewundern kann und mit einer Korsage, die ihre Brüste noch stärker betont und anhebt. Dazu trägt sie ein Diadem wie eine Königin. Und genau das ist sie für mich, sie ist die absolute Herrscherin, nicht nur meine, sondern auch die der Familie. Sie nimmt auf einem mitten im Raum aufgestellten erhöhten Thronsessel Platz, links und rechts neben ihr, etwas tiefer sitzen Glenda und Rebecca. Und sofort bestimmt meine Mistress den Abend: Zur Einstimmung bekommt ihre Sklavin achtzig Hiebe von ihr verpasst, zu denen ich mich ungefesselt über den Bock legen und hingeben muss. Natürlich werden auch Paul und Daniel als Geschenke Glendas und Rebeccas vor Lorindas Augen hart gezüchtigt und mit je vierzig Hieben bedacht.

Der zweite Programmpunkt wird von meiner Exfrau Glenda eingeleitet. Sie wünscht sich, ihren Mann einer ganz besonderen Folter zu unterwerfen, die wie bereits erwähnt inzwischen durch die CIA als Waterboarding berüchtigt ist. Glenda möchte allerdings nicht nur Wasser durch ein Tuch übers Gesicht laufen lassen, nein sie will das Tauchbecken und den darüber angebrachten Flaschenzug dazu nutzen und ihren Paul tauchen. Er wird nackt gefesselt, Hände auf dem Rücken, dazu ein dichtgewebtes Tuch fest um den Kopf gebunden, das fast luftundurchlässig wird, wenn man es nass macht. Dann bekommt er stiefelähnliche Manschetten um die Knöchel. Diese werden in die Spreizstange über dem Tauchbecken eingehängt und er wird ganz langsam hochgezogen, bis er frei über dem Becken schwebt. Jetzt lässt Glenda ihn zentimeterweise in Richtung Wasseroberfläche sinken und dann schön langsam tiefer, bis sein Kopf ganz unter Wasser ist. So kann er erst seine Angst so richtig genießen, um danach mit großer Mühe die Luft so lang anzuhalten, bis seine Herrin geruht, ihn wieder hochzuziehen. Aber auch über Wasser ist er keinesfalls gerettet, denn das schöne, dichte Tuch lässt nun kaum noch Luft durch und Paul muss zwangsweise auch viel Wasser mit einsaugen, um überhaupt etwas atmen zu können. Dieses zweifelhafte Vergnügen gewährt ihm seine Herrin noch weitere sieben Mal (also

222

nur acht statt achtzig). Bei jedem Tauchgang lässt sie ihn zehn Sekunden unter Wasser, bevor sie ihn rettet, und so erleidet er so richtig US-amerikanische Qualen. Mit Genuss und einem gewissen Neid sehe ich dieser Folter zu, aber als Paul befreit wird, kommt erst einmal Daniel an die Reihe. Rebecca macht mit ihm zwar das Gleiche, aber im Unterschied zu Paul darf er viermal je 20 Sekunden tauchen und ist hinterher ganz schön fertig. Jetzt hält mich nichts mehr, ich knie vor dem Thron meiner Herrin nieder und bitte sie um die gleiche Behandlung, aber zugleich um den höchsten Schwierigkeitsgrad: Ich will ihr ebenfalls 80 Sekunden unter Wasser schenken, aber zweimal je 40 Sekunden und unter verschärften Bedingungen. Ich bitte sie um einen Knebel unter dem Tuch, um Klammern an Brüsten, Eiern und Schwanz und um gleichzeitige Züchtigung auf den Arsch, während ich unter Wasser bin und nicht schreien kann. Freudig gewährt mir meine Mistress diesen Wunsch. Sie lässt mich von Rebecca erst streng fesseln, stopft mir dann ein frisch vollgepisstes Höschen als Knebel ins Maul und sichert es mit einem Tuch, das sie mir sehr fest um den Kopf bindet. Rebecca bindet mir nun mein Lieblingstuch, ich nenne es wegen des Musters mein Zebratuch, fest und dicht um den Kopf. Jetzt kann ich mein Opfer bringen, kann meiner Herrin mein Leben hingeben, der Horror kann beginnen. Und es wird ein Horror: Schon während ich hochgezogen werde, treffen die ersten Hiebe auf meinen Arsch. Meine Herrin ermahnt mich, noch einmal tief Luft zu holen, dann geht es unter Wasser. Das Staccato der Schläge oben über Wasser lässt mich vergessen, die Sekunden zu zählen, aber ich halte dennoch durch, bis ich wieder hochgezogen werde. Doch das Zebratuch verhindert nahezu vollständig meine Atmung, und da ich nur die Nase zur Verfügung habe und außerdem ja kopfüber hänge, fällt es mir äußerst schwer, genug Luft für den zweiten Tauchgang in die Lungen zu bekommen. Hierzu muss ich Wasser in die Nase hochziehen und es schlucken. Ich muss würgen, aber unerbittlich senkt sich bereits mein Kopf wieder der Wasseroberfläche entgegen. Wieder tauche ich ein, wieder sausen die Hiebe auf mich nieder und ich zähle verzweifelt bis vierzig. Als ich endlich wieder hochgezogen bin, ersticke ich diesmal fast unter dem Tuch, aber meine Herrin hat erkannt, wie es um mich steht und löst es als erstes, nimmt mir den Knebel ab und befreit mich. Dann umarmt sie mich und dankt mir für das schöne Geschenk. Nass und glücklich, dass ich noch leben darf, knie ich am Ende vor meiner Mistress nieder und küsse ihre Füße.

Den nächsten Höhepunkt habe ich vorbereitet. Nach einem Trommelwirbel öffnet sich die Tür und angeführt von meiner Exfrau Glenda marschieren in Reih und Glied sechzehn Sklaven in den Kerker, jeder trägt nichts als ein eisernes Halsband, welches mit einer dicken Kette am nächsten Halsband befestigt ist. Glenda führt sie in einen Kreis vor den Thron. Auf ihr Kommando knien sie alle nieder, Gesicht zur Kreismitte und präsentieren ihre noch jungfräulichen Ärsche. Jetzt verkündet Glenda:

»Liebe Tante Lorinda, zu deinem Geburtstag habe ich dir sechzehn Sklaven mitgebracht, die du alle früher schon einmal erlebt hast, und sie bitten darum, aus diesem Anlass mit je fünf scharfen Hieben bedacht zu werden.«

Mistress Lorinda ist hocherfreut, aber da sie schon einmal achtzig Hiebe verabreicht hat, überlässt sie die Durchführung dieser Aktion Rebecca. Diese zögert nicht, greift nach einer Rinderklatsche, geht ganz ruhig um den Kreis und verpasst jedem Arsch seine fünf Schläge.

Für das letzte Highlight hat Rebecca gesorgt. Sie hat folgendes neues Gerät entworfen: Auf einem breiten Holzsockel steht ein senkrechter dicker Balken so etwa 1,5 m hoch. Etwas unterhalb der Fickhöhe ist ein kurzer, gleichdicker Querbalken angeschraubt, auf den sie ihren nackten Ehesklaven Daniel setzt. Er muss sich mit dem Kopf an den senkrechten Tragbalken anlehnen, seine Beine zieht sie hoch und nach hinten und fixiert sie mit einer Kette um den Balken. Gleiches geschieht mit seinen Händen, aber diese werden nach unten und ebenfalls hinter dem Tagbalken zusammengekettet. Jetzt ist er offen aufgespreizt und bereit für alle Schwänze in diesem Raum. Seine Herrin lädt alle ein, sich an ihm gütlich zu tun, und geht mit gutem Beispiel voran, schnallt sich einen großen Dildo um und fickt ihn vor allen Leuten. Danach bietet sie ihn Lorinda an, und die fackelt nicht lang, schnallt sich ebenfalls einen Dildo um und fickt ihn. Das Schöne daran ist, dass er seine Peiniger dabei ansehen muss, und da ihm Rebecca zusätzlich einen Ringknebel verpasst hat, ist auch sein Maul aufnahmebereit geöffnet. Das nutzen auch die Männer in der Runde, die nun dran sind. Da es genau sechs sind (Paul, Sam und Phil, Janinas Freund, Serenas Partner und ich als Exmann), ergibt das erneut die Zahl acht. Gott sei Dank muss Daniel keine achtzig Schwänze über sich ergehen lassen, aber hilflos und mit offenen Augen mit ansehen zu müssen, wie fünf Männer und ein feminisierter Exmann über ihn herfallen, ist sicher eine ganz besondere Demütigung. Danach ist er einfach nur fertig und nach dem Losbinden verkriecht er sich in eine Ecke.

Aber natürlich wollen alle anwesenden Damen an diesem Abend nicht nur foltern oder zusehen, sondern auch Lust erleben und sich dazu von den anwesenden Sklaven und Männern verwöhnen lassen. So werden unsere Zungen und Ficklöcher noch ausgiebig benutzt, bevor alle zufrieden nach Hause fahren. Es war ein gelungenes Fest, an das insbesondere wir drei Haussklaven noch lang und gern zurückdenken werden.

Kapitel 47

Mein Dasein als Sklavin ist endgültig und wird so weiter gehen bis ans Ende meines Lebens. Aber um ganz sicher zu sein, dass ich nie mehr anders leben kann und darf, macht Mistress Lorinda bei Zeiten ein Testament. Darin vermacht sie ihre Sklavin Erika mit allem drum und dran wie Bankvollmacht, Pass und jeglichen Besitz ihrer Tochter Janina. Sollte diese in dem Moment verhindert sein, so würde meine Exfrau Glenda ebenfalls gern ihre Rolle übernehmen, und mich als Zweitsklaven neben ihrem Paul halten, allerdings ohne die finanziellen Vorteile nach meinem Ableben. Janina dagegen ist seit einem Jahr geschieden und hat auch kein Interesse mehr an normalen Männern. Sie hat sich bereit erklärt, mich beim Tod ihrer Mutter zu übernehmen. Wenn meine Mistress also vor mir sterben sollte, dann wird Janina dieses Testament erfüllen, mich heiraten und weiter in strenger Zucht halten. Ihr Vorteil daran ist nicht nur, eine kostenlose Dienstmagd zu bekommen, sondern auch all mein Geld. Sie bekommt exklusiven Zugriff auf all mein Erspartes und natürlich jeden Monat meine IBM Rente, von der sie sogar noch nach meinem Tod als Witwe weiter profitieren kann. Mein Vorteil ist, dass ich garantiert bis an mein Lebensende versklavt bleibe und mir keine Sorge um ein Leben ohne weibliche Herrschaft machen muss. Und was sollte ich denn sonst tun, besonders wo ich jetzt auch physisch eine Sklavin bin! Ich tauge ja zu nichts anderem mehr als zur Sklavin und Hure! Und sollte ich einmal ein Pflegefall werden, so hat Janina natürlich das Recht, mein dann für sie unnütz gewordenes Leben jederzeit zu beenden. Damit das ohne Probleme für sie möglich ist, habe auch ich ein Testament machen müssen. Ergänzend dazu gibt es einen Abschiedsbrief, in dem ich meine Selbsttötung wegen meiner Angst vor Alzheimer und einem unwürdigen Leben im Heim ankündige. Außerdem darf ich mir in einem zusätzlichen Schreiben wünschen, wie mein Tod vonstattengehen sollte, damit er zum einen sicher als autoerotischer Unfall durchgehen wird, er mir aber zum anderen auch ein letztes

Mal sklavische Lust schenkt. In diesem Brief wähle ich nach reiflicher Überlegung ein langsames Sterben durch Ersticken. Meine Herrin soll mich zwingen, alles so aussehen zu lassen, als ob ich mich selbst gefesselt, mir dann eine große Plastiktüte über den Kopf gezogen und am Hals festgebunden hätte. Es werden nur meine Fingerabdrücke an den Seilen, Tüchern und der Plastiktüte zu finden sein. Meine Herrin wird verlangen, dass ich mich total selbst vorbereite. Und als Letztes werde ich auf ihren Befehl hin die Handschellen hinter meinem Rücken einschnappen lassen. Natürlich habe ich darum gebeten, dass meine Herrin mir mein Ende noch etwas versüßen möge, indem sie mich mit Handschuhen an den Händen foltert und geil macht, bis ich das Bewusstsein verliere. Aber wie bei Allem in meinem Leben habe ich keinen Rechtsanspruch darauf, dass es auch so kommt, wie ich es mir wünsche.

Wenn meine Herrin meinen Tod beschleunigen, oder mich für vorheriges sündiges Verhalten noch ein letztes Mal bestrafen, will, kann sie mich natürlich zwingen, mir selbst eine Henkerschlinge um den Hals zu legen, auf einen Stuhl zu steigen, das Seil um einen Deckenbalken zu binden, mir die Handschellen hinter dem Rücken zu schließen und ergeben auf ihren Stoß gegen den Stuhl zu warten. Wenn er fällt, werde ich zappelnd und röchelnd am Strick verenden. Das wäre ein würdiger Tod für eine geile dreckige Sklavin und Hure. Natürlich hätte sie auch das Recht, es noch gemeiner zu machen, indem sie mich, am besten zusammen mit einer Freundin erst sicher festhält, den Stuhl unter mir wegzieht und mich dann langsam in die Schlinge sinken lässt, so wie es die Nazischergen mit einigen Widerstandskämpfern des 20. Juli gemacht haben. So wäre gewährleistet, dass ich viel langsamer verende und noch einmal zum Abschluss besonders grausam leide.

Mein Leben ist also ganz in der Hand meiner Herrin, und nur sie oder ihre Nachfolgerin wird entscheiden, wann es Zeit ist, es zu beenden, und wie das zu geschehen hat. Und auch dann werde ich gehorchen und mich nicht widersetzen. Aber noch darf ich mein Sklavinnendasein genießen, darf dienen, gehorchen und mich nach Strich und Faden missbrauchen lassen. So kann ich mit Fug und Recht sagen, dass die Sklaverei in den Südstaaten der USA auf keinen Fall wirklich abgeschafft ist, und ich bin glücklich darüber!

Nachwort

Natürlich ist diese Geschichte zu einem großen Teil der Fantasie eines geilen, devoten Mannes entsprungen, aber sie beruht auf Tatsachen, die sich bis zu einem gewissen Zeitpunkt exakt so zugetragen haben, wie geschildert. Ich war derjenige, der im Januar 1981 von meiner Firma nach Raleigh, North Carolina geschickt wurde und habe dort meine Mistress Lorinda leibhaftig kennen und lieben gelernt. Nur hat unsere Beziehung dann aus verschiedensten Gründen auf Dauer nicht gehalten, unter anderem, weil wir keine Möglichkeit für ein permanentes gemeinsames Leben finden konnten, aber auch, weil sie den Sprung ins kalte Wasser, sprich die Trennung von ihrem Ehemann, nicht wagen wollte, der aus meiner damaligen Sicht nötig gewesen wäre. So ist unsere Beziehung vor allem auch durch die räumliche Trennung langsam immer schwächer geworden. Aber wenn mir nicht ein Jahr später in Deutschland meine jetzige Herrin über den Weg gelaufen wäre und sich im Sommer 1984 entschieden hätte, dass sie mich haben will, und wenn sie sich dann nicht einfach bei mir eingenistet und mich zu ihrem Sklaven gemacht hätte, dann wäre die Geschichte vielleicht so ausgegangen wie in diesem Buch geschildert.

Auf jeden Fall kann der geneigte Leser absolut sicher sein, dass der Autor ein echter, devoter Sub ist und bis auf den heutigen Tag hier in Deutschland als für immer keusch gehaltener Sklave seiner geliebten Eheherrin lebt, liebt, leidet und dabei absolut glücklich ist.

Buchvorstellungen

Wir hoffen, dass Ihnen diese Publikation unseres Verlages gefallen hat. Unser Verlagsprogramm umfasst inzwischen etliche Titel, die in gedruckter Form oder als E-Book erhältlich sind. Unser Verlagsprogramm wird kontinuierlich erweitert.

Um mehr über weitere Titel zu erfahren, besuchen Sie auch die Webseite des Verlags: www.schwarze-zeilen.de. Darüber hinaus finden Sie uns auch in diversen Social-Media-Kanälen, z.B. bei Twitter und Facebook.

Alle gedruckten Bücher können Sie auch direkt beim Verlag bestellen: www.bdsm-buch.de.

Auf den folgenden Seiten stellen wir Ihnen einige weitere BDSM-Titel vor. Viel Spaß beim Stöbern.

... schnell umblättern ...

Siri S - gelebte Unterwerfung

Ein autobiografischer BDSM-Roman

Siri S lebt BDSM. Sie engagierte sich lange und intensiv in der Berliner Szene, leitete das weit über die Hauptstadt hinaus bekannte »Subbiekränzchen« und die Bondage-Gruppe »Miss Rope«. In diesem Roman, der auf wahren Erlebnissen basiert, beschreibt sie, wie sie BDSM für sich entdeckt. Aus ihren Tagebuchaufzeichnungen ließ die Autorin einen Roman entstehen, der in ihrer ganz eigenen Sprache erzählt, wie sie ihre ersten Erfahrungen empfunden hat und schließlich BDSM als Teil ihrer selbst akzeptiert.

Dieser autobiografische Roman räumt mit allen Klischees über BDSM auf. Schonungslos und ehrlich erzählt Siri S und lässt die Leser daran teilhaben, wie sie ihre Neigungen entdeckt, wie sie zweifelt und schließlich zu sich selber findet. Sie schreibt von den Schwierigkeiten, den geeigneten Partner zu finden und von dem Glück, wenn man ihn gefunden hat. Sie räumt mit gängigen Klischees über BDSMler auf und am Ende werden sie feststellen, BDSMler sind auch nur ganz normale Menschen.

Lieferbar als Buch und eBook

ISBN eBook: 9783945967270

ISBN Buch: 9783945967287

Seitenzahl: 226

Format: 21 x 14,8 cm / Paperback

Verlag: Schwarze-Zeilen Verlag

Cara Morgen - Ich steh auf BDSM ... und du?

Ein Ratgeber zu den Themen: „Wie sag ich`s meinem Partner?" und „Wie finde ich den richtigen Partner?"

Dieser Ratgeber widmet sich dem richtigen Outing Ihrer BDSM-Neigung innerhalb der Beziehung. Wie bringen Sie Ihrem Partner Ihre Wünsche am besten bei – ohne dass er/sie geschockt reagiert. Wie gehen Sie mit ihrer/seiner Reaktion um? Dieser Ratgeber gibt Ihnen die passende Hilfestellung.

Sie sind auf der Suche nach dem passenden Partner im BDSM-Bereich. Was für Besonderheiten gibt es bei der Suche zu beachten und wie finde ich den Partner, der zu mir passt? Wo finden Sie überhaupt Ihren passenden Gegenpart und wie erkennen Sie ihn oder sie? Auch hier wird Ihnen der Ratgeber eine große Hilfe sein.

Folgerichtig hat Cara Morgen beide Themen in einem Buch leicht verständlich und unterhaltsam vereinigt. Denn wenn es mit dem Partner gar nicht geht und die BDSM-Sehnsüchte zu groß sind, dann erfahren Sie in diesem Ratgeber auch gleich, wie Sie beim nächsten Partner auf den oder die richtige/n stoßen.

Lieferbar als Buch und eBook

ISBN eBook: 9783945967102

ISBN Buch: 9783945967140

Seitenzahl: 172

Format: 21 x 14,8 cm / Paperback

Verlag: Schwarze-Zeilen Verlag

Tanja Russ - Fesselnde Sehnsucht

Ein Highland BDSM-Liebesroman

Rebecka und Alec kennen sich schon eine ganze Weile und zwischen den beiden knistert es gewaltig. Doch Rebecka weiß, dass Alec auf BDSM steht und das schreckt sie ab. Alec hingegen spürt, dass tief in Rebecka die dunklen Sehnsüchte von Unterwerfung und Hingabe schlummern - aber er weiß nicht, wie er ihr so nahe kommen kann, dass er ihr behutsam den Weg zur Erfüllung ihrer geheimen Fantasien zeigen kann. Schließlich versucht er es mit der Hilfe von Rebeckas bester Freundin Lea, die Sie bereits aus dem Roman „Brombeerfesseln" kennen ...

Lieferbar als Buch und eBook

ISBN eBook: 9783945967393

ISBN Buch: 9783945967430

Seitenzahl: 288

Format: 21 x 14,8 cm / Paperback

Verlag: Schwarze-Zeilen Verlag

Tanja Russ - Brombeerfesseln

Ein BDSM-Liebesroman

Lea ist 29, Fotografin und überzeugte Singlefrau. Sie steht mit beiden Beinen fest im Leben und nimmt die Männer, wie sie kommen. Doch immer fehlt ihr dabei etwas. Bis sie Lukas begegnet. Streng, dominant, leidenschaftlich, bietet er alles, was Lea sich von einem Mann wünscht. Er macht ihr das verführerische Angebot, seine Sklavin auf Zeit zu werden. Lea lässt sich darauf ein und Lukas entführt sie in die dunkle Welt des BDSM. Eine Welt voller Dominanz und Unterwerfung, Schmerz und Lust, doch auch voller fürsorglicher Liebe und gegenseitigem Respekt. Aber Ihre besondere Beziehung hat ein Verfalldatum, die Vereinbarung lautet, 6 Monate bleiben sie zusammen ...

Lieferbar als Buch und eBook

ISBN eBook: 9783945967249

ISBN Buch: 9783945967317

Seitenzahl: 254

Format: 21 x 14,8 cm / Paperback

Verlag: Schwarze-Zeilen Verlag

Vanessa Haßler - Hiebe und Küsse

Wenn Liebe wehtun muss

In zehn Episoden erzählt die Autorin aus Ihrem Leben. »Hiebe & Küsse« ist in erster Linie die Beichte einer devot veranlagten Frau, es werden aber auch Erfahrungen Gleichgesinnter berücksichtigt. So ist in diesem Buch für jeden an BDSM interessierten Leser etwas dabei, egal ob devot, dominant oder Switcher. Besonderen Wert legte die Autorin auf glaubhafte Darstellung der Charaktere und Geschehnisse, was geschildert wird, basiert weitgehend auf wahren Begebenheiten.

Freimütig erzählt Vanessa Haßler von ihrem Verlangen nach Strafe und Schlägen. Der Inhalt von »Hiebe & Küsse« hat autobiographischen Charakter, berücksichtigt aber auch die Erfahrungen von Gesinnungsgenossen. Ein deutliches Gewicht lag überdies auf der glaubhaften Darstellung der Charaktere und Geschehnisse. Alles, was geschildert wird, basiert weitgehend auf realen Ereignissen. Wenngleich es in den Geschichten mitunter hart zugeht, ist eine gewisse Harmoniesüchtigkeit der Autorin unverkennbar, neben BDSM-Erotik kommen Liebe und Romantik nicht zu kurz und meistens gibt es ein Happy End.

Lieferbar als Buch und eBook

ISBN eBook: 9783945967157

ISBN Buch: 9783945967188

Seitenzahl: 220

Format: 21 x 14,8 cm / Paperback

Verlag: Schwarze-Zeilen Verlag

Leseprobe: »Schattenkartell« von Nudio

Vorwort / Setting

Das kleinstaatliche Europa des späten 21. Jahrhunderts war nur noch ein Schatten seiner selbst, degradiert zur wirtschaftspolitischen Bedeutungslosigkeit. Nach dem spaltenden Keim des Brexits in 2016 hatte es nur noch fünf Dekaden gedauert, bis sich die EU als Institution vollständig aufgerieben hatte. Die Ökonomien des Ostens waren der Marktplatz der Welt, sich selbst befeuernd, stets hungrig aus sich selbst heraus. Europa nur noch eine verkümmerte Randerscheinung, durch protektionistische Marktpolitik auf Distanz zu den asiatischen Konsumenten gehalten, und an seiner eigenen Demografie vertrocknet.

Nudio – Fetisch-Model in eigener Sache, exportierte das Einzige, was die fernen Märkte noch aufnahmen, unter strengsten Auflagen: seinen Körper. Für jeweils 6 Monate ließ er sich staatlich anheuern zum Verleih an bizarre Ladys-only-Clubs. Sechs Monate entkleidet und entrechtet, nackt in Ketten und tabulos genital-gefoltert auf den Bühnen der Nachtclubs für ein Auskommen in seiner musealen Heimat ohne Perspektive … bis zur nächsten Saison.

Sex sells!

Ankunft – Aus der Perspektive von Nudio

236

Veronique war ihr Name. Eine traumhaft schöne Französin von geschätzt Mitte 20 aus dem Elsass. Keine 24 Stunden war es her, dass uns das Schicksal zusammengeführt hatte, auf bizarre Art und Weise.

Jetzt lagen wir zusammen auf der großen Matratze unserer gemeinsamen Zelle, ich auf dem Rücken, sie halb auf meiner Brust, Beine und Füße eng verschlungen. Veronique schlief noch. Ruhig spürte ich ihren Atem auf meiner Haut. Delikat und genussvoll war die Intimität mit ihrem Körper. Sie war nackt, wie ich, gekleidet nur in verplombte Ledermanschetten um Hals, Hände und Füße. Nicht nur die Erinnerung an unsere erste Begegnung erst am Vortag konservierte meine morgendliche Erektion.

Unsere erste Begegnung: Sie stand bereits in dem fenster- und schmucklosen Raum, den ich bereits von meiner ersten Saison kannte. Die Ausstattung des kalt beleuchteten, mit Stein gefliesten Raumes beschränkte sich auf einen Stuhl, daneben eine geöffnete Aluminium-Box. Die Offizierin, welche mich eskortierte, stellte eine weitere daneben, gab ein brüskes Kommando und entfernte sich wieder, die Türe hinter sich verriegelnd.

Die noch unbekannte junge Frau war sichtlich verunsichert, in einer Ecke des Raumes einen Schutz suchend, den es nicht gab. Kameras in den oberen Ecken des Raumes erfassten jeden Winkel, wir wurden observiert.

Wir müssen uns ausziehen und die Kleidung in die Boxen legen», begann ich unsere Konversation. Große ungläubige Augen schauten mich an. Schließlich entgegnete sie etwas auf Französisch. Leider verstand ich nicht die Worte, doch der Sinn erschloss sich mir. Fremd angekommen in einem fernöstlichen Land, eingeschlossen in einen Profanbau des Flughafens zusammen mit einem ebenso fremden Mann, konfrontiert mit der Aufforderung, alle Kleider abzulegen.

Längeres Zögern würde die Gefahr mit sich bringen, dass man uns fremdgesteuert der Kleider beraubte, also begann ich die degradierende Prozedur. Ich vermied es, ihrem Blick zu begegnen, aber ich spürte ihn ohne Unterlass. Als ich alle meine Habseligkeiten in der Box verstaut hatte, zog ich mich selbst in die gegenüberliegende Ecke zurück, den Blick von ihr abgewendet. Es war das letzte Fragment an Intimität, welches ich ihr anbieten konnte. Die Steinfliesen unter meinen nackten Fußsohlen, ließen mich bereits meinen sozialen Stand für das nächste Halbjahr spüren: SM-Sklave.

Es dauerte noch wenige Minuten, dann hörte ich die zögerlichen Schritte ihrer Absätze. Ein Reißverschluss öffnete sich dezent sirrend, Stoffe falteten sich leise gedämpft auf dem Boden der Box, schließlich das Einrasten des Deckels in seine Spannschlösser. Unentschlossene Stille, dann doch das softe Auftreten nackter Füße, elektrisierend ihre sanfte Berührung meiner Schulter: »Je suis Veronique.«

Zögerlich drehte ich mich zu ihr. Allein das Kopfkino dessen, wie sie sich Teil für Teil bis zur Gänze gestrippt hatte, hatte mein Glied leicht anschwellen lassen. Ihr blanker Anblick vom Kopf mit ihren rehbraunen Augen, der fein gezeichneten Nase, dem langen glatten braunen Haar, welches sich über ihr elegantes schmales Gesicht bis auf Brusthöhe wellte, ihre drallen, von Natur wohlgeformten Brüste mit den angestellten Nippeln, der schmalen Hüfte, welche in lange grazile Beine überging bis hinunter zu makellos geformten Füssen. Im letzten Augenblick verhinderten meine Hände, dass meine Penisspitze ihre Scham touchierte.

Sie lächelte, nahm es als Kompliment, und drehte ab in eine Art Catwalk im Bogen um den Stuhl und die Boxen in der Mitte des Raumes.

Schritte vor der Tür, Stopp, das Geräusch schwerfälliger Entriegelung. Zwei BeamtInnen traten ein. Sie trugen schwer an der Metallkiste zwischen ihnen, setzten diese mühsam neben den Stuhl. Nachdem sie deren Deckel geöffnet hatten, packte jede je eine Box mit unseren Kleidern und verließen ohne weitere Worte den Raum.

***

»E alors?«, frage Veronique, als die Tür wieder verriegelt und die Schritte sich entfernt hatten.

238

»Fesseln!«

»Pardon?«

»Wir sollen uns gegenseitig fesseln.«

Veronique brauchte ihre Zeit. Wir standen diagonal in gegenüberliegenden Ecken des Raumes. Ich wartete geduldig. Es war eigentlich ein sehr schöner erotischer Part unseres kommenden BDSM-Martyriums. Als ich beim ersten Mal hier war, stand ich noch alleine im Raum, auf dem Stuhl, ebenso nackt, und wurde von einer Offizierin gefesselt. Ihr Ausdruck emotions- und mitleidslos, ihre Hände ungeniert an meinem Körper, mein Geschlecht maximal erigiert. Für einen devoten Charakter ein wundervoller Akt der Unterwerfung, im Grunde jedoch entehrend. Und nun die delikate Variation des gegenseitigen Fesselns der Gefangenen selbst, ein in doppelter Sicht Akt der Selbstauslieferung. »Du beginnst« sagte sie schließlich in meiner Sprache.

Wundervoll! »Stell dich auf den Stuhl, dreh Dich mit dem Rücken zu mir, und reich mir deine Hände.«

Ich wollte ihrem Blick, so gut es geht, ausweichen. Es war mir peinlich, wie offensichtlich mich der Akt erregte, das Anlegen der Ledermanschetten um ihre zarten Gelenke an den Händen, an den wunderschönen Füssen. Das massive Collier welches ich ihr um den Hals schmiegte, war festes Leder mit Nieten und Ösen.

Alle Schnallen wurden mit Schlössern verriegelt, die Schlüssel abgezogen und in der Kiste deponiert, bis zum Tage unserer noch fernen Abreise.

»Steig herunter ... Bitte.«

Ein Traum von einem Frauenkörper. Welch bizarrer Kontrast, als ich ihren grazilen Zügen die schweren Stahlketten anlegte. Veronique ertrug die demütigende Prozedur mit schweigender Contenance. Ein Blick in die Metallkiste offenbarte jedoch, dass wir noch nicht am Ende der Peinlichkeiten waren. Mit weiterem Spielzeug musste ich schließlich vor sie treten.

»Es erregt dich mich zu fesseln.« Eine schlichte Feststellung, keine Frage, kein Leugnen meines erigierten Geschlechtsteils.

»Wir müssen noch weiter gehen.«

Fragende Pause.

»Wirst du mich jetzt … penetrieren?«

Ich zögerte. Nichts Lieber als das, doch …

»Im Prinzip ja … aber leider nicht so wie es den Anschein hat», umschrieb ich meine Gefühle, um ihr am Ende doch den bereitgelegten Dildo mit Spanngürteln zu zeigen. Beim Anblick dessen extrapolierter Größe und intensiver Noppung geriet ihre Fassung ins Wanken, verspannte sich ihre Komposition in Nuancen, schoben sich ihre delikaten, vor den Körper gefesselten Hände instinktiv vor ihre Vagina.

»Zuerst du!«

Wie meinen, sagte ich lautlos ins Gesicht geschrieben.

»Zuerst … dein Penis!«

Welch bizarres Rendezvous?! Keine Stunde war vergangen, dass wir uns das erste Mal im Leben gesehen hatten, keine halbe, dass wir völlig entblößt voreinander standen und ich begann sie in Fesseln zu legen. Nun die unmissverständliche Aufforderung … zum Sex! Oder musste man es schlimmer nennen? Nein, es sollte trotz aller einvernehmlichen Annullierung unserer sexuellen Selbstbestimmung ein Akt der körperlichen Liebe werden. Stilles Einverständnis. Sie öffnete ihre Beine, soweit es die Kette zwischen ihren Fesseln zuließ, umfasste mein erigiertes Glied und führte es an ihre Scham, bis zum elektrisierenden Kontakt. Was für ein Tag! Was für ein süßer verführerischer Einstieg in unsere sexuelle Versklavung auf Zeit. Meine blanke Eichel touchierte ihre feuchten, aufnahmebereiten Schamlippen. Sie hob ihre Hände über meinen Kopf und wieder hinunter bis zur Taille, zog mich mit der Kette zwischen ihren Cuffs näher an sich heran. Unsere Blicke trafen sich. Welch sinnliche Augen, welch sinnliche Lippen, …

»Commence, mon general!«

Sanfter Druck überwand den letzten Widerstand, dann drang ich behutsam in sie ein, während wir uns küssten, wie Liebende, leidenschaftlich bis in die Zungenspitzen, bis ich bis zum Schambein in ihr war. Maximal vereint intonierten wir eine schlängelnde Bewegung. Meine sekundäre Mission war ihre Vagina zu weiten, vorzubereiten für den mächtigen Dildo, welcher sie zur Sex-Sklavin degradieren sollte. Später, so viel später wie ich es nur herauszögern konnte. Aber welch ein Ansturm der Reize! Ihre wunderbar weiche Haut, die sich an der meinen rieb, ihre vollen Lippen auf meinem Mund, und dazu das Klingen der Ketten zwischen ihren Fesseln. Oh Himmel auf Erden. Das Paradies, so elementar. Viel zu schnell wurde aus dem Schlängeln ein Pushen, ein Stöhnen, eine Koloratur … und ein orgiastischer Höhepunkt.

Innehalten! Unsere Köpfe gegenseitig auf die Schultern des anderen gelegt, umklammerten wir einander, wiegten uns schweigend in den Nachklang unseres ersten Koitus. Sex in Ketten, so bizarr, so geil! Und Sex vor laufenden Kameras! Ich weiß nicht, ob Veronique sie schon entdeckt hatte, aber ich kannte sie, je eine in den obersten Ecken unseres Gefängnisses. Und wenn schon, es sollte bald unser tägliches Brot werden.

Wir waren Sklaven auf Zeit, entrechtet für die Zeit unserer freiwilligen Unterwerfung. Veronique erging es nicht anders als mir. In den Zeiten des wirtschaftlichen Niedergangs unseres alten Kontinents boten wir unsere Körper feil auf dem ewig florierenden Markt des sexuellen Voyeurismus. Und die zahlungskräftigen Voyeure saßen jetzt in Asien, und zu meinem guten Auskommen auch »zahl-Reiche« weibliche. Erfolgreiche Geschäftsfrauen aus Finanz und Wirtschaft leisteten es sich, sich abends in exklusiven Ladys-only-Clubs zu treffen, um auch abseits des Business ihre Macht zu zelebrieren. Eine besonders genussvolle Art ihre Dominanz auszuleben, war die bühnen-inszenierte Unterwerfung des anderen Geschlechts: von Bondage bis CBT.

Besonders perfide: Ich hatte aus der ersten Saison gelernt, dass die staatlichen Behörden das Geschäft an zentraler Stelle selbst organisierten, und mächtig daran verdienten. »Menschenhändler in eigener Sache« wie wir wurden gleich bei Ankunft am Flughafen von den Ankommenden separiert. Es gab keine Visa, wir wurden vom Staat selbst unter Vertrag genommen, unter einen Beherrschungs-Vertrag, ein Begriff wie ich ihn bislang nur aus der Wirtschaft kannte. In unserem Fall veräußerten wir unser Recht auf sexuelle Selbstbestimmung für die Dauer der »Nutzung«. Ein halbes Jahr, ohne Kleidung, in Ketten, Sklaven des Etablissements, welches uns gegen exorbitante Gebühr wiederum vom Staat entlieh. Wir selbst erhielten unsere Gage von der Zollbehörde, an die wir uns vertraglich verkauften. Es war gutes Geld für uns, aber alle verdienten am Ende gut an uns, auch die Clubs.

Ein halbes Jahr Volontariat als SM-Sklave ist eine harte Zeit. Ich hatte es bereits einmal durchlebt und durchlitten. Abend für Abend in Ketten auf die Bühne gezerrt zu werden, exzessives Bondage zu ertragen im Rampenlicht vor den Augen des diskreten Auditoriums in seinen Separees, intime Spielereien auszuhalten mit Feuer und Wachs, das Auspeitschen der Fußsohlen zu erdulden bis hin zu schamlosem CBT vor hochauflösenden Webcams, welche Nahaufnahmen ohne Tabus auf großformatige Bildschirme projizierten. Aber nun war ich wiedergekommen, für eine zweite Saison, und erst in zweiter Linie wegen des Geldes. Primär war es meine Lust an submissivem BDSM.

Schattenkartell ist als E-Book und als gedruckte Ausgabe mit Fetisch-Aktfotos bebildert erhältlich.

Impressum

ISBN 978-3-945967-64-5

Unsere Web-Adresse: www.schwarze-zeilen.de

(c) 2017 Schwarze-Zeilen Verlag

ein Imprint des Footstep Verlag,

Reichenaustr. 81c, 78467 Konstanz

info@schwarze-zeilen.de

Alle Rechte vorbehalten.

Cover:	Satz & Bild
Coverfoto:	conrado /Bigstock.com
Satz:	Schwarze-Zeilen Verlag